中公文庫

流人道中記（下）

浅田次郎

中央公論新社

目次

流人道中記　下

十三

「のう、石川《いしかわ》さん。ゆんべはあれこれ考えたんだがね、いかに昵懇《じっこん》の間柄とは言え、いやさそういう仲だからこそ、陸奥守《むつのかみ》殿に嘘をつく気にはなれねえのだ」

差し向かいで朝食をとりながら、玄蕃《げんば》が困り切った顔で言った。

「今さらか」

と、僕は玄蕃を睨みつけた。それにしても仙台味噌の汁はうまい。具は豆腐に油揚。菜は蒲鉾《かまぼこ》と茄子《なす》の浅漬。飯の白さ甘さというたら、江戸の御蔵米など別の食い物としか思えぬ。

「それを言い出すのならきのうのうちだろう。こんな接待をしていただいたあげく、実はかくかくしかじかなんぞと、どの口が言うのだ」

「この口だ」と、玄蕃は笑った。

「まさか洗いざらいぶちまけやしねえから安心しな。ま、嘘にならねえよう、かと言うて気を揉ませねえよう按配《あんばい》するさ」

「それがしはどうすればよい」

　玄蕃は箸を置いて頤《おとがい》をさすり、僕の顔色を窺いながら言った。

「俺は御書院まで呼ばれるだろうが、まさかあんたの分限でついてくることはできめえ。あばよ、御与力殿」

　言いぐさには腹も立つが、たしかにその通りではある。上様のお目通りどころか御目に触れてはならない与力ふぜいが、伊達《だて》侯のおそば近くまで上がれるはずはない。

「さて、青葉《あおば》城の搦手《からめて》からずらかるか」

「冗談にもほどがあるぞ」

「逃げやしねえって。どうだい、あんたも御城になんぞ上がらずに、羽を伸ばしてきたら」

　妙案だ。玄蕃の家来に見られるのも癪《しゃく》だし、あれこれ訊ねられて嘘をつきたくもなかった。一日ぐらいは玄蕃から離れて息を入れても、罰は当たるまい。

　膳が下げられると、入れ替わりに肩衣《かたぎぬ》と半袴《はんばかま》、小袖の一揃いが仰々しく運ばれてきた。紋所は三ツ巴で、つまりお目通りするための装束を貸してくれるらしい。

　玄蕃はよそ行きの声で、

「一具《いちぐ》でよいぞえ。供はつかぬ」

じきに迎えの刻限である。玄蕃が手早く着替えをすませると、髪結がやってきた。

「陸奥守様と昵懇の仲と申すはまことか」

僕は髪結の耳を気にしながら訊ねた。

「さよう。もったいない話ではござるがの」

と、玄蕃も粗相のない言い方をする。

「いったいどこでお知り合いに」

「それは殿中に決まっておろう」

江戸城内の御殿は、町方与力とは無縁である。在府中の諸大名はしばしば登城して定められた殿席《でんせき》に詰める。一方、旗本役の御番士《ごばんし》たちは殿中の警護にあたる。いずれも屋敷に戻れば「御殿様」だが、殿中には家来もおらず、それぞれが将軍家に臣従する武士でしかない。

それくらいのことは知っているが、雲の上の話なので想像は及ばなかった。

「年回りも同じほどゆえ、ウマが合《お》うての。御在府の折にはたびたび芝口の御上屋敷に招かれたし、ここだけの話だがお忍びで悪い遊びも、たまにはのう」

玄蕃はヒャッヒャッと下卑た笑い方をし、髪結は戦《おのの》いた。なにしろ伊達の御殿様と「ウマが合う」お方なのだ。

仕度が斉《ととの》うころあいを見計らったように迎えがきた。玄関に出てみれば、式台に一挺《ちょう》の御駕籠《おかご》が乗っ込んでいた。

「本日は御殿様より、重ねて御乗物を賜わりました。どうかお使い下されますよう」

きのうと同じ御目付役が、式台に平伏して言った。しかし挙措はきのうとちがう。御殿様のお召しとはそういうものなのだ。

肩衣をつけた玄蕃の様子もちがった。堂々たる御旗本の貫禄で、「大儀である」などと応じた。

「御目付殿。ちと、よろしいか」

ハハッ、とにじり寄る老役の耳元に白無地の扇子を開いて、

「そこもとを見込んで伝えておく。二度は言わぬ」

僕はあわてて屈みこみ、聞き耳を立てた。玄蕃は小声で一息に言った。

「それがしは流人《るにん》。これなるは押送《おうそう》人。誤解はあろうが致し方ない。陸奥守様にはそれがしからお伝えする」

よほど仰天するかと思いきや、老役は玄蕃の胸元に目を据えて、「かしこまりましてござりまする」と言うた。

能吏《のうり》とは、こういう人のことを言うのだろう。一瞬こわばった顔付きもすぐにほぐれて、あとは僕らを見るでもない。

肝が据わっているのだ。きっと戦陣にあってもこのまんまで、いったいどういう修養を

経ればこれほどの不動心を体得できるのかと、僕はいたく感じ入った。

　玄蕃が御駕籠に乗った。御目付は引戸の前に片膝をつき、やはりいささかも動じぬ能吏の声で言った。

「当家の定めにござりますれば、御乗物は大手前にてお捨て下さりませ。そのさき本丸まではご足労ねがいまする」

「あいわかった。大儀である」

「お連れ様も登城なされまするか」

「いや。軽輩ゆえ控えさせよう」

　軽輩か。たしかにその通りだから、腹も立たなかった。

「しからば、お召しの間に名所案内などさせていただきまする」

　まこと目から鼻に抜けるとはこのことだろう。御城に上がっても居場所はなし、物を訊ねられても困るばかりだし、きょう一日は押送人の御役を離れて羽を伸ばしたいという僕の希《のぞ》みを、御目付は以心伝心で汲み取ってくれた。

　登城の行列はものものしかった。町奉行所の役人が露払い、その後に御旗本の徽《しるし》たる槍が一筋、肩衣の侍たちと玄蕃の御駕籠が続き、御目付は殿《しんがり》を騎馬で進んだ。

　僕は青山玄蕃が誰であるかを知らない。知る必要はなく、むしろ知るべきではないと思うから、あえて訊ねもしなかった。

ただし、科人《とがにん》でさえなければ、僕なんぞは影をも踏めぬほど偉い侍であることはわかっていた。罪を犯し、闕所改易《けっしょかいえき》となってかつての身分を剝奪されても、玄蕃はいまだ目に見えぬ高貴な衣をまとっている。それがどうにも厄介なのだった。

国分《こくぶん》町の目抜き通りを大手に向かって歩みながら、僕は自分に言い聞かせた。人々を畏れ入らせ、槍を立てた御駕籠の中で偉そうにしている侍は、貴人ではなく罪人なのだ、と。それも同じ武士として不倶戴天《ふぐたいてん》の、破廉恥漢《はれんちかん》なのだ、と。

けっして畏れてはならない。玄蕃を憎まねばならない、と僕は思った。

御城下を南北に貫く奥州《おうしゅう》街道と、大手前に向かう大町通《おおまちどおり》が交わる十文字を、「芭蕉《ばしょう》の辻」という。いわば仙台の臍《へそ》である。

案外のことに、かの松尾《まつお》芭蕉とは縁もゆかりもないらしい。昔は辻に芭蕉が植わっていたからだと聞けば興もそがれる。

道標《みちしるべ》の前で、僕は思わず足を止めた。きのうここを通ったときには、豪気な町なみに目を奪われて気付かなかった。

江戸日本橋迄六十九次九十三里

津軽三厩《みんまや》迄四十五次百七里

おおむね道中のなかば、というところか。しかしこれまでは六十九次、この先は四十五次、宿駅の数が少くなるのはその分だけ旅人も減るということなのだろう。

道標に「津軽三厩」の文字を見るのも、これが初めてだった。今までは「仙台迄」だ。いかにもここから、長く険しい奥道中が始まる気がした。

やがて大町通は広いまま鉤の手に曲がり、川ごしに御城を仰ぎ見る大橋の袂《たもと》に行き着いた。

僕は御駕籠から降り立った玄蕃に歩み寄って囁いた。

「くれぐれも粗相のないようにな」

玄蕃は鼻で嗤《わら》った。

「それはこっちの台詞《セリフ》じゃわ。いいかね、石川さん。つまらぬ嘘はつきなさんなよ。何か訊ねられたら、ありのまんまをしゃべりゃいい」

玄蕃はそう言って、僕の肩をぽんと叩いた。きっと僕は、迷子のように心細げな顔をしているのだろう。

御殿様のお召しに与《あずか》った玄蕃が、これ幸いと逃げ出すはずはない。僕も初めて息抜きができる。では、この心許なさはいったいどうしたことなのだろうか。

思えば僕たちは、江戸を立ってからただの一度も離れたためしがなかった。ひとつの蚊《か》帳《や》の中で眠り、風呂も共に浸り、どうかすると用を足しおえるまでたがいが厠《かわや》の戸の前で待っていた。

たとえ一日でも、離ればなれになることが不安なのだった。流人と押送人ではなく、旅の道連れとして。

夏の陽はすでに高く、僕らの足元からは暑熱を兆《きざ》す土埃《つちぼこり》が舞い上がっていた。

御駕籠と馬を大手橋の袂にとどめ、一行は徒《かち》で御城に向かった。向こう岸は小高い山で、鬱蒼《うっそう》と茂った森の中に豪奢な大手門や櫓《やぐら》や、御殿の屋根が散見された。

平たい江戸城ばかりを見て育った僕の目には、俗に青葉城と呼ばれるその御城のたたずまいが、いかにも難攻不落の要害と映った。名にし負う青葉の御城ではあるが、もしや独眼竜政宗《まさむね》公はそうと見せかけて、実は太平の世を信じておられなかったのではなかろうか。

橋の袂に残されたのは、行列の露払いを務めた町奉行所の役人らしき侍だった。どうしてそうとわかったかと言えば、ほかのお迎えが肩衣をつけていたのに、彼ひとりが無紋の黒羽織だったからだ。おまけに十手を差しているのだから、ほかに考えようはあるまい。

「町横目《まちよこめ》を相務めまする、阿部勘之丞《あべかんのじょう》と申します」

その御役がどのような身分かは知らないが、僕に対して遠慮があるところからすると、さほど身分の高い侍とは思えなかった。

だが、身なりのよい仙台衆は厄介で、江戸の同心のように着流しではなく、筋目の通った袴を着けている。

「江戸町奉行所の与力、石川乙次郎《おとじろう》にござる。宜しくお引き廻し下されよ」

僕は腰の十手にこれ見よがしに手を添えて名乗った。余分を言いたくはないが、上下《かみしも》を明らかにしておいたほうがおたがい楽だと思ったからだ。

はたして阿部勘之丞は、いくらか腰を引いて謙《へりくだ》った。これでどちらも楽になった。

齢は僕よりいくつか上だろう。身丈があって色は浅黒く、鼻筋の通ったなかなかの男前だ。

阿部は僕らの事情を知るまい。御殿様の御召しに与るほどの旗本が、供連れのひとりとてなく、あまつさえ町奉行所の与力と旅をかけているというのは、よほど妙な話なのだが、同心ばらが与力に物を訊ねるなどできまい。身分のちがいというのは、時としてたがいに都合がよかった。

広場のまんまん中で立ち話も何なので、僕と阿部はあてもなく歩き出した。

「名所にご案内せよと申しつかっております。お望みの場所はござりましょうか」

さして考えるまでもなく、「松島《まつしま》へ」と僕は言った。すると阿部は「やや」と困った声を出して、

「松島までは五里の上もござれば、御主人様の下城に間に合いませぬ」

玄蕃はまさか主人ではないが、まあここはそういうことでよかろう。

「さようか。ほかには右も左もわからぬ」

「神社仏閣は多うございます。大崎八幡《おおさきはちまん》に東照宮、定禅寺《じょうぜんじ》に亀岡《かめおか》八幡――」

実はさほど名所をめぐる気になれなかった。公用中に物見遊山《ものみゆさん》でもあるまい。玄蕃が聞けばまたぞろ、「石川さん、あんたは考え過ぎだ」と笑うだろうが。

そこで、ふと妙案を思いついた。

「ご当地では御法やら仕置やら、どのようになっておるのであろう。ご覧の通りの若輩ゆえ、向後のために見聞を広めておきたいのだが」

諸大名の御城下を行き過ぎるつど、僕が興味を抱いていたのはそのことなのだが、まさか流人を連れて勉強でもあるまい。

どこの御領分でも、おそらく「公事方《くじがた》御定書《おさだめがき》」や「科条類典《かじょうるいてん》」に則《のっと》ってお裁きがなされているのだろうけれど、風土や慣習のちがいがそれぞれにあるはずなのだ。

阿部も奉行所の役人ならば、喜んで案内してくれるかと思いきや、たちまち渋面になって、

「いや、それはちと――」

「何か障《さわ》りがあるか」

「障りも何も、石川様。それではまるで、御公儀の隠密ではござりませぬか。奉行所や評定所にご案内しようものなら、たちまち首が二つ飛んでもふしぎはない」

僕はおのれの軽率さを恥じねばならなかった。諸大名は将軍家に臣従を誓っているが、

その領分は独立不羈《ふき》の国家なのだ。通りすがりの御家人が興味本位に役所を覗くなど、とんでもない話だった。ましてや伊達家は、戦国以来の国主大名である。

「軽々に物を言うた。ご放念下され」

僕は素直に詫びた。

「いえいえ、石川様の向学心には頭が下がりまする」

そう言いながら阿部勘之丞は、本当に頭を下げた。おそらく学問好きな人なのであろう、阿部には昌平坂《しょうへいざか》の学問所で机を並べた侍たちに通ずる匂いがあった。

しばらくぶらぶらと歩いたあと、阿部はふと思いついたように言った。

「ご無礼かとも存じますが、牢屋ならばご案内いたしまする」

無礼と言ったのは、牢屋が不浄の場所だからだろう。だが、僕はそうとばかりは思わない。江戸の伝馬町《てんまちょう》牢屋敷も徒《いたず》らに不浄の場所とされているが、御法の一部分として奉行所や評定所と同様の重要な役所だと、僕は考えている。だから幾度も検使《けんし》与力《よりき》を買って出てまで、伝馬町に足を運んだ。

「それは願ってもない話にござる。ぜひともご案内下されよ」

阿部はちょっと意外そうに僕を見た。もしかしたら、冗談だったのかもしれない。

伝馬町牢屋敷の有様、わけても無宿人ばかり詰め込まれる大牢《たいろう》のそれと言ったら、筆舌に尽くしがたい。いったんそこに放りこまれれば、ちょいと気の弱い者は数日と経たぬうちに為《な》さぬ罪も為したと言うてしまうだろう。牢内で悪漢どもにいじめ殺されるよりも、バッサリ首を落とされたほうがよほど楽だからだ。

周囲が日本橋の町家では敷地を拡げることもままならず、また町奉行所から近いので使い勝手はよい。だが、たとえ罪人であれ人を人として扱わぬ牢屋敷は、御法の公平を枉《ま》げていると僕は思う。

「そこもとに迷惑はかからぬか」

「まさか牢屋を見たいという公儀隠密もおりますまい」

と言いながらも、阿部のまなざしはどこか疑わしげである。

「ちょうどこの道を下った、米《こめ》ケ《が》袋《ふくろ》と申すところに牢屋がござります」

僕は見習与力になったとたん、ひとつの疑念に取り憑かれた。それは、はたして人が、天にかわって人を裁く権利を持っているのかという疑問だった。

十四

米ヶ袋の牢獄は陽も当たらず風も通らず、居心地の悪さと言うたらこのうえなかった。ここに比べれば、小僧五人が三畳に雑魚寝《ざこね》するお店《たな》の屋根裏部屋だって、極楽のようなものだ。

それでも算《かぞ》え十六ならば大牢に放りこまれるところを、どうにもその齢には見えぬゆえ不憫《ふびん》と情けをかけられて、小九尺牢《こくしゃくろう》と呼ばれる独房に入れられた。

亀吉《かめきち》には自分が悪事を働いた覚えがない。だからどうしてお縄を打たれてしょっぴかれたのか、虱《しらみ》だらけの筵《むしろ》の上に身をこごめて、日がな一日じっとしていなければならないのかがわからない。

入牢したとき、年寄りの番人に齢を訊かれたので「十六だ」と答えると、やはりそうは見えなかったのか、エエッと声を出して驚いた。

身丈も足らず目方もなく、顔立ちも幼いから、せいぜい十二、三としか思われない。お店は白い飯をたんと食わしてくれるのに、亀吉だけは育つどころかあとから奉公に上がった小僧たちにも追い越されて、そのうえ気も小さいものだから、いつまでたっても新入りのように見られていた。

算え十五になれば前髪を落とし、丁稚《でっち》小僧から若衆に上がるのがお店のならわしなのに、亀吉にはまだ声がかからない。番頭さんにそれとなく訊いてみたら、「前掛けが似合うじゃないか」とすげなく言われた。たしかにこの幼い顔で前髪を落としても物笑いだろうし、前掛けをはずしたらお店の者には見られないだろう。

　年齢を聞いて牢屋番が驚いたのには、べつのわけがあるとこのごろ知った。

　御法によれば、十五歳なら罪一等を減じられるが、十六歳は大人とみなされる。つまり亀吉に下された御沙汰も、去年のうちならば田代島《たしろじま》か網地島《あじしま》への島流しですんだものを、主殺しの大罪につき引廻しのうえ磔《はりつけ》と申し渡された。

　それでも亀吉には、悪事を働いた覚えがなかった。だからずっと、悪い夢を見ているような気がしている。

　人の声が聞こえる。亀吉は筵の上に膝を揃えて畏《かしこ》まった。

「ここが小九尺牢と申しましてな。七十過ぎの年寄り、十五までの子供、病弱の者、あるいは質朴なる百姓などを入れます」

　聞き覚えのある声は町奉行所の阿部様ではなかろうか。

「江戸の牢屋敷にも、百姓牢がござる。やはり無宿人どもと一緒くたにしてはなりませぬの」

「さようです。ことにこちらでは、一揆《いっき》の謀事《はかりごと》をめぐらせた者や強訴《ごうそ》に及んだ者など、罪は免れぬにしても人品の正しい百姓がしばしば捕われます」

「なるほど。たしかに身を捨てて強訴に及んだ百姓を、盗ッ人や博奕《ばくち》打ちと同居させてはならぬ」

阿部様がどなたかお客を案内しているらしい。話し声はほの暗い鞘土間《さやどま》を近付いてきた。

「加減はどうだね、爺様」

隣の牢の老人に、阿部様は親しく声をかけた。

「へいへい。ずいぶん蒸し暑うございますが、どこか具合が悪いというわけではござんせん」

老人は板場荒らしだそうだ。秋保《あきう》や作並《さくなみ》といった近在の温泉場、ときには鳴子《なるこ》や青根《あおね》まで足を延ばして盗ッ人を働いていたらしい。阿部様とは顔なじみらしかった。

「食事はどのようになっておりますか」

客人の声が訊ねた。

「二合五勺《しゃく》の盛り切り飯に味噌汁を、朝晩の二度にござります」

「ああ、それは江戸の牢屋敷と同じでござる。一日五合《ごんごう》食わせれば、ひもじい思いもいたしますまい」

「さようです。この小九尺牢にある子供や年寄りでは、食い残す者もござります」

亀吉の牢屋の前に、阿部様の長身の体がのそりと現われた。客人は小柄で若い侍だった。

朱房《しゅぶさ》の十手を差しているから、奉行所の上役かもしれない。

「亀吉、飯は食っとるか」

阿部様は格子の際に屈み込んで言った。膝を揃えたまま、「へい」とだけ亀吉は答えた。町なかで行き会うと、阿部様は必ず声をかけて下すったものだ。

「まだほんの子供ではないか」

　客人が呆れたように言った。

「いや、こう見えて十六になり申す」

阿部様は答えたが、亀吉についてはあまり語りたくない様子だった。

「十六か。しかしこの体と面相では、大牢に入れるわけには参らぬな」

「罪も罪でござりますゆえ」

　じっと亀吉を見つめたまま、阿部様は無念そうに続けた。

「奉公先のお店《たな》に、盗ッ人を手引きいたしましてな。しかも、上州くんだりから流れて参った悪辣《あくらつ》な一味でして、主人夫婦を殺して金を奪い申した」

「押し込みの手引きか――」

「夜の夜中にお店の内側からしんばり棒を外したのでは、言いわけのしようもござりますまい。しかも、この顔でも十六ならば救いようがござらぬ」

阿部様が溜息をつくと、客人も立ったまま天を仰いで腐った息を吐いた。

「亀吉、飯は食えよ」

阿部様はやさしい人だと思う。穀町《こくちょう》のお客さんにお届け物をした帰り途《みち》、七郷堀《しちごうぼり》のほとりで道草を食っていたら、茶店の団子をごちそうしてくれた。

「おいら、五合の飯なんざ食えねえやい」

物言えば阿部様のやさしさが胸に応えて、亀吉は目を伏せた。

七郷堀の柳の根方で、いろはを教えてくれたのはあのときだったろうか。

「それに、どのみち飯の食えねえ体になるんだ。だったら、今さら食ったたって仕方ねえだろ」

この人に悪態をつくのは筋違いだと思っても、亀吉にはほかに当たるあてがなかった。

自分が盗ッ人の手引きをしたとわかっていたなら、捕まる前に逃げている。だから阿部様にお縄を打たれたとき、亀吉は身をよじって、「ちがう、ちがう」と百ぺんも言った。

「御殿様から頂戴した米だ。ましてやおまえの父母が汗水流した米かもしれぬぞ」

里の父母は会いに来てくれるどころか、離縁状を届けてよこした。それはそれで、仕方のないことだろうけれど。

亀吉がその男に出会ったのは、正月の里帰りをおえてお店に戻ろうとする芭蕉の辻だった。

御城下には雪が降りしきっていた。藁沓《わらぐつ》の底が一足ごとに軋《きし》みを上げるほどの凍《しば》れ雪だった。

「小僧さん、小僧さん」と呼び止められて振り返れば、三度笠に丸合羽《まるがっぱ》の旅人がほほえみかけていた。

「江戸から下ってきたのだが、御城下の右も左もわからねえもんで往生しているのさ。もし急ぎの御用じゃなかったら、雑煮でも食いながら右左を教えちゃくれめえか」

四十《しじゅう》がらみのふくよかな商人体で、いかにも江戸者らしく物言い物腰が垢抜けていた。お店には日のあるうちに戻ればいいのだし、ここで雑煮を御馳《ごち》にならぬ手はないと亀吉は思った。

大町通を少し行った肴《さかな》町の小料理屋に入ると、旅人は小上がりに座りこんで亀吉を手招いた。笠と合羽を脱いだ旅人はいよいよ垢抜けて見え、如才ない人当たりのうちにも貫禄がにじみ出て、とうてい番頭手代《てだい》ではあるまいと思えた。

市中の料理屋などには入ったためしがない。お使いがてら油を売るにしても、場末の茶店か路地裏の駄菓子屋がせいぜいのところだ。

「どちらの小僧さんだね」と訊かれるままに、亀吉は奉公先の名を告げた。

「ほう。で、その千歳屋《ちとせや》さんは何を商っておいでだえ」

奉公先は御城下の薬種仲間の世話人を務める大店《おおだな》だと、亀吉は矜《ほこ》らしく答えた。すると

旅人は丸い目を瞠《みは》って、

「おっと、こいつァ日ごろ信心している本郷の薬師如来《やくしにょらい》様がお引き合わせにちげえねえ。実はな、亀吉さん。あたしァ江戸の小石川《こいしかわ》で薬種の店を張っている者だが、仙台にはいい薬がたんとあると聞いて、伝《つて》もねえのにはるばるやってきたのだ。やれやれ、冥加《みょうが》だ冥加だ。思い立ったが吉日で、暮も正月もなく旅をかけてきた甲斐があった。それも、雪に追われて途方に昏《く》れていたところに、薬種問屋の小僧さんが通りすがるなんぞ、御薬師様のお引き合わせとしか思われねえ。いや冥加だ、冥加だ」

　のちのち考えてみれば、お店の主が暮の掛取りもせず旅に出るはずはなかった。奉公先の千歳屋も商いのあらかたは盆暮の掛売りだから、大晦日《おおみそか》は除夜の鐘が渡るまでてんてこまいの忙しさだった。

　旅人は江戸小石川に三代続く薬種商で、「萬年屋《まんねんや》」と名乗った。むろん、とっさの思いつきだろうけれど。

「おや、仙台の雑煮は味噌仕立てかと思いきや、すまし汁かね。こいつァ案外だ」

　大きな角餅に芋や大根や人参の入った雑煮を、亀吉は目を白黒させながら貪《むさぼ》り食った。食うそばから旅人は、海老だの煮物だの膾《なます》だの焼物だのと、目のくらむようなごちそうを次々と注文した。そして自分はほとんど箸をつけずに、燗酒《かんざけ》をちびりちびりと飲んでいた。

「正月早々お江戸からの上客を案内したとあっちゃ、さぞかし大手柄だろう」

きっとこれで、前髪を落とし前掛けもはずして、若衆に昇れるだろうと亀吉は思った。そんなこんなですっかり有頂天になった亀吉は、旅人から問われるままにお店の様子をあれこれ語った。

「いいかね。あたしがおまえに出会ったのは薬師様のお引き合わせにちげえねえが、おまえにしてみりゃとんだ果報さ。商人はそういう福運を大切にしなきゃいけません。浮かれ上がってぺらぺらしゃべろうものなら、手柄はみんな目端の利くやつらに横取りされちまう。こう見えても、萬年屋と言やァお江戸ではちょいと知られた看板で、旦那さんや番頭さんは名前ぐれえはご存じだろう。さあて、どうすりゃおまえの手柄になるか」

「この足でご一緒して下さればいいだけの話だと存じますけど」

「ナマを言いなさんな。何だってそう簡単に考えるものじゃねえ」

旅人は盃をねぶりながら、しばらく雪に映える小上がりの円窓を見つめていた。

きっと丁稚から叩き上げた苦労人で、どうにか亀吉に手柄を立てさせてやろうと考えているのだろう。ありがたい話だと亀吉は思った。

「そうだ、こうすりゃあいい」

旅人はぽんと手を叩いた。

「お薬師様のお引き合わせなら、四の五の言わずのっけからきれいな商《あきな》いをするつもりだが、ついてはこれから両替屋に行って、金を用立てにゃならねえ」

このごろ江戸では、現金売りの商いがはやっているという。萬年屋もその口なのだろうか。盆暮の掛取りに四苦八苦しているお店は大喜びにちがいない、と亀吉は思った。

「したっけ、大商いの現金となりゃあ、いかに三井《みつい》鴻池《こうのいけ》だって右から左というわけにもいくめえ。だとすると明日か。いいや、きょうはよほどの吉日なんだ」

それから萬年屋を名乗る旅人は、膳の上に亀吉の顔を招き寄せて声を絞った。

「晩になるかもしらねえが、きっときょうのうちにお邪魔するわえ。亀吉さんの遠縁にあたる者だと言って大商いをしてやるから、それまでは一言も口に出しちゃいけません。よござんすね」

亀吉は肯《うなず》いた。

「お店は七ツには閉めちまいますけど」

「ほかのお客にご迷惑だから、閉めたあとのほうがいいのさ。あたしがお店の前で指笛を鳴らすから――」

と、旅人は親指と人差指で輪をこしらえ、唇にくわえるまねをした。

「そしたらおまえは、そっとしんばり棒を外してくれりゃいい。ええ、旦那さんへ、ご新造さんへ。日ごろ亀吉がお世話になっておりやす。江戸小石川の萬年屋にございます。本日はお日柄もよく、百両がとこ買物をさして戴きてえと思い、夜分にもかかわらず参上つかまつりやした」

亀吉の胸は高鳴った。江戸で名の知れたお店が親類だと知ったら、旦那さんもおかみさんも腰を抜かすだろう。嘘にはちがいないが、何たってお薬師様が後ろ楯だ。

「さあ、食え食え。出世の前祝いだぜ」

亀吉は毛ほどの疑いも抱かなかった。

お店は昼七ツに暖簾《のれん》を下げ、後片付けをしてから暮六ツに夕食、湯屋《ゆうや》に行って牀《とこ》に就くのは夜五ツ。

ふだんはそうなのだが、その晩ばかりは風邪《かざ》ッ引《ぴ》きだからと言って湯にも行かず、帳場の行灯《あんどん》のかたわらにかしこまって、絵草紙を読むふりなどしていた。

千歳屋は総間口十二間、奥行二十五間の大店である。大町通に軒をつらねる商家の、ちょうど二軒分だった。

夜になると雪は已《や》んだが、一尺ばかりは積もったようで、あたりはしんと静まっていた。

五ツを過ぎても萬年屋はやってこなかった。絵草紙に夢中のふりをして、亀吉は合図の指笛を待った。

戸を叩く音がしたのであわてて土間に飛び下り、しんばり棒を外してみたが、潜り戸から入ってきたのは一杯機嫌の番頭さんだった。

仕事始めの正月四日は年始回りの一日だから、里帰りをした丁稚や女中はその日のうちに戻ってくればよかった。

男手は多かった。旦那さんと嫁取り前の若旦那さん。住み込みの番頭手代が四人《よったり》、若衆さんと丁稚が四人、ほかに先代から居ついている年寄りの下男もあって、そうした大所帯には砦《とりで》のような安心感があった。だから亀吉は、常日ごろから万が一の凶事など考えたためしがなかった。ましてや仙台は侍の割合が多い町で治安がよく、大事件はめったになかった。

女中頭が火の元を見回って帳場の行灯を消したあとも、亀吉はあきらめがつかずにしばらくの間、梯子段《はしごだん》の暗がりに腰を下ろしていた。

体は小さく顔も幼いが、亀吉は亀吉なりにまじめな奉公をしてきた。だが引っこみ思案で要領も悪いから、ほかの若衆や丁稚にうまくやりくられていた。五年前に同じ村から奉公に上がった鶴吉《つるきち》などは、二人に任された仕事をすべて自分一人でやりおえたようなことを言った。下の丁稚も鶴吉に倣《なら》った。そんなふうだから、この大手柄ばかりは横取りされてはならないと、亀吉は口に閂《かんぬき》をかけたのだった。

よほど夜も更けたころ、指笛が渡った。

それからいったい何が起こったのか、亀吉にはわけがわからない。わからないからお白洲でも泣くばかりだった。

指笛を聞いてしんばり棒を外すと、手拭で頬かぶりをした男たちが、抜き身を提《ひっさ》げて押し込んできた。そのうちのひとりがあの旅人だとはまさか思わず、たまたま開けてしまった戸口から、通りすがりの盗賊が飛び込んできたと思った。

だとしてもずいぶん怖ろしい話で、亀吉は声も上げずに腰を抜かして、題目を唱え続けた。

盗賊が何人だったのかもわからない。すべては真暗闇の中だった。たぶん五人かそこいら、そのうちの一人が真先に梯子段を駆け上がったのは、二階に男衆が寝ていると知っているからだった。亀吉は料理屋で問われるままに、お店の様子をそんなことまで語っていた。

「旦那さんはどこでえ」

闇の中でそう訊ねたのは、のちに考えればあの「萬年屋」の声だったのだが、亀吉は押し込みに脅されているとしか思えずに、店から二十五間も細長く続く土間を這った。

亀吉には物音や悲鳴を聞いた憶《おぼ》えがない。どう思い返しても、闇と黙《しじま》のあるばかりなのだ。

盗賊が立ち去ってからも、その闇と黙はまだしばらく続いた。やがて「大変だ、大変だ」という若旦那さんの叫び声がして、番頭さんが梯子段を転げ落ちるように下りてきた。誰かが竈《かまど》の熾《おき》に杉葉を投げ入れ、行灯や提灯にも火が入った。「泥棒だ、泥棒だ」と大声で呼ばわりながら通りに駆け出る人もあった。

何べん訊かれたところで、亀吉が思い出せることはそれがすべてだった。どうして自分が盗賊の一味にされたのか、皆目わからない。思いがけずにお縄を打たれ、ただ怖ろしくて泣いてばかりいるうちに、そういう話になってしまったのだった。

　小料理屋でご馳走を食いながら、お店の有様をあれこれ伝え、指笛を合図にしんばり棒を外して賊を引き入れ、旦那さんとおかみさんの部屋に導いた。

　お店に恩はあっても恨みはない。旦那さんもおかみさんも、亀吉にしてみれば親がわりの恩人だった。

　もしやあの旅人が、と思いついたのは翌朝のことである。まんじりともせずに震えながら夜が明けたころ、はて萬年屋さんはどうしたろうと考えてすくみ上がった。実はかくかくしかじかなどと、今さら口に出す度胸はなかった。

　そのときの弱気が命取りになった。一味のうちに間抜けがあって、分け前を貰ってずらかったはいいが、出羽《でわ》街道を落ちようとして鳴子の湯宿に泊り、酔ったあげくに散財した。撒いた小判を怪しんだ亭主の報《しら》せであえなく御用となったその間抜けが、手引きをしたのは千歳屋の小僧だと吐いたのだった。

　肴町の小料理屋の女中も面通しをして、見かけぬ商人体と雑煮を食いながらひそひそ話をしていた丁稚が、亀吉にまちがいないと証言した。お店の者も主人を殺された恨みばかりがつのってか、亀吉を憎みこそすれかばおうとはしなかった。そのうえ本人が満足な言いわけもできず、ただ泣くばかりではどうしようもなかった。

お縄を打つ前に、町奉行所の阿部様は亀吉を殴りつけた。

「この、馬鹿野郎。どうしてはなから洗いざらい言わなかったのだ」

責めているのではないとわかった。ありのままを正直に訴えれば、救う手立てもあったにと阿部様は言ったのだと思う。

無理な話だ。手引きをしたつもりはなくとも、亀吉がうまく使われたのはたしかだった。米ヶ袋の牢屋に入れられ、お調べのつど評定所まで曳かれてゆくのだが、亀吉にはどうしても数珠《じゅず》つなぎになった悪党たちとおのれが同じ罪人だと思えなかった。欺《だま》された自分が、なぜ罪を問われるのだろうと、ふしぎでならなかった。その理不尽をうまく言葉にできぬもどかしさで、亀吉は泣き続けた。

それでも詮議は幾度も重ねられ、春が過ぎ夏が来て申し渡しがあった。

徒党を組んでの強盗および主殺しの重罪につき、引廻しのうえ磔の沙汰である。

「のう、阿部様。悪い夢が覚めてくれねえんだけど」

膝を揃えたままうなじを起こして、亀吉は言った。高窓から射し入る夏の光が眩ゆく、蟬の声もうとましくてならない。

阿部様は格子の向こうに屈み込んだままひとこと、「夢ではないぞ」と言った。お客人は鞘土間に佇んで、じっと亀吉を見つめていた。

二人の役人は何を語らうでもなく、しばらくそうしていた。いったい何を考えているのだろうと怪しむうちに、ふと思いついて怖ろしくなった。

「のう、阿部様。もしやお迎えかい」

御沙汰が下ってから幾日も経っていて、いつ仕置きがあってもおかしくはない。もしやこの二人がお迎えかと、亀吉は考えたのだった。

「あ、いや、そういうわけではない。元気にしておるかと思うてな」

「きょうのあすにも七北田《ななきた》に曳かれていくのに、元気も糞もあるもんか」

亀吉はまた悪態をついた。阿部様に当たるのは筋違いだとわかってはいても、とうてい神妙にはなれなかった。悪党に唆《そそのか》されたのではなく、嵌められた自分が、どうして一味にされてしまうのだろう。

七北田は御城下から奥街道を下った次の宿駅で、仕置場はその宿場はずれにあった。死罪と決まれば、斬首も獄門も磔も火焙《ひあぶ》りも、すべて七北田の刑場で執り行われるという。そこに曳かれてゆく罪人をいくどか見たことがあるが、自分がまさかそうなるなどとは、考えたためしもなかった。

亀吉は愚痴をこぼした。

「おいら、死ぬのは怖かねえんだけど、地獄に落ちるのはいやだ」

阿部様は悲しげに見つめるばかりで何も言わなかったが、かわりにお客の侍がたまりかねたように言い聞かせてくれた。

「念仏でも題目でもきちんと唱えれば、地獄に落ちることはない」

「主殺しのおいらでもかい」

客人は少しもためらわずに、「そうだ」と言ってくれた。

とうとう罪を認めてしまったような気もしたが、亀吉の胸はすっと楽になった。

米ヶ袋からの帰途は足が重かった。

獄舎をくまなく見て回り、番屋にて茶漬をふるまわれたところまではよかったが、どちらが言い出すでもなく千歳屋押し込みの一件が蒸し返されて議論となったのだ。

僕は勘働きがするほど場数を踏んでいるわけではない。しかし、少々育ちそこねているにせよ、あの亀吉という小僧が盗賊の手引きをしたとは思えなかった。

そのあたり、杓子定規に裁かず酌量する余地はないものか、と僕は僭越《せんえつ》にならぬよう言葉を選んで意見を述べた。

「いや、さりとて石川様。亀吉が指笛を合図にしんばり棒を中から外したのは事実、主人夫婦の寝間を教えたのも事実にござれば、これを共犯と呼ばずに何といたしましょう」

「正月四日の晩ではないか。これが四日前の大晦日の出来事ならば、算《かぞ》え十五の子供ゆえ遠島か親元預けで済んだはずだ」

「はて、騒動を大晦日の晩にすればよいとおっしゃられますのか」

「そうは言うていない。そのくらいのお目こぼしがあって然るべきではないのか。どうもそこもとの話を聞く限り、亀吉は悪だくみの罠に嵌まったとしか思えぬ」

「ごもっともにござる。しかるに、一味が年末の掛取り金を狙ったのはたしか、主人夫婦が殺害されたるもたしか、ことの凶悪さを考えれば、情をかけるわけには参りませぬ」

阿部は食いさしの椀も箸も置いて背筋を伸ばし、きっぱりとそう言った。毅然としているわりに僕の目を見ようとしないのは、彼自身の内なる情を感じさせた。

「不得要領の小僧でしてな。いささか顔見知りでござった」

ぽつりと阿部は呟いた。それでわかった。事件は正月四日で、先ごろ御沙汰が下ったというのはあまりに日数《ひかず》がかかりすぎている。奉行所にも評定所にも命ばかりは助けようという声があって、手間取ったにちがいなかった。

だがこれほどの大事件ならば、裁定は御重臣方々の合議となる。町方役人の声など届くはずもなく、ただ御法の尊厳に誓って結論を見るほかはなかったのだろう。

「僭越でござった。許されよ」

僕は箸を置いて詫びた。何やら胸が腐ってしまって、茶漬すら咽《のど》を通らなくなった。ともに昼飯を食い残したまま、僕らは米ヶ袋の牢獄を後にした。

陽光は雲に隠れて、秋風の立つ午下《ひる》りだった。時刻を読みたがえた蜩《ひぐらし》が、武家屋敷の木立ちに鳴き上がった。まるで僕らの無力さを嗤《あざわら》うかのように。

僕はふと、初めて出役《しゅつやく》した日に御奉行様から諭された役人の心得を思い出した。

――よいか、石川。寛大でさえあれば世間の受けはよくなる。だがそれは、御法を護る者の恥とするところである。憎まれてこその役人と心得よ。

世に言う大岡《おおおか》裁きは芝居や冊子《そうし》のでっち上げた絵空事で、名奉行として知られる大岡越《えち》前守《ぜんのかみ》様ほど御法に厳しい方はいなかったらしい。

そのご説諭を僕は胸にくくっているつもりだったが、やはりわかってはいなかったのだ。だから未熟者の僕は苦言を呈し、心がけの正しい阿部勘之丞はあくまで非情だった。いや、たぶん非情に見えただけなのだろうけれど。

このうえ名所見物などする気はなくなって、僕らの足は国分町へと向いた。

「御定書《おさだめがき》によれば、本件は引廻しのうえ獄門と相成るのだが、磔とする典拠はいかがなるところにござるのか」

僕は歩きながら訊ねた。江戸町奉行所が御法の大典とする「公事方御定書」には、「人を殺し盗みいたし候もの、引廻しのうえ獄門」とある。しかし「磔」となれば一等重い罰となるので、何かべつの典拠があると考えたのだ。

阿部の答えは明晰《めいせき》だった。

「評定所格式帳に拠ります。人数を催しての強盗は磔のうえ五日晒《さらし》にござる。本来、主殺しは鋸《のこぎり》挽《び》きにござったが、あまりに残酷な仕置きゆえ、磔をもって極刑といたします る」

評定所格式帳なるものは仙台の法典なのであろう。領民の裁判権は領主が持たねばならぬから、将軍家に公事方御定書があると同様、伊達家にもその法典があり、しかも罰則は御定書より重い。

あの小僧の亡骸《なきがら》が晒されている姿を想像して、僕は暗澹《あんたん》となった。当地のお定めとあれば仕方ないが、この夏の暑熱の中で、子供の骸《むくろ》を五日間も晒し物にするのは酷《むご》すぎると思った。

「いや、石川様。仕置場は奥街道を北に下った七北田宿のはずれにござれば、さほど人目につくわけでもござりませぬ」

阿部勘之丞は淡々とした口調で言った。

「しからば五日も晒す要はござるまい」

「定めにござりますれば」

それから阿部は、話題を翻《ひるがえ》すようにどうでもよい時候の話や、七夕流しと盆の賑わいなどを語り続けた。

僕の頭を宰領していたのは、亀吉のことばかりではない。伊達侯のお召しに与って登城した青山玄蕃。親の敵《かたき》を探し続ける神林内蔵助《かんばやしくらのすけ》。それらの数奇な運命が胸に澱《お》り重《かさ》んで、物が考えられなくなってしまったのだった。

信仰心のないことを僕は恥じた。世の中にはこんなふうに、人の力の及ばぬ運命というものが、いくらでもあるのだ。自分が分不相応の出世を果たしたのは、不断の努力の賜物《たまもの》だと考えていたのも、とんだ思い上がりだった。

そう、ほかにもいくらだってあるのだ。神仏に恃《たの》まねばならぬ悲劇が。たとえ霊験は顕《あら》われなくとも、祈りによっておのれを慰め、覚悟を定めることはできる。

「何やら大変なお役目のようでござりまするな」

僕の顔色を窺いながら阿部が言った。役人の勘働きなのだろうが、僕には答えようがなく、また阿部も重ねて訊ねようとはしなかった。

芭蕉の辻まで来て、僕は歩きながら道標《みちしるべ》を指さした。

「四十五次百七里を歩かねばならぬ」

「津軽三厩までででござるか」

「さよう。連れはその先に行くが、それがしはそこから江戸に引き返す」

阿部は読み切ったのかもしれない。だとすると、よほど頭のいい侍だ。

外人屋《がいじんや》の前に二つの人影があった。僕を認めると神林内蔵助が手を挙げ、見知らぬ雲水《うんすい》が網代《あじろ》笠を脱いで頭を下げた。

「世話をかけた。このあたりでけっこう」

とっさに僕が阿部を遠ざけようとしたのは、話がややこしくなりそうな気がしたからだ。

「いや、御玄関まで」

そう言う阿部は、気が利かぬのではない。これは何か妙だと、勘を働かせたのだ。

押し引きすればかえって怪しまれる。えいままよ、と僕は二人に歩み寄った。

案の定、話はたちまちややこしくなった。神林内蔵助が僕と阿部の顔を認めるやきょとんとして、「やや、これはまたどうして」と言った。

「後学のためにご当地の牢屋を見物させていただいたのです」と僕が答えれば、阿部が横あいから、「こちらの御主人がお召しに与りましてな」。すると内蔵助が得心いったように、「はは、なるほど。それで阿部殿がご案内を」。

ややこしい。要するに、神林内蔵助と阿部勘之丞は見知った仲であるらしいのだが、仙台を根城にして七年も親の敵を探していれば、町奉行所の役人と顔見知りでもふしぎはなかった。

ましてや実直で働き者にちがいない阿部のことだから、親身になって探索に力を貸してきたとも思える。

僕は中に入ってややこしい話を整理しなければならなかった。

「大河原《おおがわら》宿で嵐に遭《お》うての。そこでたまたま神林殿と同宿したのだが、連れ立って仙台に入ったとたん、たいそうなお迎えを頂戴いたし、言い出しかねるうちに主従ということになってしもうたのだ。いや、今さら妙な話と思われようが、われらに悪気はござらぬ。誤解をとくことができなかっただけで――」

阿部が手を挙げて僕を宥《なだ》めた。

「承知いたしました。誤解したるは当方にござれば、どうかお気遣いなさらず」

かえすがえすも機転の利く侍だ。きっと奉行所では引っぱり凧の忙しさだろう。だからこそ今朝も早くから召し出されたにちがいない。

ややこしい話がとりあえず一段落して、僕らのまなざしは雲水に向けられた。

ところで、こやつは何者。

雲水は僕らに向き合って静かに合掌した。よほど厳しい修行を続けているのであろう、陽に灼けた顔にはまるで脂気がなく、巌《いわお》の罅《ひび》のごとき深い皺が刻まれていた。洗い晒した手甲《てっこう》は、おろしたてのような白さだった。

よもや、という予感が僕の頭をかすめた。阿部勘之丞もとっさに身構えた。

合掌したまま雲水は小声で言った。

「俗名を佐藤伝八郎《さとうでんぱちろう》と申しまする。すでにお察しの通り、これなる神林内蔵助殿がお尋ねの敵《かたき》にござる」

とたんに阿部勘之丞が雲水の肩を摑んで、外人屋の門内に引き込んだ。

「大道で口にする話ではあるまい」

それもそうだ。僕はとっさに門長屋の戸を開けて、折しもサイコロ博奕に興じていた奴《やっこ》どもを追い出した。

阿部はほかにひとけのないことを確かめ、曰《いわ》く窓《まど》ごしに街道の左右を窺ってから、土間に立って腕組みをした。

「まちがいないか、神林殿」

「おそらくは」と内蔵助が答えた。おそらくも糞もあるまい。当人がそう名乗っているではないか。

だが、思えば内蔵助は敵の顔すら知らないのだ。よって「おそらく」なのだろうと僕は思い直した。

僕らはまるで悪だくみでもするように、土間に佇んで顔をつき合わせたまま、潜み声をかわした。

「なにゆえ門前におられたのか」

僕は内蔵助を問い質《ただ》した。今朝は暗いうちからとっとと逃げ出したのに、たまたま敵とめぐり会《お》うたから見せにきたのか。いや、いくら何でもそんな間のよい話はあるまい。

「石川殿に見届人になっていただきたいと思いまして、お帰りをお待ち申しておりました」

いやだ。青山玄蕃ひとりで手一杯なのに、どうして敵討ちの見届人などせねばならぬ。

だが、むろん頼まれて「いやだ」と無下《むげ》には言えなかった。

「お待ち下され。いきさつを知っておるとは申せ、それがしは行きずりの旅人に過ぎますまい」

「そこを枉《ま》げてお頼み申しておるのです。ましてそこもとは江戸町奉行所の御与力、見届人にはまことふさわしい」

神林内蔵助は少しも怯《ひる》まずに食い下がってきた。奥州人ではないのに、あんがい押しは強い。もっともよほど粘り強くなければ、七年も仇討ち行脚《あんぎゃ》を続けることなどできまいけれど。

僕は言い返した。

「いやいや、神林殿。よくお考え下され。見届人と申されるからには、尋常の立ち合いをなされるおつもりでござろう。伊達様御領分における果たし合いに、江戸の役人がかかわるは僭越にござる。しからば、むしろこれなる阿部勘之丞殿にお頼みなさるが道理ではござらぬのか」

すると阿部はぎょっと目を剝いて、

「何を申されますか。それがしのごとき軽輩に敵討ちの見届人など、務められよう道理はございませぬ」

「ならば御奉行所の御上司にお頼み下されよ。少くともそれがしよりは道理が通りましょう」

　つまり、いかな働き者の阿部勘之丞でも、さすがに敵討ちなどという面倒にはかかわりあいたくないのだ。

　雲水が溜息を洩らしながら、申しわけなさそうに言った。

「のう、みなさま。ご覧の通りわたくしは、すでに世を捨てた者にござりまする。ここで腹を切れと言われれば切りもしましょうし、神林殿に斬り捨てられてもかまいませぬ。ご迷惑をおかけするよりは、いっそそうしていただけませぬか」

「ならぬ」と内蔵助が叱るように言った。懐から油紙にくるんだ仇討免許状を取り出し、押し戴くように掲げて続けた。

「主から拝領した免状に誓って、敵討ちをなさねばなりませぬ。それにはまず、正々堂々の立ち合いを見届けるお方がなければならず、この期に及んで腹を切らせるだの斬り捨てるなど、もってのほかにござる。それがしは命を懸けており申す。返り討ちに遭うたのなら、その旨を見届人から主にお伝え願いたい。本懐を遂げずとも、それはそれで本望にござる」

　神林内蔵助は眦《まなじり》を決していた。

　そのとき、下駄の歯音が聞こえたかと思う間に引戸が開いた。

「おやおや、こんなところで何の相談だえ。悶着ならば俺に任せろ」

阿部勘之丞はたちまち畏れ入って片膝をつき、僕は振り向きもせずに溜息をついた。これで話はますますややこしくなった。

「帰っていたのか」

もはや言葉を飾る気も失せて、僕は冷ややかに言った。

「帰っていたのかとはご挨拶だの。いやな、陸奥守殿があれこれ詮索なさるから、面倒臭くなって帰ってきたのさ」

青山玄蕃はそう言いながら熨斗目《のしめ》の褄《つま》を取って座敷に上がり、どさりと大あぐらをかいた。御城で酒をふるまわれたのであろうか、昼ひなかから上機嫌だ。

「悶着などではない。口を挟むな」

「引っこんでろってか。悶着じゃねえのなら、何だねみなさんのその面は。十手者が二人に敵討ち、ところでこの坊様はどなただえ」

佐藤伝八郎と名乗った雲水は、何のためらいもなく「その敵にござる」と答えた。それで話は身も蓋もなくなった。

玄蕃はひとこと、「ほう、本当《マブ》かね」と言った。肝が据わっているのか、驚きのあまり繋ぐ声もないのかわからなかった。

神林内蔵助がぐいと進み出た。

「まことにござる。よってそれがし、尋常の果たし合いをいたす所存にござるが、ついては石川殿に見届人をお引き受け願いたく、お頼みしていた次第」

「何を勝手な」と、僕は内蔵助を睨みつけた。生真面目で信心深い内蔵助は、おそらく僕との出会いを神縁仏縁だとでも思っているのだろう。しかし信仰心に欠ける僕にとっては、迷惑のほかの何物でもない。

「なるほどのう」

玄蕃は奴どもが散らかしていったサイコロを弄び、倒れた徳利を逆手に持って余り酒を啜《すす》った。

「あんたのご執心はわからんでもねえ。七年目のきょうにたまたま親の敵とめぐり逢《お》うたは、八幡大菩薩《はちまんだいぼさつ》のご奇特《きどく》にちげえねえわえ。そりゃ石川さん、知らんぷりはできぬぞえ」

こら、余計なことを言うな。

神林内蔵助の顔が明るんだ。

「さよう。敵に出会《でお》うたのは大崎八幡宮の参道、これを奇特と言わずに何といたしましょう」

それから内蔵助は、興奮もあらわに身ぶり手ぶりをまじえて、佐藤伝八郎にめぐり逢ったいきさつを語り始めた。

にわかには信じがたい。一体全体、何という偶然であろうか。しかも、敵のほうから潔く名乗りを上げたというのだから、これはたしかに人知を越えている。

内蔵助の話に割って入る者はなかった。佐藤伝八郎は神妙に肯くばかり、阿部勘之丞は神仏に謝すごとく天を仰ぎ、青山玄蕃はひとりひとりの顔を見比べていた。

僕と目が合ったとき、玄蕃が薄い唇を歪めて、少し笑ったような気がした。

「いやはや、驚いた。のう、神林さん。たしかに八幡様の奇特かもしらねえが、もしや亡くなられた御母上様が、敵に引き合わせて下すったんじゃあねえのかえ。俺は神仏に恃まぬ性分だが、親の情てえのは信じているんだ」

僕もそう思う。もしこの偶然に見えぬ力の加護があるのだとしたら、内蔵助を慈しむ母の一念ではあるまいか。

はからずも僕の胸のうちを玄蕃が代弁してくれたのだ。

「こたびは、ご愁傷《しゅうしょう》様でござった」

僕はいまだ興奮さめやらぬ内蔵助に向かって、思わせぶりに頭《かしら》を垂れた。大崎八幡様の奇特を否定するわけにはいかないが、偶然の邂逅《かいこう》が母の訃報《ふほう》から始まったことに気付いてほしかった。

「ご愁傷様でござる」

阿部勘之丞もそう言って頭を下げた。たぶん僕と同じことを考えたのだろう。それから阿部は、玄蕃に向き直って続けた。

「尋常の果たし合いとなれば、両名を奉行所に伴い、裁可を得ねばなりませぬ。そののち

――」

「しばらく、しばらく」と僕は阿部の声を遮った。

「われわれは先を急がねばならぬ。ましてや、おとついの晩に知り合《お》うたばかりの神林殿に、かかわり合う義理はない」

冷たいようだが、当たり前の話だろう。

「マアマア、石川さん。あんたの仕事熱心はわかるが、実のところはそう急ぐ旅でもあるめえ」

流人めが何を偉そうに。僕は他聞も憚《はばか》らずに玄蕃を叱りつけた。

「急ぐもとどまるも、おぬしの決めることではあるまい。分《ぶ》を弁《わきま》えよ」

話をこれ以上ややこしくしてはならない。そのためには、一刻でも早く仙台を去らなければ。

「何だってそう剣突《けんつく》に言うもんじゃあない。いいかえ、石川さん。俺はつい今しがた伊達陸奥守様に呼ばれて、青葉城の御書院で一杯やってきたところだ。下城して袴を脱いだとたん、分を弁えよなんて頭ごなしに叱られたんじゃ、俺はともかく、陸奥守殿の立つ瀬があるめえ。ちっとは物を考えてくれよ」

それもそうだ。だが流人に頭など下げてはならぬ。僕は詫びるかわりに玄蕃を睨みつけた。

「ま、わかりゃいいわえ。そこで、俺はあれこれ考えたのだが、いやだいやだと言う石川さんに無理強いするぐれえなら、俺が見届人をやってやろうと思う。どうだえ、神林さんよ」

内蔵助の興奮は極まり、胸前で両拳を握りしめて、「願ってもないこと」と大声を上げた。

とんでもない。元は大身《たいしん》の旗本でも今は流人の玄蕃が仇討ちの見届人などと。

僕が抗弁するより先に、玄蕃はもっととんでもないことを言った。

「で、石川さん。あんた、助太刀をしてやれ。見届人にはちょいと貫禄不足だが、伊庭《いば》道場の免許がどうたら、講武所の撃剣試合でこうたらてえ、腕前は大したものだそうじゃねえか」

僕は声を裏返して抗った。

「腕前がどうのという話ではあるまい。馬鹿も休み休み言え。旅の道連れに命を懸ける義理はない」

とっさの返答とはいえ失言だった。ほかに言いようはいくらもあろうに、いやしくも武士の口から「命を懸ける義理」などという言いぐさはあるまい。

案の定、玄蕃はにっかりと笑った。

「ほう。直参《じきさん》の御与力様が命乞いかえ。そりゃあ聞き捨てならねえ。それとも何か、あんたの剣術てえのは面籠手《めんこて》と竹刀《しない》の道場剣か。てえことは、腰の大小は飾り物だな。だったらそんな重てえものは捨てちまえ。三日四日も早く着くぜ」

いくら何でも言ってよいことと悪いことはあろう。僕ひとりが面罵されるのなら堪忍のしようもあるが、道場剣と言われたのでは師匠を罵られたも同然、石川の父から譲り受けた康継《やすつぐ》を飾り物とまで言われては、家名を穢《けが》されたも同然ではないか。

「ご無理はなされるな。おっしゃる通り、そこもとに命を懸ける義理はござらぬ」

神林内蔵助のその一言で僕の肚《はら》は定《き》まった。意地を張るわけではない。義を見て為《せ》ざるは勇なきなり。仇討ちという義挙を目前にして加勢しないのは、すなわち勇気がないのだ。

僕は玄蕃のにやけた顔を睨みつけながら言った。

「承《うけたまわ》った。石川乙次郎、義によって助太刀いたす」

一瞬、おのおのが息をつめたように思えた。間を置いて玄蕃が言った。

「よおし、それでこそ徳川家の直参だ。安心せえ、石川さん。万一あんたが返り討ちに遭《お》うても、俺はこれ幸いとずらかったりしねえ。ちゃんとこの足で歩《ある》って、三厩まで行ってやるさ」

僕は万が一など考えてはいない。敵を名乗って出たくらいなのだから、佐藤伝八郎ははなから討たれるつもりなのだ。よって助太刀は内蔵助の励みとなり、また敵討ちの舞台に華をそえる役者に過ぎない。それでも僕が躊躇《ちゅうちょ》したのは、流人の押送という務めを遅らせてまでなすべきこととは思えなかったからだ。

内蔵助の表情はと見れば、興奮を通り越し感極まった様子で、眶《まぶち》には涙すらたたえていた。

「では、これより奉行所を訪《おとな》い、事の次第を申し立てる。阿部殿、ご案内をお頼みしてよろしいか」

阿部勘之丞が然りと肯いた。しかし佐藤伝八郎は一切口を挟まず、黙然として合掌するばかりだった。

三人が出て行ったあと、僕はしばらく呆然として、曰く窓から射し入る光の中に立っていた。

門長屋から追い払われた奴が、様子窺いか気を利かせたのか、番茶を運んできた。「ご苦労」と玄蕃は偉そうに言い、奴に銭を投げた。

「乙《おと》さん、一服せえ」

僕は気を取り直して、長屋の上がりかまちに腰を下ろした。

「少々言葉が過ぎた。気を悪くしたか」

茶を啜りながら、玄蕃が改った口調で言った。悪いほうの玄蕃が消えて、いいほうの玄蕃が現われたように思えた。

「おぬしが偉い侍だということはよくわかっている。だが、今は罪人だ。物の言いようには気遣え」

玄蕃は総髪に手を当てて、「いや、すまんすまん」とあっさり詫びた。

「しかしのう、乙さん。俺には俺の考えがあるのだ」

これまでの道中でめぐり逢った人々の顔が、僕の頭の中に去来した。杉戸宿《すぎとじゅく》のおかみ。中田《なかだ》関所の御番頭《ごばんがしら》。佐久山《さくやま》宿の按摩《あんま》。そして芦野《あしの》宿での大騒動にかかわった多くの人たち。

そのつど玄蕃には深い考えがあったように思う。憎み、持て余し、いっときはいっそ斬り捨ててしまおうとまで思っていたのに、その思慮深さに気付くたび、僕の心はほどけていった。

「流人の考えなど聞く耳持たぬわ」

「いや、そう頑《かたく》なになりなさんな。あんたの命にかかわる話だぞえ」

「何を」と僕は気色ばんだ。

玄蕃は気を持たせるように煙管《キセル》を取り出し、土間に下りると熨斗目の尻をからげて竈の熾火を点じた。

「あの坊主はよほどの達者だぞえ。あんた、わからなかったか」

火床《ほど》に屈み込んだまま玄蕃が言った。ぞっと肝が縮んだ。わかるもわかるまいも、僕にはまるで考え及ばなかった。

「やれやれ、伊庭道場も講武所も知れたものだの。やつは達者だぜ。尋常の勝負となれァ、神林さんじゃ太刀打ちできめえ。そのつもりで敵を名乗って出たのだ」

返り討ち。そうとなれば復仇《またがたき》は許されぬと聞く。つまり、仇討話はそれで仕舞い、恨みつらみも水になる。

もし佐藤伝八郎が腕に覚えのある侍なら、果たし合いの末の返り討ちにすれば、最も後腐れがないのだ。

「いや、まさか——」

と言いかけて、僕の声はすぼんだ。たとえば、神林内蔵助が敵を探していたのではなく、佐藤伝八郎が内蔵助を追っていたというのはどうだ。奇特よりも偶然よりも、それはよほどありそうな話ではないか。その筋書きを読み切った玄蕃は、おのれが見届人を買って出たうえ、僕を内蔵助の助太刀に立てた。

玄蕃は竈口にしゃがみこんだまま、毛脛《けずね》を掻きながら莨《タバコ》を吹かしていた。

「いいかげんなことを申すな」

「おっと、口から出任せを言うたわけじゃねえよ。あの野郎は遣えるぜ。まちげえねえや」

「さようなこと、おぬしにわかるはずはなかろう」

いくらか気に障ったように、玄蕃は横顔だけ振り返った。

「のう、乙さん。こう見えても俺ァ、あんたより十幾年も余分に侍の飯を食ってるんだぜ。

てえことは、それだけ余分に竹刀を振ってるんだ。あんたの目に見えねえものが、この目に見えてもよかろう」

ふと思いついた。宴席での狼藉《ろうぜき》とはいえ、内蔵助の父親は抜きがけの一太刀で命を落とした。相手は居合の遣い手なのだ。もしやあの雲水の険しいまなざしは、仏道の修行に打ち込んでいるからではなく、間合に入った的を睨み据える、居合の目なのではあるまいか。

「まあ、俺の思い過ごしならそれでいいさ。だがよ、神林さんがむざむざ敵の術中に嵌まるてえのは、あまりに不憫だろう。助太刀が控えていりゃあ、いざというときにも相討ちてえことで、神林さんの面目も立つってもんだ」

助太刀など形ばかりの役目だろうと高をくくって、安請け合いしてしまった。むろん口に出して引き受けたからには翻すわけにはいかない。武士に二言はないのだ。

それから長いこと、僕らは黙りこくっていた。玄蕃は竈口にしゃがんで莨を喫《の》み、僕は僕で上がりかまちに腰かけたまま、ぼんやりと物思いに耽《ふけ》った。

しかし、いくら考えたところで堂々めぐりなのだ。仇討免許状を持っているからには、誰が許さぬという道理はない。すなわち仙台の町奉行様には果たし合いの許しを得るのではなく、かくかくしかじかと届け出るにすぎないのだろう。

そういう次第ならば、たぶん話は早い。明日かあさってにも、然るべき場所を得て神林内蔵助と佐藤伝八郎は立ち合う。青山玄蕃が見届人を務め、僕が助太刀をする。

そうと決まったからには、もう何を考えても仕方がないのだ。三人のうちの誰々が死んで誰々が生き残るかは、そのときになってみなければわからない。そしてもし万が一、僕が斬られたのならば、玄蕃はひとりで三厩に向かうと約束した。

流人がひとりで流刑地に向かうなど、あるはずもない図なのだけれど、玄蕃はきっとそうするにちがいなかった。

「ところで――」

僕は堂々めぐりにいたたまれなくなって、敵討ちとはまるでかかわりのない話をした。米ヶ袋の牢屋で見た小僧の話だ。

玄蕃は黙って聞いていた。ひと通り聞きおえると、何を問い返すでもなく煙管《キセル》の雁首《がんくび》をポンと竈に打ちつけて立ち上がり、大きな伸びをした。

「いやはや、どうしようもねえ話だの」

「そのどうしようもない話を、みんなしてどうにかしようとしたのだろう。だが、御法を枉《ま》げてはなるまい」

僕は亀吉という丁稚小僧の、いたいけな顔を思い出した。主殺しは磔のうえ晒しと聞いたが、あの小さな体が夏の暑さの中で五日も晒されたのでは、見せしめどころか御政道を呪う声も上がることだろう。

正月の罪人が夏の盛りまで仕置きされずにいるのは、救う方途を探していたのだろうか。

それとも、育ちざかりに物相飯《もっそうめし》を食わせこませて、いくらかでも大人に仕立てようという魂胆なのだろうか。

「どうしようもねえよ、乙さん」

玄蕃がぽつりと言った。

十五

雀《すずめ》を握り潰したとき、ああこれで地獄に落ちるのだと思った。

このさき千遍万遍の御題目を唱えたところで、お釈迦《しゃか》様が寛《ゆる》して下さるはずはない、と。

なぜそんなことをしてしまったのか、亀吉にはわからない。

朝に晩に餌をくれてやる人がいなくなれば、ひとたまりもなく飢え死んでしまうような気がしたか、あるいは一緒に死出の旅路をたどりたいと思ったか、いやそうではなくて、命が嫉《ねた》ましかっただけなのだと思い直して、おのれが怖ろしくなった。

鞘土間の天窓から、まだ嘴《くちばし》の黄色い小雀が転げ落ちるように飛びこんできたのは、いまだ寒々しい春の朝早くだった。

雀は小九尺牢の高みに止まって、親を呼んでいるのであろうか、悲しいなりにいい声で鳴いた。飯粒をつまんで格子に置くと、とまどいがちにきょときょとと首を振ってから、うまそうに啄《ついば》んだ。それ以来、雀は天窓を往き来して、すっかり亀吉になついた。指を立てれば指に止まり、飯も掌《てのひら》の上で食べた。

名前はつけなかった。未練になると思ったからだった。半年余りの間、雀は亀吉の家族であり、たったひとりの輩《ともがら》だった。

いつものように掌にくるんで、命の温もりとたしかな鼓動を慈しんだ。しかしきょうに限って、おのれでもわけがわからぬ魔物の力が、雀を握り潰してしまったのだった。やはり何を考えたわけではなかった、と亀吉は思う。

我に返っておそるおそる掌を開けば、雀はつぶらな瞳を瞠《みひら》いたまま、何が起きたかわからぬというふうに死んでいた。

亡骸は牢屋番に託した。食わずに埋《い》けてくれろと願ったが、どうなったかはわからない。

午前《ひるまえ》に奉行所の阿部様が、偉そうな客人を連れてやってきた。そして暮六ツの鐘が渡るころ、阿部様がまた別のお客を案内してきた。そのつど亀吉は仕置きのお迎えだと思って肝を冷やした。

日に二度も怖い思いをさせられて、亀吉は正気を喪《うしな》ったのだった。かけがえのない輩を握り潰したのは、その夜のうちだった。

暮六ツにやってきた侍は、昼間のお客よりもっと偉そうに見えた。阿部様や牢番のそぶりからもそうとわかった。

だから亀吉は初めて命乞いをした。詮議に当たった与力よりも、御沙汰を申し渡した御奉行様よりも、ずっと偉い侍だと思ったからだった。もしや亀吉の無実が御殿様のお耳に入って、お側近くの御用人様をお遣わしになったのではないか、と。

しどろもどろでうまくは言えなかったが、自分が盗賊の一味などではないこと、殺された旦那様にはご恩こそあれ恨みなどないことを、亀吉は泣く泣く並べ立てた。

侍は格子の外に屈みこみ、黒々とした総髪に手を当てて亀吉の命乞いを聞いてくれた。泣いて声が詰まれば、隣の牢の爺様がかわりに訴えてくれた。不憫じゃ不憫じゃ、殺すならわしを殺せと。

だが、総髪の侍は聞くだけ聞いたあと、亀吉をがっかりさせた。

――御沙汰に物申す筋合いではない。せめてこの生殺しはどうにかするゆえ、疾《と》く疾く往生するがよい。

冷ややかにそう言い残して、侍は行ってしまった。

いったいあの侍は何をしにきたのだろうと亀吉は考えた。最後の申し開きを斥《しりぞ》けたのだろうか。それとも、観念して肝が据わったかどうかを確かめにきたのだろうか。いずれにせよ、捨て台詞《ゼリフ》から察すれば、仕置きの日は迫っているにちがいなかった。

念仏でも題目でもきちんと唱えれば往生できるというけれど、いざ命の瀬戸際に立ってみれば、そんな都合のいい話はないと思えてきた。

善行などひとつも積んでいない。他人のために何かをしたためしはなかった。あげくの果てには押し込みの手先に使われ、そのせいで主が命を落とした。

希《のぞ》みは断たれた。膝を揃えてうなだれる亀吉の肩に、夕まぐれから帰ってきた雀が止まった。掌《て》を開けばひょんと飛び移って、亀吉の泣き顔を見上げた。

指先で慈しんだあと、ふいに捨て鉢な気分になって、雀を握り潰したのだった。

助太刀。助太刀。助太刀。

どうにも実感が湧かぬ。仇討ち話ですらよほど珍しいと思っていたのに、おのれが引きずりこまれてしまうとは。

とりあえず刀の手入れをしなければ、と思い立って縁側に座った。

助太刀。助太刀。助太刀。

鍵屋《かぎや》の辻の荒木又右衛門《あらきまたえもん》だの、高田馬場《たかだのばば》の堀部安兵衛《ほりべやすべえ》だのと同じと思えば気味もいいが、やはりどう考えたところで、僕と神林内蔵助は親類でもなし、義盟を結んだわけでもなし、そうまでする義理はない。

助太刀。助太刀。助太刀。

外人屋の縁先には小体《こてい》な庭があって、蹲踞《つくばい》から溢れる水流れを繞《めぐ》って青苔がつき、その先には枝を打った細杉の木立ちが夕風に揺れている。

鞘を払ってみれば、鎺元《はばきもと》に錆《さび》がついていた。嵐に見舞われたあと、うっかり手入れを忘れていた。目釘《めくぎ》を抜いて柄《つか》をはずし、ご先祖様に詫びながらていねいに粉を打った。

家伝の三代康継は、石川家のご先祖様が手柄を立てた折、時の御奉行様より拝領したという。その手柄とやらがどうしたものであったか、時の御奉行様がどなたであったかは伝わっていない。つまりそれくらい大昔の話であるらしい。

康継と言えば幕府の御用鍛冶で、銘に葵御紋を切ることを許されている。よって世に「御紋康継」と称せられる。家伝の刀には葵御紋こそないが、「越前康継」の四字銘が切られている。

地鉄《じがね》は黒く深く、刃文《はもん》は直刃《すぐは》だが物打ちのあたりで浅く湾《のた》れる。いつまで見ていても、まず飽くことのない名刀だ。

脇差はお対《つい》ではないが、正真《しょうしん》の後代康継で、こちらも在銘だった。

初出仕の朝、石川の父はようやく牀《とこ》に身を起こし、不自由な腕に刀と脇差を抱えて僕に托した。僕が石川の家督を襲《と》ったと思ったのは、まさにそのときだった。

青山玄蕃は言うにこと欠いて、「腰の大小は飾り物だな」と罵った。その侮辱さえなければ、助太刀などという埒《らち》もない話を、僕はけっして引き受けなかったろう。康継は石川の家そのものだった。

助太刀。助太刀。助太刀。

ああそれにしても、よもやこの刀を抜いて命のやりとりをする日がこようとは。

むろん武士の得物にはちがいないのだから、使い途をたがえているわけではない。しかし刀には、道具であるというより先にもっとありがたい意味があって、どのような用途であれ使ってはならないという気もする。ましてや、嵐の夜にたまさか泊り合わせただけの、神林内蔵助のために。

尋常の立ち合いなのだから、いきなり二人と一人で戦うわけではない。助太刀の僕は刀を抜いて控え、もし内蔵助が敗れれば間髪を入れずに敵を斬る。

夕飯を食いながら、青山玄蕃はこともなげにそんな説明をした。

つまり内蔵助が生きようが死のうがかまわぬ、仇討ちを成就させればよい、というわけだ。

道理はわかる。だが、やはり釈然とはしない。神林の家名を立てさえすれば、内蔵助の命などどうでもよいのだろうか。

蜩《ひぐらし》の声を聞きながら刀の手入れをしているうちに、心が落ち着いてきた。それでよいのだと、康継が僕を諭した。武士ならば何事も御家大切なのだ、と。

しかし、そうした御託を並べる康継には一点の棟傷《むねきず》すらなく、刃区《はまち》を見ても研ぎ減りがない。つまり二百年の間、この刀を伝えてきた石川家歴代の当主は、戦うどころか据え物を斬ったことすらないのだろう。むろん、敵討ちの助太刀などあろうはずはなかった。

武士の意地。もしくはなりゆき。今さらおのれの浅慮を悔いても仕方ないが、もし佐藤伝八郎が滅法な達者で、内蔵助はおろか僕まで斬られるとしたら、御家大切どころか神林の家も石川の家も、滅んでしまうかも知れない。

助太刀。助太刀。ああ、助太刀。

一体全体、どうしてこんなことになってしまったのだろう。もしやおとついの嵐の晩、不覚にも酔い潰れた僕に、とんでもない邪神か物怪《もののけ》でも憑《と》りついたか。

夕闇が迫り、蜩の声を分けて暮六ツの鐘が渡った。

それはそうとして、玄蕃はどこだ。

刀を鞘に収めて女中を呼べば、青山様はさきほど夕涼みにお出かけ、と言う。

呑気な話だ。人を土俵に押し上げておいて、おのれは夕涼みか。

そう思えば腹も立つが、また一方では、いつの間にかすっかり玄蕃を信用している自分に気付いた。夕涼みと称して遁走《とんそう》するなど、考えてもいない。

本来ならば、後ろ手にくくって猿回しにするか、唐丸籠《とうまるかご》で押送すべき重罪人なのだ。それを大小まで与えて勝手に歩かせるのは、旗本の面目を考えてのことだとしても、だからと言って逃げ出さぬ保証はない。ましてや不義密通の破廉恥漢である。

では、なにゆえこうして安心していられるのかというと、そこが僕自身にもよくわからない。ただ、玄蕃は僕を裏切らないと、信じているだけだった。

たいがい夜も更けたころ、玄蕃はようやく外人屋に帰ってきた。

「御殿様お戻りになられました」

女中が障子ごしに声をかけた。僕を玄蕃の家来だと思いこんでいる。言われて迎えに出るのもしゃらくさいので、「さようか」と答えた。

　すると女中は不安げに、

「何やらたいそう難しいお顔をなさっておいでです」

　おや。そこいらの居酒屋で町人相手に飲んでいると思ったが、さては何か悶着でも起こしたわけではあるまいな。

　ところが、じきにやってきた玄蕃は特段いつもと変わった様子がなかった。しかも、珍しいことに酒が入っていない。

「御酒《ごしゅ》をお持ちいたしましょうか」

　と言う女中に少し迷うふうをしてから、

「いや、きょうはやめておこう」

「おや、まあ」

　どうやらこの年増《としま》の御女中は、すっかり玄蕃に惚《ほ》れているらしい。ご相伴《しょうばん》できずに残念、と顔に出た。

「評定所に寄ってきた」

　女中が去ると、玄蕃はいきなり聞き捨てならぬことを言った。

「何を勝手ばかりしておるのだ」

「面倒はさっさとすますがよかろう」

玄蕃は真顔で言った。

仙台に町奉行所はないらしい。つまり奉行の屋敷が奉行所を兼ね、調べや申し渡しは評定所にて行うという。しかし考えてみれば、さほど不都合はあるまい。むしろ役所の間を往還する手間は省ける。

「果たし合いは明朝五ツと決まった。奥州道中を二里ばかり下った七北田《ななきた》宿のはずれに、ころあいの場所があるらしい」

玄蕃の物言いは常になく真に迫っていた。むろん冗談で言える話ではあるまい。

今日の明日かと思いもしたが、それを言えば怯懦《きょうだ》を疑われる。僕は黙って肯いた。

「六ツにここを出て、内蔵助とともに七北田へと向かう。佐藤伝八郎は評定所に泊り、奉行所の役人に付添われてやってくる。おう、わかってるのかえ、乙さん。俺が見届人、あんたは助太刀だ」

わかっている。しかしいまだ実感を欠いていた。きっと僕は、情けない顔をしているのだろう。

折も折、庭先の木叢《こむら》に夜烏《よがらす》が鳴いて、僕をおののかせた。

「面倒はさっさとすますがよい、か。とんだ面倒にかかずらったものだ」

僕は精一杯の嫌味を言った。ようやくいつもの笑顔を見せて、玄蕃が僕の肩を叩いた。

「まあ、そうぼやきなさんな。旅は道連れ世は情け、と言うじゃあねえか。ましてやあんた、人を斬る機会なんざめったにあるもんじゃねえぞ」

「それがしが斬られるかもしれぬ」

「そりゃそうだが、そこまで考えたら何もできめえ。いやはや、羨ましい限りだ。侍冥利に尽きるわえ」

「羨ましいなら代わってやる」

「おっと。憚《はばか》りながら俺ァ、あんたとちごうてヤットーはからっきしでの。それだけはご勘弁。そんじゃ乙さん、きょうはぐっすりお寝《やす》みなさいまし。さもなくば、明日の朝っぱらからずっとお寝みてえことにもなりかねねえ。つるかめ、つるかめ」

ハハッ、と癇に障る高笑いを残して、玄蕃は部屋から出て行った。

それから僕は輾転《てんてん》として夜鳥の声に悩まされながら、長い一夜をやり過ごすほかはなかった。

「おい、腹ごしらえをしとかねえと力が出ねえぞ」

台所の板敷で朝飯をかきこみながら玄蕃が言った。

飯も咽を通らぬとはこのことだ。六ツの鐘に出番をせかされ、やむなく炊きたての飯に味噌汁をぶっかけた。

「おやまあ、出世前のお侍様が」

御女中に文句をつけられた。暗いうちから仕度をした朝食をかけ飯にされたのでは腹も立とうけれど、まさかこれから命のやりとりをするとも言えぬ。女中は僕らが早立ちをするとしか思っていないのだ。

「お見送りはよろしゅうございますのか」

こともなげに玄蕃が答えた。

「なるたけ厄介はかけたくねえから、遠慮さしてもらった」

そこでちらりと流し目を送り、「おまえさんひとりでいいさ」。

僕らはすでに旅姿で、どういう始末になろうと仙台には戻らぬつもりだった。もっとも、僕が斬られなければ、の話だが。

僕がかけ飯にも往生している間に、玄蕃は「おかわり」と椀を差し出す。見届人は気楽なものだ。

「のう、御殿様。お帰りはまたお立ち寄り下さいましな」

御女中が甘ったるい声でせがんだ。よもやとは思うが、何か不埒《ふらち》があったわけではあるまいな。

玄蕃は茄子漬をかじりながら、いささか答えに窮した。様《ざま》を見ろ。おぬしに帰り途はないのだ。

ところが、この破廉恥漢は口に困らぬのである。

「二度会《お》うたなら別れられまい」

女中は物言うかわりに涙を流し、僕らはそれをしおにさっさと外人屋を出た。朝の気がつんと鼻に通るかわたれどきだった。街道を少し下って振り返れば、門前に見送る人影はなかった。

一町ばかり行った先に「すゞ屋」という看板を掲げた旅宿があり、すでに戸は払われて、鉢巻に襷《たすき》掛けの神林内蔵助が今や遅しと僕らを待っていた。さすがに白装束ではないが、腕組みをしてどっかと腰を据えた姿は決死の覚悟を感じさせた。

「よろしくお頼み申す」

内蔵助が立ち上がって頭を下げれば、奥から宿の亭主と女房らしき二人が駆けつけてきた。

「みごとご本懐とげられますよう」

「ご武運をお祈りいたしております」

夫婦は口々に言った。内蔵助は七年の間、やみくもに敵を探し歩いていたわけではなく、仙台を根城にしていたと聞いている。だとすると常宿としているこの旅籠の者は、家族も同然なのではあるまいか。

とまれこうして、僕が思いもよらぬ事態に引きずりこまれてゆくことはたしかだった。何やら僕の行手に、次々と扉が開かれてゆくような気分だった。けっして望みもせぬのに、次から次へと。

内蔵助と亭主は財布の押し引きをした。万一のときにはこれにてご容赦、というようなことを内蔵助が言い、亭主は縁起でもない話はするな、いや銭金などは受け取れぬ、などと言って拒んだ。

玄蕃が仕切った。「ひとまずそれがしがお預かりいたす」というわけだ。言われてみればたしかに、見届人の務めのうちだろう。

「討つも討たるるも武士の面目にかかわることゆえ、他言は無用ぞ」

玄蕃はそう言い置いた。

僕らは無言で奥州街道を北へとたどった。店を開け始めた商家の使用人たちは、いったい何ごとやらと僕らを見た。十手者と鉢巻襷掛けの侍が早朝からのし歩くのでは、何か大騒動が起きたかと思われるのも当たり前だ。

やがて街道は寺の門前で右手に折れ、町なみも尽きた。

「権現様にお参りしてゆくかえ」

東の森を指さして玄蕃が問えば、内蔵助は即座に答えた。

「常日ごろより祈願しておりますゆえ、のちほどお礼参りをさせていただきます」

すると玄蕃は、あろうことかケッと嗤《わら》って、「お礼参りができればいいの」と言った。

まったく、ああ言えばこう返す、とことん臍《へそ》の曲がった人間だ。

僕は肚を定《き》めた。この臍曲がりの思いつきで、命を落とすわけにはいかない。

手燭《てしょく》の灯を頼りに足音を忍ばせて鞘土間を歩み、小九尺牢の格子の前に立ってみれば、科人《とがにん》は筵《むしろ》の上に小さな体を丸めて眠っていた。

里の夢でも見ているのかと思うと声をかけることもためらわれて、阿部勘之丞はしばらく闇の中に佇んでいた。

それはそれでつらいひとときであったが、正月から秋風の立つころまで生殺しの怖い思いをさせられた亀吉に比べれば、大の男がつらい切ないなどとは言えまい。

何とか助ける手立てはなかったかと、この期に及んでも勘之丞は考え続けている。だが、やはり万策尽きてしまった。

米ヶ袋の牢屋から評定所に幾度も呼び立て、そのつど同じ詮議をくり返したのは、そうして手間暇かけている間に一味の首領が捕まることを期待していたのである。

亀吉を救う方法と言えば、江戸の薬種問屋を騙《かた》った男の口から、事件のいきさつを吐かせるほかはなかった。しかし、その行方は杳《よう》として知れぬ。一味のうち捕えられたのは、鳴子の湯での大散財を怪しまれたひとりきりで、それも押し込みの前日に声をかけられた流れ者だった。

素性が割れたとたんその男はさっさと処刑されたが、そうなると亀吉の仕置きを引き延ばす理由もなくなった。それでも御奉行様は勘之丞の懇願を容《い》れて、無用の詮議をくり返して下さったのだった。

しかし、手口から考えても相当の山を踏んでいるにちがいない盗賊どもが、半年の上も御領内で息を潜めているとは思えなかった。

目をそむけてはならない。

阿部勘之丞は星あかりに映る小さな背中を、仁王立ちに立ったまま睨み続けた。

こやつの不幸を嘆いてはならない。

おのれの力の足らざるを恥じよ。

そう思うそばから膝が震え、まるで真冬の夜回りのように歯の根が合わなくなった。すでに数限りない仕置きには立ち会《お》うているが、こんなていたらくは初めてだった。悪意のかけらもない人間を、法の名のもとに殺すのだ。

耳を塞いではならない。

この確かな寝息を聞かなければ。

阿部勘之丞は検使役を願って出た。齢よりもずっと幼く見える亀吉を磔にかければ、怨嗟のまなざしは検使に向けられる。そうしたいやな役目は、お裁きを徒らに引き延ばしてしまった自分が負わねばならなかった。まして亀吉は、奉公に上がった幼いころから見知っている。

　同僚の中には勘之丞の立場を察して御役を代わろうとする者もあったが、甘えるわけにはいかなかった。

　勘之丞は陣笠の庇《ひさし》をつまんで、星かげに隈取られた天窓を見上げた。とうとうたまらずに目をそむけてしまった。

　夜明けにはまだ間がある。この真夜中では市中を引き廻す意味もないのだが、御奉行様は言うて下さった。

　夜盗の目に留まれば見せしめになろう、と。

　ありがたさに涙がこぼれた。法は厳正でなければならぬ。また、科人にはできうる限りの辱《はずかし》めを与え、刑の執行に臨んでは苦痛を強いなければならぬ。

　前例のない深夜の「お迎え」は、御奉行様の恩情であった。

　馬が嘶《いなな》き、亀吉が寝返りを打った。星あかりが切り落とした格子の影の中で、つぶらな瞳が瞠《みひら》かれた。

　せめてやさしい言葉をかけてやりたいが、検使の務めをおろそかにしてはならなかった。

「上意である。その場に直れ」

　武士の声で勘之丞は言った。陣笠も野袴も、亀吉にとっては見なれぬ装束であろう。やはりこの人も鬼だったかと、上目づかいに睨み上げる目が言うていた。

　それでも亀吉は、いそいそと筵を丸め、神妙に膝を揃えてかしこまった。

勘之丞は仕置状を読み上げた。

「奥州無宿人亀吉――」

主を殺し、親にも勘当された亀吉は無宿人であった。

「――その罪状不届き至極にて、斟酌《しんしゃく》すべきところ些《いささ》かもこれなく、かねて申し渡しの通り仕置き申し付くるものなり」

書面を開いて目の上に突き出し、「お迎えだぞ、亀吉」と勘之丞は声を絞った。とたんに隣の牢の爺様が泣き出した。

牢番が小九尺牢の錠を解いた。まだ夢見ごこちなのか、亀吉は住み慣れた牢を出るとおとなしくお縄を打たれた。

後ろ手に縛り、裸馬に乗せて市中を引き廻し、七北田の仕置場に着くころには夜も明けるだろう。

無駄口をきいてはならぬ。慰めも、励ましも。

陣笠の顎紐を結んだとたんから、おのれが科人の知己《ちき》ではなく検使なのだと、勘之丞は心に決めていた。

憎むのだ。盗賊の手引きをし、主殺しに加担したこの小僧を。

「阿部様。おいら、亀吉のまんまあの世に行けるとは思わなかった」

勘之丞を見上げて亀吉は言った。口元がほほえんでいた。意味がわからずに黙っていると、いっそう嬉しげに亀吉は続けた。

「旦那さんにいただいた名前を取り上げられねえのは、おいらが盗ッ人の一味なんかじゃねえって、御奉行様も阿部様も承知していなさるからだろ」

いや、そうではない。本名だとばかり思っていた。

「親から貰《もろ》うた名は」

勘之丞は訊ねた。

「忘れちまったい」

きっと貧しい名であったにちがいない。商家の奉公人にはふさわしからぬような。子が飢えずに育てば果報とされる農村では、めでたい名などかえって笑い種《ぐさ》だ。

「それでよい。亀吉のまま逝《ゆ》け」

牢番に促されて歩み出すとき、半年の上も暮らせば未練も残るのであろうか、亀吉は小九尺牢に向かって頭を下げた。

こうして牢屋から引き出される科人の中には、暴れ出す者もおり、へこたれてしまう者もあった。だが亀吉はしっかりしていた。

鞘土間を歩みながら亀吉は言った。

「でも、おいらは地獄に落ちるんだ。ゆんべ、殺生をしちまった」

牢番が添えて言うには、なついていた雀を握り潰してしまったらしい。あれこれ考える気にもなれぬほど不憫な話だった。

「いいや。極楽往生する」

きっぱりと勘之丞は言った。

亀吉が何も言い返そうとしなかったのは、ほんの気休めと思ったからなのだろう。だが、勘之丞は信じている。閻魔《えんま》大王が人の悪行を暴くにしても、お釈迦様は善行を余すところなくご覧になっておられる。たとえ盗ッ人の手引きをし、雀の命を奪ったにせよ、これから亀吉のなさんとする善行を、見落とすわけはない。そしてそのことは、天寿を全うした人がなしおえる積善にもまさるはずだった。

牢舎を出て見上げれば、星かげをおびやかさぬほどの眉月が、杉木立ちの頂にかかっていた。

大牢が寝静まっているのは幸いである。目覚《めざと》い囚人が外の気配を察しても、まさかこの闇夜にお迎えがあるとは思うまい。これが昼間であれば、囚人たちは恨みがましく題目を唱和する。

亀吉が筵一枚を打ち掛けた裸馬に抱え上げられた。露払いの棒持ちが一人、罪状を記した捨札持ちが一人、槍持ちが二人。馬の両側には亀吉を落とさぬための縄取りが二人あって、刺股《さすまた》と袖搦《そでがらみ》を担いだ人足が続き、殿《しんがり》を検使同心が固めた。

それでも御奉行様のはからいにより、常よりは目立たぬ行列だった。

磔にかける重罪人は、見せしめのために必ず市中を引き廻さねばならぬ定めであるから、非常の時刻も少い行列も、みな御奉行様の恩情である。

勘之丞が馬に跨るのを待って、一行は声もなく動き出した。それぞれの手にした提灯が揺れるばかりの闇夜であった。

引き廻しの道順は昔から定《き》まっている。米ヶ袋の牢を出て奥州街道を北目町《きためまち》、荒町《あらまち》。寺町をめぐって大町通を進み芭蕉の辻、国分町を経て北一番丁から八番丁までの町人地をくまなく歩き、ふたたび奥州街道に出て七北田の刑場へと向かう。引き廻すというより、引き晒すのである。

阿部勘之丞が騎馬を願い出たのは、同じ目の高さで語りかけることができるからだった。だが亀吉は思いのほか神妙で、おのれのほうがよほど取り乱しているように思えた。轡《くつわ》を並べる気にもなれず、勘之丞は殿からさらに離れて駒を進めた。

時刻は暁《あかつき》七ツばかり、満天に星がさざれて、街道はしんと静まっている。

青山玄蕃という御旗本について、勘之丞は何も知らない。もっとも、御殿様が直々にお召しになるほどのご大身を、町方役人が知るはずもなく、また知ろうとしてはならなかった。

御殿様とは昵懇の仲であるという。伊達家六十二万石の太守と誼《よしみ》を通ずるからには、ただの御旗本ではあるまい。

御公用と伺うが、それにしては供連れがたったひとりきりで、しかも石川様というその侍も御家来ではなく、江戸町奉行所の与力だそうだ。

酔狂な御旗本がお忍びの旅でもかけているのだろうか。などと思えばいよいよ物を訊ねてはなるまい。

しかし、こともあろうに敵討ちの見届人と助太刀を買って出るとは、酔狂にも程があろう。

神林内蔵助はかねてより知っている。二日町《ふつかまち》のすゞ屋を常宿として、奥州各地に敵を尋ねる生真面目な侍だった。家を保たんがため、嫁も取らずに親の敵を探し求めるなど、誰にできるものではない。その覚悟に感心して、勘之丞はいささかでも力になれるよう心がけていた。

だにしても、青山様と神林はおとついの嵐の晩に、たまたま大河原宿で泊り合わせただけの仲だという。酔狂ではないとすると、立派な御旗本にはやはりそれなりの、格別な武士道があるのだろうか。

神林の目の前に敵が名乗って出た。前非を悔いて潔く討たれるつもりなのか、はたまた返り討ちに果たすつもりなのか、そのあたりはわからぬ。雲水のなりをしているうえに、表情の乏しい男であった。

たがいが名乗り合《お》うたからには、尋常の勝負をせねばならない。そこで勘之丞は二人を引き連れて、町奉行所を兼ねる御奉行様の御屋敷に向かったのだった。

行列は奥州街道を南へたどり、荒町の辻を左に折れた。町家の建てこむあたりから屋敷地に入ると、いくらか阿部勘之丞の胸は軽くなった。

亀吉は馬上に後ろ手をくくられたまま、相変わらず神妙である。時おり丸まった背を立てて、名残りを惜しむかのように御城下の闇を見渡した。しぐさの逐一は提灯の上明りに照らし出されて瞭《あきら》かだった。

その姿は余りに哀れだけれど、およそ考えうる限り最善の始末にちがいなかった。勘之丞はしみじみと、ここに至るいきさつを思い起こした。

外人屋の門長屋で、敵討ちの話がまとまった。そうとなれば、まずは奉行所に届け出ねばならぬ。

御奉行様はご多用中にもかかわらず、ことの顛末を真摯に聞いて下さった。いささか大時代な話ではあっても、敵討ちが武士道の華であることにちがいはない。まして御殿様のお召しに与った御旗本が見届人を名乗り出たのである。

御奉行様は即断なされた。当事者両名には覚悟があり、公用中の御旗本を徒らに煩《わずら》わせてはならぬ。よって果たし合いは明朝、場所は七北田、と。

そもそも仇討免許状があるからには、当家が物申す筋合いではない。敵とめぐり逢ったゆえ御領内にて果たし合いをする、という届け出にすぎなかった。

場所を七北田としたのは後始末をお考えになったからであろう。古くから仕置場がある七北田にはそのための人足もおり、無縁仏を供養してくれる寺もある。

敵の身柄は評定所にて一夜預かり、明朝は大小の刀を貸し与えたうえ七北田まで送る。

ただしこれは尋常の勝負につき、いかような結末を見ようと当家のかかわるところではない――。

御奉行様のご判断はまこと賢明であったと思う。しかし、話はそれだけで終わらなかった。

神林内蔵助が宿へと戻り、佐藤伝八郎が評定所の奥座敷に落ち着いたころ、門番がこっそり来客を告げた。はて誰やらと出てみれば、青山様が門前の壁にもたれて茜空《あかねぞら》を眺めていたのだった。

「よお、阿部さん。お取りこみ中のところすまねえが、牢屋とやらを俺にも見せてくれねえか」

いったい何を言い出すかと思いきや、しかし御殿様のお客人の申し付けならば是非もなかった。

ならば陽のあるうちに、と歩き始めてからふと思った。どうもこの御旗本の言動はおかしい。仇討ちの見届人を買って出たかと思えば牢屋が見たいなどと、もしやよほどの変わり者か、さもなくばなかば気が触れているのではあるまいか。

米ヶ袋の牢屋を案内しているうちに、暮六ツの鐘が渡った。

囚人どもを畏れ入らせて大牢の見物をおえたあと、「主殺しの面《つら》が見たい」と青山様は仰せになった。

阿部勘之丞はそのとき、一縷《いちる》の望みを抱いた。おそらく石川様から亀吉の話を聞いたにちがいない。もし青山様がその目で確かめて不憫に思えば、御殿様に助命嘆願を言上していただけるのではないか、と。

しかし、すでに御沙汰が下っているからには、勘之丞の口からとやかく物申すわけにはいかなかった。

祈る気持ちで小九尺牢に案内した。だから亀吉が泣く泣く命乞いを始めたときは、祈りが天に通じたのだと思った。

だが亀吉の哀訴を聞くだけ聞いたあと、青山様は冷ややかに仰せになった。

「御沙汰に物申す筋合いではない。せめてこの生殺しはどうにかするゆえ、疾《と》く疾く往生するがよい」

希みは断たれた。そののち雀を握り潰した亀吉の心情も、わからぬわけではない。

阿部勘之丞は馬上に背筋を伸ばし、陣笠の庇をつまみ上げた。夜明け前の行列は、粛々と進んでゆく。大手に続く大町通の商家には、まだ一点の灯もなかった。

ならわしとは妙なものだと勘之丞は思う。見せしめの意味はなくとも、同じ道筋をたどって引き廻すのである。ならばまっすぐ仕置場に向かえばよさそうなものだが、長く続くならわしをあだやおろそかにしてはならない。

勘之丞は昨夜の出来事を、ふたたび思い起こした。

「ご挨拶をしておかずばなるめえの」

牢屋からの帰り途、奉行所の門前で青山様は立ち止まった。伊達家の重臣たる御奉行様と、公用中の御旗本では身分の上下《かみしも》もわからぬが、ご挨拶と言われればやはり是非もなかった。

見届人がご挨拶に、と来意を伝えれば御奉行様は畏れ入って、青山様を奥向《おくむき》の書院に招かれた。阿部勘之丞は御両者に求められて廊下に控えた。

「こたびは思いも寄らぬ厄介事をお引き受け下さり――」

「いや、それを申すならそこもとこそ。それがしは急ぐ旅でもござらぬゆえ、どうぞお気になさらず」

「なにぶん御公辺《ごこうへん》のお許しも頂戴している敵討ちなれば、よもや知らんぷりもできませぬの」

「いかにも。御尊家に厄介をかけながら、公辺の者が知らんぷりはできますまい」

そのように和気藹々《あいあい》と御両者の対話は始まった。こと敵討ちに関しては、御奉行様も青山様も善意の他者であった。

それから青山様は、神林内蔵助の父親が斬られた顚末を審《つまび》らかに語った。

「しかるに、御奉行。七年かかっても足どりすら捉《つか》めなかった敵が、名乗って出るというのもおかしな話でござろう。もしや返り討ちに果たすつもりではなかろうか、はなからそのつもりで、敵のほうが神林殿を追うていたのではないかと思うのだが、いかがでござろう」

障子ごしに耳を欹《そばだ》てながら、勘之丞は青山様の炯眼《けいがん》に驚いた。神仏の功徳とするよりは、よほどありうる話に思えた。

蠟燭《ろうそく》の光が映す御奉行様の影は、しばらく思案深げに俯いていた。それからややうしろを振り返って、「神妙だがのう」と独りごつようにおっしゃられた。

「思い過ごしではございませぬか。たしかに返り討ちに果たせば後腐れはござらぬが、どうにもさまで下心があるようには思えませぬ」

青山様の影が肯かれた。

「むろん、それがしにもよくはわからぬ。しかしあれこれ考えた末、これだけははっきりといたしました。敵討ちはばかばかしゅうござる。誰にも得はない」

御奉行様はまたしばらく考えるふうをなされたあと、「いかにも」と仰せになられた。

勘之丞も思わず肯いた。いやしくも御法にたずさわる者として、仇討ちという美名の報復は認めがたかった。青山様の申される通り、実は誰にも得はないのだ。

「そこで、御奉行。ひとつそれがしの思うところをお聞き願いたい」

ずいと膝を進める気配がし、蠟燭の炎が揺れた。

「のう、御奉行。御法に照らして救えぬ命なら、せめて冥土のみやげを持たしてやらぬか。いやなに、そこもとに何をせよと言える筋合いではない。主殺しの仕置きを、明朝五ツ前に」

勘之丞は息を詰めた。御奉行様も長いこと沈思なされていた。

わからない。いったい青山様は何をお考えなのか。しかしその物言いはわからぬまま真に迫って、勘之丞の心を揺すった。

ややあって、御奉行様が障子ごしに下知なされた。

「阿部。無宿人亀吉が仕置きは明朝五ツ前とする。念を入れて検使を務めい」

「承りました」

そう答えて手をつかえたとたん、まるで雷に打たれでもしたように、青山様のお考えが腑に落ちた。

勘之丞は分限わきまえずに言うた。

「当人になりかわり、心より御礼申し上げまする」

処刑のお下知が出た。ただちに勘之丞は泊番《とまりばん》の役人たちとともに人足を集め、仕置きの仕度にかかった。それはたいそうあわただしく、青山様がいつの間に奉行所を辞去なされたかも知らなかった。

行列は芭蕉の辻を右に折れ、奥州街道の目抜きを北へとたどる。

外人屋の御門は鎖《とざ》されており、神林内蔵助の常宿とするすゞ屋もまだ戸を閉《た》て切っている。

やがて町なみが尽き、勘之丞はひとまず胸を撫で下ろした。亀吉の哀れな姿を、どうにか人目に晒さずにすんだ。

東昌寺《とうしょうじ》の御門前を折れるとき、亀吉は何を思うてか城下を顧みて頭を下げた。

その先の街道は緩やかな起伏が続く。青笹に被われた切り通しを抜けると、東の地平が帯を投げたように明るんでいた。そうして上り下りをくり返すほどに、少しずつ夜が明けていった。

途中の林のほとりに青笹不動と呼ばれる祠《ほこら》があり、岩間から涌き出る清水もあって、仕置場に向かう者はここで末期の水を飲むことが習いであった。

下馬は許されない。科人は後ろ手にくくられたまま御不動様に往生を願い、差し向けられた水を啜《すす》る。

阿部勘之丞は駒を寄せて、柄杓《ひしゃく》の水を亀吉の口元に向けた。

「のう、阿部様。おいらは極楽往生できるんか」

亀吉が訊ねた。七北田や富谷《とみや》あたりまでは使いに出たこともあったろうから、刑場が近いと知っているのだろう。唇は凍えたように固く青く、肩から爪先までが瘧《おこり》のように震えていた。

「ああ、できるとも。阿弥陀様がきっと迎えに来て下さる」

何かを言い返そうとして、亀吉は俯いてしまった。

「おっかねえよォ、おっかねえよォ」

そうくり返す顎の先をつまんで水を与えた。育ち切れぬ丁稚小僧の姿が思い起こされてならなかった。勘之丞は陣笠の庇を引き下げ、奥歯を嚙みしめた。

「よいか、亀吉。いざとなれば泣こうがわめこうがかまわぬ。存分に死ね」

そこからは先頭に立って駒を進めた。情に絆《ほだ》されてはならぬ。御奉行様のお下知通り、十全に検使役を務めねば。

しらじらと明け初《そ》める野辺をしばらく行くと、七北田の宿場を北に望む小高い草地に出た。

ところどころに松や榧《かや》の木立ちがあるばかりで、茫々《ぼうぼう》と曠《あ》れるにまかせているのは、そのただなかにかつて七千人を仕置きした刑場があるからだった。

界隈の住人はここを向原《むこうはら》と呼び、あるいは念仏とも呼ぶ。三途《さんず》の川の向こう河原の謂《いい》であり、また街道を往還する人は念仏を唱え続けるからである。

朝焼けの生ぬるい風が曠野《あれの》を渡った。

いくたび訪れようと心が慣れぬ、暗鬱《あんうつ》な場所である。誰であろうがとうてい長居は耐え難い。

街道のかたわらの、奇怪に幹の曲がった黒松に囲まれて薄ら笑いをうかべた地蔵が座り、雨風に晒されて丸くなった供養塔がいくつも建っている。砂が一尺ばかりも盛り上がって敷かれているのは、血染みを被い続けたせいだった。

科人にはできうる限りの苦痛と、辱めとを与えねばならぬ。なおかつ衆生の見せしめとせねばならぬ。

「かかれ」

勘之丞はひとこと命じて床几《しょうぎ》に腰を下ろした。けっして目を背けてはならぬ。おのが力の及ばざるがゆえに、科なくて死する凡下《ぼんげ》の姿を、瞬きもせず見続けねば。

人足どもが亀吉を馬から引き下ろし、縄を解いて獄衣を剝ぎ取った。下帯ひとつにされた小さな体が、砂地に横たえられた刑架に改めてくくりつけられた。

亀吉が気を喪った。こうした場合には水を掛けて目を覚まさせるのだが、さすがに勘之丞は人足をとどめて、「かまわぬ、捨ておけ」と命じた。

曙《あけぼの》の色が曠野を這って寄せてきた。だが朝日はなかなか覗かなかった。

勘之丞は街道の先に目を向けた。何の打ち合わせがあるわけではないが、じきにここを通りすがる人々があって、亀吉を極楽往生させてくれるはずだった。

三尺穴に刑架が立てられても、亀吉は首を倒して眠ったままだった。長く陽に当たらなかった肌は透けるように白く、曙の空の色をほんのりと映していた。

「御検使様、ようござんすか」

人足が声を掛けた。勘之丞は肯いた。

刑架の前に進み出た同心が、形ばかり名前を糺《ただ》した。

「無宿人亀吉に相違ないな。よし」

目を覚ますな、と勘之丞は祈った。そのまま母の胸に抱かれて逝け。

仏様のお情けにちがいない。「アリャアリャ」と大声を上げて左右から見せ槍を繰り出されても、亀吉は目覚めなかった。

おまえは必ず極楽往生する。命を捨ててなす善行の、御仏の御目に留まらぬものか。


切り通しを抜けたほの暗い雑木林の中に小さな祠があった。

さてはここが七北田の刑場かと足を止めたが、神林内蔵助が言うには青笹不動と呼ばれる仏様であるらしい。なるほどあたりには青笹が茂っており、罪人が末期の水を飲むという泉が涌いていた。

そうと聞いては験《げん》が悪いと思いもしたが、僕は知らん顔で泉水を柄杓で掬《すく》い、渇いた咽を潤した。汗をかくほどの道中ではないのに体がひからびてしまって、いくら飲んでも満たされぬ気がした。

木《こ》の間《ま》から洩れ射す朝日が眩ゆい。ふと僕は、ちかぢか牢屋から引き出されて磔にかけられるにちがいない、あの小僧のことを思った。

人間には天にかわって、同じ人間を裁く権利があるのか。仮に、天下の安寧のため御法に則ってそれをなすにせよ、命まで奪う権威は誰も持たぬはずだ。

しかも死罪は斬首にとどまらぬ。火付けならば火焙り、親殺し主殺しの重罪は磔に処せられる。

「のう、石川さん。七北田の向原というところはこの先らしいが、佐々木小次郎でもあるめえに、いらいら待つてえのも何だ。ひとつここで落ち合って行こうじゃあねえか。どうだえ」

岩に腰かけて煙管《キセル》を使いながら玄蕃が言った。どうだも何も、見届人がそう言うのでは文句のつけようがない。

内蔵助は襷掛けの腕を組んだまま、木洩れ陽の中にじっと佇んでいた。

「敵《かたき》が先に行ってやしないか」

僕は柄杓を街道の北に向けて言った。

「そんならそれで、待ちくたびれさせりゃいいさ」

よくよく見れば、玄蕃が尻を落としているのは岩ではなくて、苔むした庚申《こうしん》様だった。

まったく、こいつの罰当たりにも困ったものだ。

朝五ツにはまだ間があろう。巌流島《がんりゅうじま》の例をとるまでもなく、果たし合いに待つ待たすはないほうがよい、と僕は思った。

亀吉という小僧のことを考えているうちに、嫌な記憶が甦ってしまった。

見習与力になってから幾日も経たぬころ、伝馬町牢屋敷で斬首を実見した。法にたずさわる役人として、まずは見ておかねばならなかったのだ。

塀で仕切られた広場のまんなかに土壇場があり、まるで絵に描いたような柳が植わっていた。引き出された罪人が至って神妙だったせいか、あるいは僕が肚をくくっていたせいか、さしたる感慨はなかった。むしろ一刀で首を落とした牢屋同心の腕に、いたく感心したぐらいのものだった。

ところがその幾日か後、鈴ヶ森《すずがもり》の刑場で執り行われた磔を実見させられたときは、ほとほと身に応えた。上司に物を訊ねられても満足に口がきけず、帰宅してからも飯が咽を通らずに、妻と母が気を揉む有様だった。

磔にかけられる罪人は、裸馬に乗せられて江戸市中を引き廻す。見せしめにはちがいないが、見せものではあるまいに、ぞろぞろとついてくる者があって、鈴ヶ森に着くころには竹矢来《たけやらい》の外にひとめぐりの人垣ができるほどになった。

罪人は横たえられた刑架の上に寝て、手首足首と胴を荒縄でくくりつけられた。そのまま人足たちの掛け声もろとも「よいやさっ」と立てられたときには、気が遠のいて踏み堪《こた》え、背中を同心に支えられたほど動顚した。

両脇に立った人足が罪人の顔の前で槍の穂先を交える。それから「アリャアリャ」と声をかけながら見せ槍を引き、ただちに脇腹から肩先へと突き通した。

左右からの刺突は二十本の上も続いただろうか。仕置場は静まり返って、ただ命を粉々に切り刻む音だけが聞こえていた。

それでも目を背けてはならなかった。見物人は立ち去るも嘆くも勝手だが、僕は法を守る役人として、あらゆる感情を滅し、裁きの始末を見届けねばならなかった。

そのときあらたな疑念が湧いた。いかな極悪非道の罪人であれ、これほどの苦痛と恐怖と屈辱を与えることが、はたして道理と言えるのか、と。そしていつかあらゆる疑念を葬ってしまうにちがいないおのれを、僕は懐疑するよりも怖れた。

僕は暗い想念を打ち払って、果たし合いのことだけを考えようと決めた。

そうだ。今は物事のよしあしなどを考えている場合ではない。思いもよらぬなりゆきとは言え、僕の命と石川家の存亡にかかわる正念場に直面しているのだ。

佐藤伝八郎は居合の達人にちがいない。だとすると抜きがけの一の太刀で内蔵助の胴を払い、躱《かわ》されれば二の太刀で面を割る。いずれにせよ助太刀の僕は、はなから刀を抜いていなければなるまい。内蔵助が斬られれば間髪入れず、伝八郎を斃《たお》す。

僕は手にした柄杓を刀に見立ててその場面を想像した。

内蔵助の腕前などは知らないが、体格や所作から察するに、さほどの達者とは思えない。一方の伝八郎は僧形とは言え、筋骨たくましく眼光も炯々《けいけい》として、ひとたび刀を執ればいかにも遣い手と思える。よってこの際は、伝八郎が内蔵助を斬り、なおかつ僕が伝八郎を斬るという結末が、最もありそうな気がした。

エイッ、ヤッ、と柄杓を振り回しながら、ふいに僕は「斬る」と「殺す」が同義であると知った。

人の命を奪うことに変わりはあるまい。だが武士はけっして「殺す」とは言わない。まるで「斬る」がどのような場合であれ正当な行為であるかのように。

たぶん、武士だけが「斬る」ことを許されているのだろう。たとえば、押し込みが主人夫婦を殺したところで「斬った」とは言わないが、武士が夜更けにいわれなく人を殺せば「辻斬り」なのだ。

伝八郎が内蔵助を殺し、僕が伝八郎を殺す。そんな言い方は武士道にそぐわないが、「殺す」を「斬る」に言い換えたとたんたちまち、武士の道徳に適う、勇ましくも正しい行いのように思えてしまう。

もしや僕らのうちには、殺人を勲《いさお》しとする野蛮な気風がいまだ生きていて、武士道なるものの正体はそれなのではあるまいか。そう考えれば、やれ敵討ちだの助太刀だのと殺人を重ねる僕らよりも、銭金目当てに商家に押し入り、口封じに殺人を働く盗ッ人どものほうが、まだしもましな人間に思えてきた。

「おい、乙さん。今さら助太刀のおさらいかえ。まったくどいつもこいつも、物を考えねえ唐変木《とうへんぼく》ばかりだの」

僕の手から柄杓を奪い取ると、玄蕃は苔むした岩間から溢れる清水をうまそうに飲んだ。

「おう、神林さんよ。あんたはあんたで極楽往生のご祈願か。ほれ見てみい、そんな願掛けは筋ちがいじゃと、お不動様もお怒りだぞえ」

祠の前に蹲踞《そんきょ》して掌を合わせていた内蔵助が、さすが不愉快そうに腰を上げた。

「不動明王は大日如来の化身にござれば、何をお頼みしようが筋ちがいなはずはござりませぬ」

まったく、どうしようもないほど生真面目な男だ。僕などはもう玄蕃の悪態に慣れ切ってしまって、いちいち物を言い返す気にもなれぬというのに。

「まあ、どうでもいいや。ほれ、お不動様の力水だ」

玄蕃の差し向けた柄杓の水を、内蔵助はいかにも力水を押し戴くようにして飲み干した。

雑木の森から洩れ落ちる曙は、いつしか橙《だいだい》の色に変わっていた。

向こう鉢巻に襷掛け、手甲脚絆《きゃはん》もものものしい内蔵助の姿が、ここに至ってほかの何者でもない敵討ちに見えた。いよいよ肚が据わったということなのだろうか。

ならば僕も肝を定めねばならぬと思い、羽織を脱いで刀の下緒《さげお》を解き、襷《たすき》に掛けた。

「存分に戦え。万が一不覚を取っても、それがしが必ず討ち果たす」

「かしこまった。そこもとの手は煩わせまいぞ」

思えばたがいに誓いを立てたのは、これが初めてだった。

「おうおう、その意気、その意気」

玄蕃が手を叩いて囃《はや》し立てた。おまえは黙っていろ。

そのとき、街道の切り通しに人影が現われた。敵が来た。

佐藤伝八郎は網代笠に僧衣を着た雲水の体《てい》だが、腰には大小を差している。そしてその背後には、鉢巻に襷掛けの屈強な二人の同心が付き従っていた。

「ほう。よもや敵に助太刀はござるめえ。乙さん、あんたもなめられたものだの」

ケケッと玄蕃が笑った。笑いごとではあるまい。もし内蔵助も僕も斬られた場合の押さえとして、手練《てだれ》の同心を二人も付けてきた。助太刀としての僕の面目は丸潰れではないか。

僕は歩み寄って名乗った。

「江戸町奉行所与力、石川乙次郎にござる。こたびはゆえあって神林内蔵助殿の助太刀を承った。しからば、そこもとらにご加勢いただく要はござらぬ」

二人の大兵は柄にもなくとまどったふうをした。軽輩と見えるが腕はたしかなのであろう。

「御奉行様より直々のお達しにござれば、あしからず」

悪びれるふうもなく、ひとりが言った。僕の立場は十分にわかっているらしい。よって、「あしからず」なのだ。

内蔵助が返り討ちに遭っても、助太刀が伝八郎を斬れば本懐は遂げたことになる。敵討ちはぜひとも美談にしたいという配慮なのだろうが、僕にしてみれば大きなお世話だ。

しかし、御奉行様の用命とあらば致し方ない。

「では、あえてお願いいたす。それがしが万一敗れるまでは手出し無用にござる」

縁起でもないが、それぐらいは承知しておいてもらわねば、尋常の勝負とは言えまい。よってたかって敵をなぶり殺すような話ではないか。

いや――と、僕は思い当たった。それを言うなら、そもそも僕が助太刀を引き受けたのもおかしな話なのだ。すなわち、敵討ちは果たされねばならぬという前提のもとに、御法ではなく仇討免許状なるものを権威として、ただひたすら敵を殺そうとしているのだ。だとすると、これは私刑ではないか。しかも御法にたずさわる江戸と仙台の役人どもがよってたかって、「敵討ち」という名の死罪を執行しようとしているだけではないのか。

思わず顔色を窺えば、伝八郎は網代笠をかしげてひとつ肯いた。

「飲むがよい」

玄蕃が差し向けた柄杓の水を、伝八郎は痩せた咽を鳴らして飲み干した。

それから「ああ」と命を吐きつくすような太息をつき、「うまい水ですのう」と呟いた。

「不動明王は大日如来の化身だそうな」

「いや、今さら何を願うでもござらぬ」

伝八郎は観念したのだと思った。もともとは神林内蔵助を返り討ちに果たす腹積もりであったのかもしれぬ。だが、いかに達者であろうと、幕臣や伊達家の御家来衆を斬ってまで生き延びようとは思うまい。

もしや仙台の御奉行様というお方は、よほどの深謀遠慮を重ねた末に、二人の助太刀を付けたのではあるまいか。敵が戦わずに潔く討たれるよう按配した。

むろん、伝八郎ははなから討たれるつもりで名乗り出たとも思えるが、それならそれでかまうまい。

清水の甘さを噛みしめるように、伝八郎はしばらく目を瞑《つむ》って、橙色の明け空を仰いでいた。

「さて、行くか」

玄蕃に促されて、一同は後も先もなく歩き出した。

青笹の茂る丘を下り切ると、茫々たる曠野《あれの》に出た。あたりには人家も見当たらず、この陽当たりなら畑も養えるであろうに、やはり不吉な土地なのだろうか。生い立つ夏草が東から西へと、風の行方を標《しる》していた。

僕は歩みながら悩み続けた。御法の番人であるはずの僕が、どうして私刑に加担するのだろう、と。

そしてその悩みは、結果の如何《いかん》にかかわらず僕が命永らえる限り、抱き続けねばならぬだろう、と。

剣を執るに及んでは策も技もなく、虚心坦懐でなければならぬ、と教えられた。だが今、かくも苦悩するおのれを僕は訝《いぶか》しんだ。これから真剣にて命のやりとりをするというのに。

緩やかに湾《のた》れる曠野を行くうちに、天上の朱は退いて今し目覚めたような夏空が拡がった。遥か行手に、退きそこねた天の朱を零《こぼ》したような空地が見えた。

僕の足は枷《かせ》をかけられたように重くなった。そこが七北田の仕置場だとわかったからだった。

罪人は市中を引き廻されてから奥州街道を下り、そこで仕置きされ、骸《むくろ》を晒される。その刑場から遠からぬところが果たし合いの場とされたのは、やはり敵討ちが私刑と考えられているからではあるまいか。

それにしても、この荒寥《こうりょう》とした、まるで芝居の書割のような嘘くささはどうしたことだろう。夢の中の風景のようであり、だにしては色もかたちも妙にきっぱりとしている。

歩きながら僕は、一刷けの雲もない青空や地平まで続く夏草の野を、疑い深く見渡した。

そして気付いたのだ。この曠野を宰領しているのは、「死」だと。

おそらく一行の誰もが、僕と同じようなことを考え、同じ答えを得たのだと思う。みながみな黙りこくって、ともかくこの不浄な場所をやり過ごそうとしていた。

やがて身の丈ほどもある芒《すすき》が視野を遮り、それがふいに幕でも切って落としたようにふたたび豁《ひら》けた。

「しばらく、おのおのがた、しばらく」

声をかけられて一行は立ち止まった。街道から一段上がった砂地に、陣笠を冠った侍が膝をついていた。

「この有様を、しかとご覧《ろう》じろ」

僕は侍の指さす先に、おそるおそる目を向けた。

刑架にくくりつけられたまま、うなだれた骸は、年端《としは》もゆかぬ子供にしか見えなかった。乱れた髪が風に靡《なび》き、両足の先からはいまだ淋漓《りんり》と血が滴り落ちていた。たちまち僕は、今し仕置きされたばかりのその罪人の誰であるかを知った。

罪状を記した高札には、子供をなぶり殺したと思わせぬためであろうか、「奥州無宿人亀吉　弘化二年乙巳《きのとみ》生十六歳」と大書してあった。それに並べて、御法に則った処刑であることの証しに、刺股と袖搦と、血塗られた二筋の長槍が立てられて、まるでそれらばかりが命あるもののように、かたかたと風に鳴っていた。

蹲踞《そんきょ》したまま陣笠の庇を上げ、阿部勘之丞はひとりひとりの顔を見すえた。思うところが多すぎて言葉にならぬのだろうか。勘之丞は唇を引き結んで、長いこと黙りこくっていた。

しかし誰もその場を立ち去ろうとはしなかった。勘之丞の無言の気魄《きはく》が、僕らをがんじがらめにしていた。

芒の穂を倒して、せかせるように風が渡った。勘之丞がようやく言った。

「わずか十六年の命にござりました。いや、この育ち切らぬ体から察するに、はなから齢を偽って奉公に出たのやも知れませぬ。さりとて十六は公年にござれば参酌できませぬ」

僕は亀吉の骸から目を背けた。親や当人にそんな知恵はなくとも、女衒《ぜげん》や口入れ屋が子供の年齢に鯖《さば》を読むのは当たり前の話だ。そしてそう言い含められたとたんから、子供は生きんがためにその年齢を信じる。親から貰った名も、生年も忘れなければ生きてはゆけない。

神林内蔵助が遮るように言った。

「阿部殿には御検使役とお見受けいたすが、それはそれとして、われらにはかかわりがござるまい」

僕もわからなかった。どうして勘之丞は僕らに声をかけ、見たくもないものを見せようとするのだろう。いやそもそも、同じ朝に磔の仕置きを執り行うなど、果たし合いに水をさすようなものではないか。内蔵助は腹に据えかねているはずだった。

勘之丞は答えにならぬことを言った。

「止《とど》めの槍はそれがしが付け申した」

僕は風に鳴る槍の、いまだ血の乾かぬ穂先を見上げた。

左右から二十本も突いたあと、咽を刺し貫いて止めとする。だが、それらはみな人足の務めで、役人が直に手を汚すことなどはない。

「おぬし、何もそこまで」

と、玄蕃が驚いたように言った。

「いや、青山様。御法が救い切れぬ命なら、せめて誰かが背負うてやらねば不憫にござりましょう。よってこの手で、止めの槍を付け申しました」

言うやいなや、勘之丞は差し出した両の掌《てのひら》を翻して土下座をした。そしておいおいと声を嗄《か》らして泣きながら訴えた。

「敵討ちはけっして孝にあらず義にかなわず、殺生に殺生を重ぬるのみと心得まする。しからば殺生をせずしてかように切り刻まれましたるこの死に様に免じて、どうかどうか、無益な殺生をばおとどまり下されよ。さすれば御仏様はおのが命にかえて善行をなしたるこの者を嘉《よみ》したまい、必ずや極楽浄土へとお導き下さりましょう。後生一生のお願いにござる。なにとぞみなさまの堪忍もて、亀吉めに冥福をお授け下されませ」

阿部勘之丞は陣笠の顎紐をほどいて脱ぎ置き、「なにとぞ」とくり返しながら額を地に打ちつけた。

とっさに僕は、双手《もろて》を拡げて勘之丞の前に立ち塞がった。敵討ちをやめよと面と向かって言われたのでは、斬られても仕方あるまいと思ったからだ。

しかし案外のことに、神林内蔵助は刀の柄に手をかけたまま、佐藤伝八郎は助太刀の同心どもに阻まれて、ともに呆然と佇むばかりだった。

玄蕃が内蔵助を宥めた。

「のう、神林さん。ずいぶんな節介やきもいるもんだが、腹を立てちゃならねえぞ。命がけの物言いをつけてるんだ」

刀の柄を握った内蔵助の手を、玄蕃の手がくるみこんだ。

勘之丞の痛哭《つうこく》を背中で聞きながら、僕の心も慄《ふる》えた。御法の番人は非情でなければならぬと思っていた。だが正しくは、かくも情理を尽くさなければ、御法を奉ずる役人とは言えぬ。

伝八郎が合掌して般若心経《はんにゃしんぎょう》を唱え始めた。曠野に朗々たる声が渡った。やがて一人が和し二人が和し、気がつけばみながみな唱和していた。

僕はあらん限りの声を張り上げた。ぐいと背筋を立て、肘をつっぱって。

どうかこの風に乗って、亀吉の魂の西方浄土に導かれんことを。

そう祈りながら僕は、僕らを縛《いまし》めているならわしの不合理さを思い知った。

「やあ、びっくりしたぜ。あの侍はとびっきりの伊達男だの。陸奥守殿が羨ましいわえ」

玄蕃がそんな耳打ちをした。

こうして眺めれば、なるほど聞きしにまさる絶景である。

天の青を映すがごとき湾《いりうみ》に、松の緑を頂く無数の島々が浮かんでいる。この風景にはいかほどの賛《さん》も間に合うまい。名付くるにしてもただ「松島《まつしま》」とするほかはないと、神林内蔵助は思った。

かつて林《はやし》鵞《が》峰《ほう》はこれを「三処の奇観」と賞し、かの松尾芭蕉翁は「扶《ふ》桑《そう》第一の好風」と讃《たた》えた。

いくたび訪《おとの》うてもさほどの感慨は抱かなかったのに、きょうに限ってはまさしく然りと思えた。

この五大堂からの眺めがすぐれているのであろうか。いや、そうではあるまい。恩讐の情を去った心に、ようやくありのままの景色が見えたのだ。

「これからはいかがなされる」

巌を分かち合《お》うた雲水が訊ねた。陽ざかりの島々を眺めながら内蔵助は答えた。

「さようでござるのう。髷《まげ》を切り刀を捨つれば、歩き尽くした奥州にとどまる理屈もござるまい。京大坂を訪ねたいと、かねがね思うておりました」

　敵であった人はひとつ肯いて、「それはよい」と言うてくれた。

「しかるに、奥州の外は右も左もわからぬゆえ、叶うことならそこもとにご同道ねがいたいのでござるが」

　佐藤伝八郎は陽に灼けた顔を歪めて苦笑するばかりだった。

「いや、下心はござらぬ。もはや恨みつらみなど毛ばかりも――」

「わかっておりますとも」

　と、伝八郎が言葉を遮った。

「行雲流水のごとく仏の道を求めて行脚するゆえの雲水にござります。旅の道連れは似合いませぬ」

　内蔵助は思わず行く雲を見上げ、磯に寄する波に目を細めた。

「そこもとは、どちらへ」

「風の向くままに」

　あれから七北田宿の旅籠にて一夜を語り明かしたのち、内蔵助は伝八郎とともに松島へと向かった。かねてより報復の無益を説き続けた僧を、瑞巌寺《ずいがんじ》の塔頭《たっちゅう》に訪ねたのだった。

　齢《よわい》八十にもなる住職は、ことの経緯を聞くほどにはらはらと涙を流し、不動明王が奇特にちがいないと言った。

そしてひそかに、内蔵助の願いを聞き届けてくれたのだった。

七北田向原における尋常の勝負の末、神林内蔵助は返り討ちに果てた。見届人の書面に形見の髻と大小の刀を添えて、江戸の兄に送る。

内蔵助は死んだ。復仇はご法度である。そしてこのさき、仇討ち行脚などではない気儘《きまま》な旅を続けることに、何の不都合があるだろうか。

髻《もとどり》に鋏《はさみ》を入れるとき、住職は言った。嘘も方便とはまさしくこれじゃな、と。

あえて仏門に帰依したつもりはない。亡き人々の菩提《ぼだい》を弔《とむら》うつもりもない。そう正直に言えば、住職はなぜか感心したように、それこそが仏心じゃ、と言うた。

だいたいからして、禅僧の言うところはわけがわからぬものだが、雲水に身をやつして気儘な旅を続けるうちに、こればかりはわかる日がくるように思えた。

仇討免許状は庫裏《くり》の竈に焼《く》べた。御殿様の御名と花押《かおう》が炎に包まれたとき、内蔵助は初めて男泣きに泣いた。七年の苦労の何にも増して、不忠をなすことがつらくてならなかった。

「いくらか早いが、昼飯《ひる》にいたそう」

五大堂の巌に肩を並べて、伝八郎の促すままに握り飯を頬張った。老僧が餞《はなむけ》に手ずから握ってくれた無骨な塩握りだった。

「もしや、仕組まれたか」

顎の動きを止めて、伝八郎が言うた。

「いや、水を向けられたのだ」

内蔵助は指をねぶりながら答えた。

「どうでもよいの」

「さよう。もはやどうでもよい」

「小僧は往生したろうか」

「人助けをして往生できぬはずはない」

それから二人の雲水は、三十三年に一度しか開帳されぬという五大堂の明王を、扉の外から拝んで街道に出た。

訣別《けつべつ》の一言もなく、ただ直綴《じきとつ》の袖を翻して左と右に別れるとき、内蔵助は網代笠をつまんで鳴き騒ぐ鷗《かもめ》を見上げた。

嗤《わろ》うなら嗤うがよい。

十六

きぬさんへ。

父上様母上様ともども、息災にお過ごしのことでしょう。

江戸はさぞかし暑い日々が続いていると思われますが、こちらは存外涼しくて、朝夕などはや秋の気配を感じるほどです。

七月二十八日。江戸を立ってから十二日目の晩です。おや、まだそれしか経っていないのかと帳面を検《あらた》めました。旅というのは見るもの聞くもの珍しく、またさまざまの思いがけぬ出来事もあって、何やら暦が間延びして感じられます。たったの十二日間が、二月《ふたつき》三《み》月《つき》に思えてなりません。

先日の便りから三日もあれば、ずいぶんと捗《はか》も行ったろうと思うでしょうが、案外のことにこの手紙を書いているのは、仙台から北にせいぜい四里かそこいらの、富谷宿なのです。

「おやおや乙様、いったい何をしておいでだえ」

手紙を横あいから覗きこんで、眉を顰《ひそ》める母上様のお顔が見えますけれど、どうかご安心。乙次郎は天に誓って悪い遊びなどはしておりませんとも。

実は青山玄蕃めが伊達陸奥守様のお召しに与《あずか》り、それもよほど昵懇の仲と見えて、三日三晩も仙台に引き止められたという次第です。

粗相はなかったか、と。

ご心配なさらず、母上様。御城に上がったのは玄蕃ひとりで、僕はお目通り叶わずに町方役人に連れられて名所見物などをしておりました。

仙台の名所と言えばまずは松島と瑞巌寺ですが、御城下からは少々遠いので、見物できなかったのは無念です。まあ、江戸に出たからには江ノ島や鎌倉を見物したいなどという、お上《のぼ》りさんのようなものでしょうか。

それはさておき、三日の遅れを取り戻さんと仙台を勇躍出発したにもかかわらず、たった四里ばかりの富谷宿にて泊り、というのはどうしたわけなのか。

しかも、この手紙を書いている宿は生まれて初めて泊る御本陣なのですよ。

むろんこの宿場は、休む間もなくやり過ごすつもりだったのですがね。御代官はじめ宿役人たちが、肩衣をつけてずらりとお出迎えでは、まさかご苦労様だけではすまされますまい。

そこで、名産の茶なりいただいてゆこうと立ち寄ったのですが、案内された御本陣が造り酒屋を兼ねているのですからひとたまりもない。

茶を飲んでいる間にも、隣の酒蔵から香ばしい匂いが漂うてきて、これには玄蕃が黙っているはずはありません。

ほんのご挨拶のつもりの一口が見る間に盃を重ねて、まだ昼前だというのに思いがけず酒盛りが始まってしまいました。そのうち昼餉《ひるげ》の膳が出て、こうなってはもう止まらない。もっとも、下戸《げこ》の僕にとっては迷惑至極でも、御殿様から十全の接待を申しつかっている御代官や本陣の亭主にしてみれば、玄蕃はもってこいの大酒飲みです。

御殿様と誼を通ずる御旗本ならば、よほどお堅い侍かと身構えていた人々も、そのうち如才ない人柄に絆《ほだ》されて、とうとう遅れを取り戻すはずの一日がまるきり酒宴となってしまいました。いやはや、座持ちのよい旗本にも困りものです。

酔うほどに人々が酒を無理強いしても、玄蕃が庇ってくれたのでご心配なく。でも、その言いようはこうです。

「こやつはかつて、酔うたあげくにとんでもないまちがいをいたしましての。腹を切らせるかわりに酒をやめさせましたゆえ、どうか無理強いはなさらぬよう」

何と言われようと文句は返せませんね。誰がどう見ても僕は玄蕃の家来、旗本青山家の郎党なのですから。

ところで、この富谷は仙台御城下から近いというのに、たいそう立派な宿場です。代官所も置かれており、三丁余りの街道筋に様子のよい旅籠や商家が建ち並んでいます。

仙台の御本陣と言えば、僕らが世話になった外人屋ですが、やはり参勤交代の御大名にとっては遠慮があるのでしょうか、御城下を少し離れたこの宿場にお泊りが多いと聞きました。

なるほど本陣の玄関には、奥州道中のこの先を領分とする御大名の関札《せきふだ》が、ずらりと並んでいます。

一関《いちのせき》の田村《たむら》侯、盛岡《もりおか》の南部《なんぶ》侯、その御家門の八戸《はちのへ》侯、七戸《しちのへ》侯。そうそう、玄蕃がお預けとなる松前《まつまえ》伊豆守《いずのかみ》様の御名前もありましたよ。

関札を眺めながらしみじみ、御殿様も大変だなあと思いました。だってそうでしょう、こんな長旅を毎年くり返さなければならないのですから。

僕にとってはおそらく一生にいっぺんきりの大仕事。でも御大名や御家来衆は例年のならわしなのです。僕なんぞがつらい苦しいなどと言ってはなりませんね。

玄関先には「新御番青山玄蕃殿休」と大書した関札が立っています。大身の旗本は御大名並みの扱いなのでしょうか、いやはや大したものです。

おまけに玄関の式台には、陣幕が張りめぐらされおりまして、亭主が言うには、「葉菊《はぎく》の御家紋は用意がございません、ご無礼させていただきました」。

常宿としている御大名家の紋所は用意があるが、とっさに手配しようにも青山家の家紋は珍しい。こうした場合には、当たり前の三ツ巴でご無礼、というわけです。そう言えば、玄蕃が伊達陸奥守様のお召しに与った折に貸していただいた肩衣にも、三ツ巴の紋が入っていましたっけ。

玄蕃ほどの旗本が旅をかけるときには、陣幕はともかくとしても小袖だの半袴だの肩衣だのと、礼装一式は持ち歩かなければなりません。むろん武威を誇る槍を立て、馬にも乗る。ちょっとした御行列になるわけです。だのに荷物もなく、供連れは若党ひとりというのは、誰がどう見てもおかしな図ですね。

でも、そのあたりは怪しまれたためしがない。なにしろ正体は破廉恥罪を犯した流人とその押送人なのですから、訊ねられれば話はややこしくなります。

どうやら腰の十手が物を言うているようなのですよ。どこぞの御天領で騒動でも起きたか、あるいは大名家に遣わされるお忍びの監察か、緊急の尋問使か、と。

おかしいでしょう、きぬさん。

まさか僕らを、流人と押送人だと思う者はいない。だったらやっぱり、幕府が急ぎ差し向けた尋問使。そうと思えばいよいよ物を訊ねるわけにはいきますまい。

さてそれにしても、青山玄蕃とはいったい何者なのでしょうね。

罪人の身上については知らぬほうがよい。町方役人の心得です。余分を知れば情が絡んで、お裁きの障りになるかもしれない。また、身分の上下《かみしも》によってつい腰が引けたり、馬鹿にしてかかったりすれば、やはりその怖れがある。罪と罰。僕らはなるたけ、そのことだけに執心しなければなりません。

江戸を立つとき、僕がまず心に誓ったことはそれでした。

新御番士といえば武役五番方が一、僕に限らず多くの幕臣から見ても雲上人と言えるでしょう。しかもどうやら、玄蕃はそのたいそうな御役でも不釣合なくらいの、格式高い旗本であるらしいのです。ふさわしい御役に就けようにも品行が悪いので、とりあえず新御番組が預かっていた、というところでしょうか。

そういう話でなければ、六十二万石の太守と誼を通じているはずはありません。

いったいどういう関係なのだ、と訊ねましたところ、答えがまたふるっている。

「幼なじみで遊び仲間だえ。あんたにだって友達はいるだろう」

そりゃあ、おりますとも。牛込榎町《うしごめえのきちょう》の大縄地《おおなわち》にはいくらでも。ほかにだって、道場仲間も学塾の友人も。でもまさか、若様と呼ばれる人とは友達になれません。

するとやはり青山玄蕃はただの御目見《おめみえ》以上というわけではない。

たとえば大名並みの格式を誇る、高家《こうけ》だの交代寄合《こうたいよりあい》だのという家柄。あるいは、そうした御家の養子に入った、大名家の若様、というのはどうでしょう。

ハイハイ、ときぬさんも肯いていますね。でも、その説にはやはり得心ゆかぬところもあるのです。

世知に長《た》けている。僕みたいな若僧がそう言うのも生意気でしょうが、そんな僕にもはっきりわかるくらい、玄蕃は世間を知っているのです。

考えてみても下さいな。

乳母日傘《おんばひがさ》で育った人が、食うや食わずの貧乏人の苦労など、わかるはずはない。

お蚕《かいこ》ぐるみで育った御殿様に、下役人の心情などわかるはずはない。

しかし、なぜか玄蕃の目には、世の中の隅々までが見えているような気がするのです。

だから相手が誰であろうが気さくに語りかける。それで話が通じるというのは、やはり世知に長けているとしか言いようがありますまい。

それとも、御旗本は雲上人で権高なものだと、僕が勝手に決めつけているのでしょうか。なにしろ生まれてこの方、御目見以上の御旗本と言えばお二方しか存じ上げません。おひとりは御先手鉄炮頭様で、何かと僕に目をかけて下さったのですが、それとてこちらは組付同心の次男坊に過ぎませんから、御庭先にこごまってお言葉を頂戴するのみ。お顔だってまともに見たためしはありません。

もうおひとりは町奉行様。お蔭様で僕も同心の部屋住みから与力に出世しましたので、御用部屋に呼ばれれば面と向き合ってお言葉を頂戴します。

そのお二方のほかには、まったく存じ上げないのですよ、御旗本は。だから偉い武士であるということのほかには、どういう人々であるのかも知りません。

長屋門を構えた立派な御屋敷に住まわれて、御大名同様に「殿様」と呼ばれ、登城の折には多くのお供衆を引き連れ御馬前には槍が立つ。そして何よりも、上様と直にお会いできる「御目見以上」の幕臣。

僕が旗本という人々について知っていることはそれぐらいです。だからいよいよ、僕には青山玄蕃という人物がよくわかりません。僕の考える旗本の暮らしの、どれにも当てはまらないからです。

今もこうして手紙を書いている耳に、玄蕃の馬鹿騒ぎが聞こえてきます。飲むほどに酔うほどに調子の上がる酒です。

まあ、悪い酒ではないでしょうが、押送人としては気が気ではありません。

何はともあれ、僕は無事です。

乙より

牀《とこ》に就いても寝付かれぬまま、僕は本陣の廊下を伝ってくる高調子の歌声を聞いていた。

耳障りではない。やんやの喝采もお追従《ついしょう》とは思えぬ。ひとくさり唄いおえればまたせがまれて次から次へと、よくもまあこれだけ覚えているものだ。

つい聞き惚れながら、やはり彼の体には二人の玄蕃が棲《す》んでいるのだろう、と僕は思った。

きのう七北田《ななきた》宿の旅籠で、死にぞこねの三人を諄々《じゅんじゅん》と説諭した同じ口が、新内《しんない》や小唄を唸っているとはどうしても思えなかった。

阿部勘之丞の懇願を容れて、僕らがたちまち敵討ちを思いとどまったわけではなかった。それぞれに覚悟はできていたのだ。わけても神林内蔵助にしてみれば、追い求めること七年目にしてついにめぐってきた敵討ちの機会で、しかも本懐を遂げるであろうことは目に見えていた。仮におのれが命を落とそうと、少くとも相討ちとされるだけの仕度は斉《ととの》っていた。

玄蕃の新内を聞きながら、僕はそのときの自分自身の心を思い返した。

磔にかけられた科人は知っている。変わり果てた姿を見たとたん、ああ、あの小僧だなと思った。そうとわかれば、阿部勘之丞の懇願も腑に落ちた。

敵討ちをやめさせようとしたのではない。御法が滅す命ならば、せめてその死に様によって他者の命を救い、善行のみやげを持たせて往生させようと考えたのだ。

その真意が伝わったとき、僕は翻心した。むろんおのれの命を惜しんだわけではない。同じ御法の番人として、そこまで思いつめた勘之丞の惻隠《そくいん》の情が、僕の覚悟を覆したのだった。

もともと僕は、人が人を裁くということそのものに懐疑している。まして、死を以て贖罪《しょくざい》とすることに。だから勘之丞の訴えを聞いたとたん、僕の中のあやふやな武士道は、ひとたまりもなく覆ってしまったのだった。

佐藤伝八郎が般若心経を唱え、僕らはみなそれに和した。あのとき、経を誦《ず》しながら内蔵助は血の涙を流していた。

思い起こさねばならない。

僕は天井の闇に向かって目を瞠《みひら》いた。もし後日、この一件が暴かれて悶着が起きようとも、僕はかかわりあったひとりとして、彼らの正義と勇気を証さねばならない。けっして武士道に恥ずる行いではなかった、ということを。

七北田宿の旅籠の奥座敷で、玄蕃の説得が始まった。

天下御免の敵討ちを、すんでのところで思いとどまらせる。いったい、そんなことができるのだろうか。

青山玄蕃には冗談もほほえみすらもなかった。知行三千二百五十石をたまわる大身の旗本。徳川の御本陣を固める侍大将の貫禄が漂い出ていた。

阿部勘之丞は七北田の刑場に置き去ってきた。二人の助太刀は座敷の隅にこごまっており、僕を中に挟んで内蔵助と伝八郎が座った。酒どころか茶も水も出されぬまま、息をひそめた宿の奥座敷で、玄蕃はまず亀吉なる小僧の罪について語り始めた。

それは僕もあらまし知っている話だった。しかし、なぜか僕が知る以上に詳しかった。そして僕は気付いたのだ。これは企みだ、と。

玄蕃は言った。

「われわれ武士は、兵馬の権のみならず、政を行い、法を司る。よって人々から、お武家様だのお侍様だのと崇められ、もし無礼を働く者のあるときは、御法に拠らず斬り捨て御免も可とされる。しからば、ただいま申した通り、無実とは言えぬまでもその罪を酌量せねばならぬ者を救いきれなかった場合、われら武士はどのようにふるまわねばならぬのか。あの検使役は情に訴えているのではない。刑場を素通りして命のやりとりなどしてくれるなと、理を説いたのだ。それを僭越と申されるのなら、諸君の存念をお聞かせ願いたい」

すかさず内蔵助が答えた。

「あの罪人とはそもそも何のかかわりもございませぬ。阿部勘之丞殿はおのが職分における私情を、八ツ当たりにぶつけているのです」

僕は伝八郎の表情を窺った。相変わらずの無念無想だが、心中穏やかなはずはない。

「しばらく」

瞑《つむ》っていた瞼《まぶた》をもたげて、伝八郎が物静かな抗弁をした。

「見届人様のお心遣い、痛み入りまする。また仏僧のはしくれとして、救われざる凡下を救わんとする慈悲の御心に、深く感銘いたしました。しかし、仮に神林殿が得心なされたとしても、それがしは合点なりませぬ」

「なにゆえ」と、僕は思わず伝八郎の横顔に訊ねた。

「そこもとも武士ならば、知れ切ったことをお訊ねめさるな」

やはり返り討ちに果たすつもりだったのか、と僕は疑ったのだった。僕には目もくれずに正面の床《とこ》を見つめたまま、伝八郎は淡々と続けた。

「神林殿と出会《でお》うたのは偶然ではござらぬ。それがし、仏門に入りましてもおのが罪深さにおののき続け、お父上の菩提を弔うつもりがいつしか、敵として成敗されることを望むようになり申した」

「ならば、名乗って出ればよかろう」

七年の歳月を憎んだのか、内蔵助が吐き棄てるように言った。

伝八郎は尖った咽仏を蠢《うごめ》かせてから、力なくうなじを垂れた。

「それがしを逃がしてくれた人々の情を思えば、自訴はできませなんだ」

何かを言い返そうとして、内蔵助は押し黙った。僕もその先は聞きたくなかった。いったい伝八郎の身の上に何があったのか、あらまし見当がついたからだった。

酒さえ過ごさなければ、きっと忠義な武士であり、孝養を尽くす倅《せがれ》であり、頼もしき夫であり、父親であったにちがいない。だから人々は、おそらくほとぼりのさめるまで、伝八郎を遠ざけたのであろう。

逃げたの逃がしたのと言えば聞こえは悪いが、仏に帰依して手にかけた人の菩提を弔うのなら、それもひとつの身の処し方と思えた。

しかし、伝八郎の良心が許さなかったのだ。いかに苦行を積もうと罪業《ざいごう》を免れ得ず、自訴もできぬ腹も切れぬのならほかに手立てはなかった。あてどもなく敵を探しているという人に、討たれればよい。

敵討ちと敵持ちは、七年の間たがいを探し合っていた。討つためと討たれるために。武士道の成就はそれしかないと信じて。そして、敵を探すよりも、敵討ちを探すほうがいくらかは易かった。

「それがしは得心などいたさぬ」

内蔵助が声を絞って言った。

「仮の話を申したまでにござる。もっとも、討たれるつもりのそれがしよりは、討つつもりのそこもとのほうが得心しやすかろうと存ずる」

いくらか語気を強めて、伝八郎が応じた。内蔵助を煽《あお》っているのだ。僕はとっさに両手を拡げて二人を宥めた。

「お控えめされよ。ここで刀を抜けば、それこそ世間の物笑いぞ」

伝八郎の言い分はわからぬでもなかった。討つ討たれるの立場ではなく、死を覚悟していた分だけ翻心しがたいのは当然だった。内蔵助にもむろん覚悟はあろうが、伝八郎の死は確実に用意されていた。

「おい、見届人ならばどうにかせい」

腕組みをしたまま黙りこくっている玄蕃を、僕は怒鳴りつけた。

「どうにもなるまい。この場で斬り合うならしかと見届けようぞ」

「たいがいにしろ。絵図だけ描いて始末がつけられなくなったか」

睨み返した玄蕃の目と出会ったとき、僕は悟った。おそらく助太刀の僕も、玄蕃の企みの中に入っているのだろう、と。おまえの助太刀が必要なのだと、玄蕃の目は言っていた。

僕は伝八郎の直綴《じきとつ》の袖を摑んだ。

「のう、佐藤殿。おぬしも仏弟子ならば、あの小僧を地獄に落とすような無慈悲をしてくれるな」

言いようはほかになかった。命がどうの武士道がどうのと、彼らを説くだけの言葉を僕は知らなかった。

「のう、神林殿。あの小僧はたった十六年しか生きておれなかったのだ。それも、奉公に出るために齢の鯖を読んでいたかもしれぬのだぞ。不憫に思うのなら、おぬしの七年を水にしてやってくれ。極楽浄土に送ってやってくれ」

僕は膝を回して、内蔵助を揺すった。

むろん、敵討ちを思いとどまれば小僧が往生するなどという理屈を、信じたわけではなかった。

その実は御法を超越した私刑に過ぎぬのに、武士道の華のごとくもてはやされる敵討ちという陋習《ろうしゅう》をいくらかでも疑わしく思っているならば、それはきっと思いとどまる理由になると信じたのだ。

「おのれ、おのれ」と、神林内蔵助は言葉にならぬ憤りを口にしながら、握りしめた拳を震わせていた。

僕はふたたび膝を回して、伝八郎に迫った。

「了簡《りょうけん》して下されよ。そこもとのご覚悟を讃える人はいない。だが、悲しむ人はおられるはずだ」

「吐《ぬ》かすな、若僧」

伝八郎はついに声をあらげて、僕の手を振り払った。

倒れ伏したとき僕は思った。これは果たし合いなのだ、と。僕と内蔵助と伝八郎は、それぞれが言葉の刀を振りかざして、命を的に斬り結んでいるのだ。

言い争いはしばらく続いた。だが、いくらたがいを罵倒し合っても、僕らの手が刀を握ることはなかった。

それをさせなかったのは、やはり七北田の仕置場で見た、亀吉の哀れな姿だったと思う。生身の体が鋼の刃に対してどれほど脆《もろ》いかを、僕らはみな目のあたりにしていた。そして、強いられた死がいかに惨《むご》く、武士道の讃美する死が幻想に過ぎぬことをも、僕らは一様に思い知らされていた。

そうこう考えれば、亀吉はたしかにその体を贄《にえ》として、僕らの命を救ったのかもしれな

い。もし御仏がましますならば、その善行を嘉《よみ》されて、極楽浄土に導かれるにちがいない
と僕は思った。

「さあて、ごたごたはそれぐらいにしておこうじゃねえか」

見届人を決めこんでいた玄蕃が、間のいいところで声をかけた。僕らが毒を吐き切った
ころあいだった。

「死に様なんざ見届けるつもりは、はなっからねえさ」

羽織を脱いで膝を崩し、玄蕃の説得がそれから始まった。

――本陣の夜は更け、宴もようやく果てたらしい。

玄関から客の帰る気配が伝わってきた。送る者も送られる者も上機嫌だ。昨夜も寝ずに
明かしたはずなのに、玄蕃の高笑いはいっこうに変わらない。

やがて虫の音の集《すだ》く廊下を、足音が近付いてきた。亭主のかざした手燭の灯が、障子に
影を落とす。

「いやはや、楽しゅうございました。御
もうていただいた。いやかたじ
ざりませぬ
ゆえ、みな
「可
つう。特段急ぐや

「そうよの　ろう。目の覚めるまで放っておいてくやれ」

また何を勝手な。夜明け前に叩き起こ

「ところで、御殿様はいったいどのような御用向きで」

亭主もよほど酔うているのであろう。言わずもがなのことをあっ

「ハハッ、実はのうご亭主、それがしは罪を犯して島流し、連れの者は家来ではの

送人じゃ」

何をあっさりと答える。僕は思わず闇の中で目を瞠《みは》った。

「ハッハッハッ、それは難儀な話にござりまするなあ。さようでございまするか、島流しねえ。して、いったい何をしでかされましたので」

「ここだけの話じゃがの――」と声を潜めて玄蕃が何ごとかを囁けば、亭主は大笑いで、

「おやまあ、天下の御旗本様が何とも破廉恥な」。

僕はほっと胸を撫で下ろした。誰が聞こうが酔狂としか思うまい。

「では、ごゆるりと」

亭主の影が手燭の灯とともに退き、あたりは闇に返った。

上段の間に玄蕃の牀《とこ》が設《しつら》えられ、唐紙を隔てた下段の間に僕は寝ていた。主従ならばそうした次第になる。

「石川さん、寝ちまったか」

唐紙を細く開けて玄蕃が言った。僕は狸寝入りを決め込んだ。

「何だい、さっさと子《ね》の権現様かえ」

枕元に何かが置かれた。水菓子の甘い香りが漂った。瓜であろうか。

忍び足で立ち去ろうとする玄蕃を、僕は呼び止めた。

「おぬしの企みか」

背を向けたまま玄蕃が答えた。

「何だってよかろう。人が死なずにすみ、小僧は極楽往生した」

「罷《まか》りまちがえば、それがしが死んだかもしれぬのだぞ」

「あんたに手は汚させねえよ。いざとなったら俺が始末をつけるつもりだった」

「何を偉そうに」

鼻で嗤《わら》って玄蕃は、「俺は負けねえよ」と言った。

そのとたん、何かとても大きな、目に見えぬ掌《てのひら》にくるみこまれたような気がして、僕は返す言葉をなくした。

助太刀。突然の提案は僕に対する肝試しだったのだろうか、あるいは品定めだったのだろうか。

いや、もしかしたら僕が、冗談を真に受けてしまっただけなのかもしれない。

しかし、いずれにせよ亀吉のおかげで誰も命を落とさずにすみ、僕が少し大人になったのはたしかだった。この騒動の結末はそれなのだ。

「明日は朝寝をさせてくれよのう。俺ァもう、口をきく気にもなれぬわえ」

唐紙を後ろ手に閉め、玄蕃は「よいこらせ」と爺《じじ》むさい声を上げて牀に就いた。

僕は闇を見据えて考えた。

立派な玄蕃とろくでなしの玄蕃。二人の玄蕃が本当にいるのだろうか。

もしその両極の玄蕃が混然としてひとつの器に収まっているのだとしたら、それこそ大器量なのではないのか。人というより、神仏に近いほどの。

「やあ、五臓六腑《ごぞうろっぷ》にしみ渡るわい。うまい水だのう」

腰手拭で首筋を拭いながら玄蕃が言う。昨夜の深酒が祟《たた》ったとみえて、よほど咽が渇くらしい。

見渡す限りの青田のただなかを、松並木の街道がまっすぐに延びている。このあたりは仙台六十二万石の米蔵だと聞いた。

朝五ツの遅立ちではあったが、吉岡《よしおか》宿から先は馬を継ぎ立てて、八里の道を稼いだ。まだ日はあるが、次の高清水《たかしみず》宿に泊ろうと僕は思った。

なるほどその名の通り、沿道にはあちこちに水場があった。大地から滾々《こんこん》と湧き出る清水が、おのずと広い田圃を養っているのだろう。ここで穫れる米はさだめし甘いにちがいない。

青草の土手に腰を下ろして、僕は閑《のど》かな景色を眺めた。

空は円《まる》く、風は涼やかだった。馬が路傍の草を食《は》んでおり、丸裸の子らが畦道で遊んでいる。鳥が松ヶ枝に戯れ、池のほとりの苫屋《とまや》からは、夕餉《ゆうげ》を炊《かし》ぐ煙が立ち昇っている。

ふと僕は、極楽浄土とはこういうところなのではないかと思った。そして思いつくままに、土手に咲く花を摘んだ。

幼いころ近所の空地で花を摘んでいたら、通りすがった御先手組の侍に叱られた。おなごのような真似をするな、というわけだ。だが僕は今も、花を賞でることが恥かしいとは思わない。

花の名などは知らない。黄と白の名も知らぬ花を両手に摘んで、水場の脇に佇む地蔵に手向けた。いつの時代からそこにそうしているかわからぬくらい、雨風に晒されてすっかり丸くなった石地蔵だった。

「やあ」とひとこと言って僕を見上げ、玄蕃は少し照れた。

「ちと、回向《えこう》の真似事をな」

まさか武士が二人並んで地蔵に掌を合わせるわけにもゆくまい。僕は知らんぷりを決めた。

玄蕃は地蔵の首に腰手拭を結びつけ、その頭を撫でてようやく立ち上がった。極楽の景色がしめやかに昏れてゆく。子らも芒の穂を振って家に帰ってゆく。

十七

件《くだん》の病人は木賃宿の風のよく通る板敷に、眠っているのか死んでいるのかもわからぬ有様で仰臥《ぎょうが》していた。

四十は過ぎていようが、婆《ばば》とまでは言えぬ。若い時分はさぞかし別嬪《べっぴん》であったろう。しかし日に灼けた肌は道中の苦労を偲《しの》ばせ、髪は豊かだが鬢《びん》や生え際には白毛が目立った。

村医者が病人の耳元に囁いた。

「おい、ありがたい話じゃぞ。わざわざお代官様がお出ましじゃ」

病人はうっすらと瞼をもたげ、いかにも「ありがたい」というふうに小さく肯《うなず》いたが、じきにまた眠ってしまった。

重篤である。いつ息が上がってもおかしくはない。

「この容態では宿村《しゅくそん》送りなど、とうていおぼつくまい」

代官は腕組みをして言った。宿《しゅく》役人が畏れ入りながら答えた。

「なにぶん当人が、生まれ故郷の水を飲んで死にたいと申すもので」

「それは聞いておるがの。しかし、馬にも駕籠にも乗せられまい。背負うて行くか戸板で運ぶか。里はどこじゃ」

「沼宮内《ぬまくない》にござりまする」

代官は溜息をついた。盛岡の先まで命が保《も》つとは思えぬ。動かせぬのならこの有壁《ありかべ》宿で往生させるほかはないのだが、それはそれで手のかかる話ゆえ、宿場の者はどうにか送り出したいのであろう。

「当人がさよう申し立てたるは、まことであろうな」

代官は問い糺《ただ》した。これには居合わせた一同がみな異口同音に、病人の願いだというようなことを言った。

「満足に口もきけぬ病人が、さよう申したのか」

重ねて糺せば、思いもよらず病人が口をきいた。

「まつげえねがんす。お代官様。おらは生まれ故郷の水ば飲んで死にてえのす」

ならば命のある限り、宿村送りをせねばならぬ。天下のお定めである。

一関《いちのせき》領磐井《いわい》郡西岩井《にしいわい》代官の鈴《すず》木《き》十蔵《じゅうぞう》が、急な報《しら》せを受けて有壁宿に駆けつけたのは、けっしてなおざりにできぬ務めだからであった。

旅人が必ず所持する往来手形には、旅の目的や住所のほかに、「右の者もし病死等つかまつり候《そうら》はば、その所の作法を以て取り計らい下されたく」というような文言が付記されている。

しかし、病を得た旅人が故郷に帰りたいと願ったなら、沿道の宿駅はその懸命の意思を叶えてやらねばならなかった。

　このお定めは五代将軍綱吉《つなよし》公の「生類《しょうるい》憐みの令」に端を発するとされ、もし怠慢あれば役人一同が江戸の道中奉行に召喚されて詮議を受け、科料や譴責《けんせき》等の罰を与えられることもあった。

　ましてや一関田村家は、仙台伊達家の分家筋であるからして、そちらからの叱責は免れぬ。事と次第では代官の首もかかるのである。よって鈴木代官は、馬を追って有壁宿に駆けつけ、木賃宿に横たわる瀕死の旅人の枕辺に座っているのだった。

「おぬし、名は何と申す」

　代官が呼びかけても、女はわずかに唇を歪めるだけで声にはならなかった。

　いよいよ畏れ入りながら、宿役人が女の往来手形を差し出した。

　奥州盛岡領沼宮内村百姓兵助《ひょうすけ》妹きく。四十五歳。このたび心願にて、伊勢大神宮、日光大権現、ならびに諸国神社仏閣参詣つかまつりたく云々《うんぬん》――。

　一人旅の心願というのは、亡夫の追善であろうか。

　そう思えば、ぜひとも故郷の水を飲んで死にたいという願いが哀れでならず、ここはせめて駕籠でも戸板でも、故郷に向かわせてやりたいものだ。道中知れ切った往生をしたところで、本望にちがいあるまい。

「いくらかでも持ち直してくれればのう。いかがか」

と訊ねれば、村医者は首をひねって「さて」と答える。

「熱はなし、はやり病というでもなし、粥《かゆ》でも啜ってくれれば、あるいは」

当人にとっても村人たちにとっても、それがよかろうと鈴木代官は思った。

「お菊とやら、聞こえるか」

身を乗り出して語りかければ、病人はうっすらと瞼を開けた。代官は嚙んで含めるように言った。

「このまま送り出したのでは、知れ切った往生をさせるようなものだ。まずは薬を服《の》み、粥などを啜っていくらかでも力を取り戻せ。しかるのち、駕籠を立てるなり戸板に寝かせるなりして、きっと故郷まで送り届けようぞ」

病人は筋張った掌《て》をようやく合わせて、代官の心尽くしに感謝をした。眦《まなじり》からつうと涙が伝い落ちた。

「宿村送りは天下のお定めゆえ、わしに礼を陳《の》ぶる要はないぞ。養生せえ」

そう言って代官が病人の合掌をわが手でくるみこむと、寝牀を囲んだ村人たちはみな貰い泣きをした。中には代官の恩情に思わず掌を合わせる者もあった。

息も絶えだえに病人が訊ねた。

「沼宮内までは幾日かかりますのか」

もはや朦朧《もうろう》として、おのれが力尽きた場所がどこであるかもわからぬのだろう。

あいにく鈴木代官は、一関御領分の北には行ったためしがない。水沢《みずさわ》から先は「三日月の丸くなるまで」と譬《たと》えられる広大な南部領である。盛岡ですら遥かに思える。

宿役人が代わって答えた。

「ここからですと、男の足で水沢、花巻《はなまき》、盛岡、さらに沼宮内まではつごう四日はかかりましょう」

この有壁から水沢まで、一日で歩くとなればよほど難儀である。つまり病人の宿村送りなら、六日や七日はかかるにちがいない。

「ああ」と、病人は声にならぬ息をついて、また涙をこぼした。とうてい命が間に合わぬと思ったのであろう。

そうこうするうちに、代官配下の大肝入《おおきもいり》がいそいそとやってきた。百姓身分ではあるが、御領分内に広い田畑を営む大地主である。

代官と大肝入と宿役人。宿村送りというなおざりにできぬ舞台の役者は、これで揃った。

奥州道中有壁は、南の仙台寄りに夜盗坂、十万坂などと呼ばれる難所があり、北の一関口には鬼死骸《おにしがい》なる山越えを控えているせいで、旅人が必ず泊るか休むかする宿場である。

領分は仙台に属するが、なぜか宿場は一関領西岩井代官所の所轄とされ、ために一朝事ある場合は、代官がはるばる峠を越えて駆けつけねばならなかった。

旅人が病を得て死ぬのは珍しい話ではない。むろん代官がわざわざ出張してくる必要もない。だが、鈴木十蔵が西岩井代官に任じて十余年、宿村送りの例はただの一度もなく、また御法に示されているからには、代官の責において力を尽くさねばならなかった。

命の瀬戸際に立てば、おのれの死場所など考えもするまい、と鈴木代官は思う。だとすると、この女はよほど気丈なのであろう。何としても故郷に帰りたいと願うのは、亡夫と同じ墓に入りたいのかもしれぬ。いよいよ哀れである。

鈴木代官は大肝入と宿役人を伴って木賃宿を出た。いずれにせよ命の懸かった話を、当人の耳に入れるわけにはゆかぬ。

「御代官様、あの具合では一夜と保《も》ちますまい」

油照りの街道を歩み出すと、大肝入が汗を拭いながら言った。

「そうよのう。しかし、息のあるうちに寺を訪ねるわけにもゆかぬ」

みなまで訊かぬうちに、大肝入の供をしてきた手代が駆け出した。有壁宿の北の端には観音寺なる禅寺がある。訪ねるのではなく住職に出てきて貰えばよい。主人が何を言いつけたわけでもないのに、庄屋の手代なる者はまこと目から鼻に抜ける。

観音寺の門前の茶屋で住職を待つことにした。馬を攻め続けて咽はひからびているが、木賃宿の茶碗に口をつける気にはならなかった。

「今年は久々の実入りで、百姓は手が足りませぬ」

冷や水を飲み干してから、宿役人が遠回しに言うた。ここで死なれれば、必ず往来手形に記してある通り、「その所の作法を以て取り計ら」わねばならぬ。見知らぬ旅人に死なれたからと言って、まさか無縁墓にうっちゃるわけにもゆくまい。きちんと弔いを出すのは宿場の務めである。手間も金もかかる。

だからと言って、瀕死の旅人を追い出しかねぬような宿役人の言いぐさに、鈴木代官は苛立った。

大肝入が太り肉《じし》の首筋を拭いながら言い返した。

「おまえ様はそれでよかろうが、御代官様とわしはお国境いまで送らねばならん。手前勝手を吐《ぬ》かすな」

それにしても、大変な厄介を背負いこんだものだ。しかしお定めなのだから、まちがっても厄介などとは言えぬ。まして鈴木代官には、女を憐れむ心があった。

「金は持っておるのか」

南北をまっすぐに貫く街道に手庇をかざして代官は訊ねた。まだ日は高いが、これからやってくる旅人は鬼死骸の難所を越すまい。

「検《あらた》めてはおりませぬが、余分な金があるなら木賃宿には泊りますまい」

宿役人が答え、大肝入が肯いた。傍《はた》迷惑な話だとどちらの顔にも書いてあるが、これもまた口には出せぬ。

そうこうするうちに、山門から続く坂道を観音寺の住職が下りてきた。先ごろ代がわりがあったと聞いているが、なるほど只管打坐《しかんたざ》の修行僧と見える若さである。

「息のあるうちにお寺に参上いたすのもいかがなものかと、お呼び立ていたした次第にござる」

代官が下手に出ても、住職は手代を遣いに出したことが気に入らぬらしかった。

「それではまるで、寺があの世、宿場がこの世のようではございませんかね」

と、なかなか理屈っぽい。

「いくらか元気が出れば、宿村送りにもいたしましょうが、万一ということもございますゆえ、ご承知おき願いたい」

お布施は遠慮していただきたい、と言ったつもりだが、はたして通じただろうか。

時ならぬ人の笑い声が聞こえて、人々は街道の先に目を向けた。

身なりのよい侍を乗せた駅馬が二頭、杉林のほとりを巡《めぐ》って近付いてきた。

ああ、腹がへって死にそうだ。

でもここが辛抱のしどころ。もはや粥を啜る元気もない、唇を水で湿らすのがせいぜい、と思わせなければ。

「お菊やい――」

村医者に抱き起こされた。力を抜いて男にしなだれかかるのは、あんがい難しい。

「気が滞っておるゆえ四君子湯《しくんしとう》を煎じたでな。里に帰りたくば残らず飲み干せ」

苦い。思わず嘔吐《えず》きそうになるところをどうにかこらえて、ゆるゆると薬湯を飲んだ。

気が滞っている、か。藪医者め。

「よし、よう飲んだ。ではもうひとふんばりして、この丸薬を服《の》むがよい。陳皮《ちんぴ》、麻黄《まおう》、柴胡《さいこ》、甘草《かんぞう》。ほかにも貴重な薬種がたんと入っておるでな」

どこも何ともないのに、そんな薬を服めば本当に具合が悪くなるのではないか、とお菊はためらった。

「なになに、銭金のことは心配せんでよいぞ。患《わずろ》うた旅人を看病するは天下のお定めじゃ。ましておまえは宿村送りを願い出ておるのだからの」

はて、長い道中で病を得たためしもあったが、さほど面倒を見てもらったとは思えぬ。やはり「故郷の水を飲んで死にたい」の一言が効いているのかしらん。

「お医者様――」

お菊は村医者の袖を力なく摑んで、弱々しく呟いた。

「最早《もうは》、おらの命は知れ切っておりあんす。そんたな薬など、もったいねがんす」

病牀《びょうしょう》を囲む人々が切なげにどよめいた。啜り泣く声など聞けばさすがに気も咎《とが》めるが、今さら引っこみはつかぬ。こうとなったら天下御免の宿村送りとやらを、貫くほかはなかった。

口に押し込まれた丸薬は指の頭ほどもあって、これがまた苦い。しかし苦い顔もできず、水をくれとも言えぬまま、お菊は掌《て》を合わせて涙を流した。

「おもさげながんす」

「礼などよい。これで気虚《ききょ》は除かれ、寸口《すんこう》の脈も強うなる。あとは粥を啜って力を取り戻せば、駕籠にも乗れよう」

なるほど。ここで死なれては困る、か。さっさと次の宿場に送ってしまえと。

ふたたび牀《とこ》に身を横たえると、妙薬の効能が顕《あら》われたらしく、心の臓がどくどくと躍り始めた。

病人には薬であっても、健康な者には毒なのではあるまいな、などと思えば気味が悪い。お菊は衾《ふすま》の下で手首を握り、医者がそうしたように寸口の脈を探った。

旅に出てから四月《よつき》が経つ。十七と十五で所帯を持ち、三十年を仲睦まじく過ごした夫が思いも寄らぬ卒中で死んだあと、お菊は雪どけの野良に出る気にもなれず、日がな一日ぼんやりとしていた。

子には恵まれなかったからいつかこうなるとは思っていたが、たがいに体が丈夫で、覚悟を定めるにはまだ早かった。

こんたなこどでは、お前《め》はんまで死んでしまうど。

村人たちはそう言って心配してくれた。そこでお菊は、位牌《いはい》を抱いて旅に出ようと決めた。連れ立ってお伊勢参りをすることが、夫婦の夢だったからだ。

「おい、お菊さん。いくらか息が荒いようだが」

村医者がふたたび脈を取り、知らぬ人が冷えた手拭を額に載せてくれた。

「平気でがんす。少し眠らせてくらんせ」と、お菊は夢見ごこちに答えた。

往来手形は菩提寺の和尚様と村の名主様に書いていただいた。関所改めが厳しいと聞く女の一人旅に配慮してか、書面には「亡夫供養之心願」という一条が記されていた。

路銀はわずかしかなかったが、善根宿《ぜんこんやど》だの合力宿《ごうりきやど》だの施行所《せぎょうしょ》だのという、銭金のかからぬ宿を泊り継げばよかった。

それらは本来、修行僧や巡礼者のためにあるのだが、僧俗を分け隔てするわけではなく、まして「亡夫供養之心願」は正当な理由とされた。

女の足でのんびり行っても、往復でせいぜい二月半、それが四月もかかったわけはひとえに、夫のいない家になど帰りたくなかったからだった。だから帰り道も仙台を過ぎたあたりで、急に足が重くなった。

「いやはや、この有様では動かせまい」

見知らぬ顔がお菊を覗きこんだ。髷を総髪に結い上げた、立派なお武家様。さっきの御代官様でもなし、お前《め》はん誰《だれ》え。

「道中にて息を引き取るは不憫であろう。寺なり本陣なりに運んで、せめて畳の上にて往生させぬか。のう、代官殿」

御代官様を捉まえて、「代官殿」と来た。これはよほど偉い侍なのだろうと思えば、お菊の胸はいよいよ不穏に轟《とどろ》いた。

ややあって、抗う声があちこちから上がった。

「しばらく、しばらく。青山様の仰せられるところもごもっともと存じまするが、宿村送りは天下のお定め、当人に覚悟があるのなら送り出さねばなりますまい」

と、御代官様。

「さようにござりまする。たとえ故郷にたどり着けずとも、一歩二歩でも近付きたいと思うは人情にござりましょう。畳の上にて往生を遂ぐなど、それこそ不憫と申すものにて」

これは宿役《しゅくやく》様の声。この有壁宿の南口には、街道一と思えるくらい立派な御本陣がある。たぶんそこの御亭主が宿役人を兼ねていなさるのだろう。

「そうよのう。南部様の御領分に入れば、ふるさとに帰ったことにもなろう。せめて岩手山《おやま》を見せてやりたい」

と、この声は御代官様のあとからやってきた、大肝入の庄屋様。

天下のお定め事とは大したものだ。病を得たふりをして、「故郷の水を飲んで死にたい」

と言ったとたん、宿場は上を下への大騒ぎとなった。あげくに一関の御城下から御代官様が馬で駆けつけ、大肝入様が早駕籠で飛んできた。

「御旗本様のありがたいお言葉ではございますが、拙僧もやはりここは当人の願いを聞き届けることこそ、仏心に叶うかと」

　お菊は薄目を開けて衾の裾を見た。縁起でもないことに坊主が座っている。死ぬ前に来てくれるな。

　一同の顔を眺めて、お菊は得心した。誰もが病を疑ってはいない。しかし宿場の衆はここで死なれても困る。御代官様と大肝入様は、どうにか南部領に送り出したい。だとすると、御旗本様と呼ばれる偉いお侍の言うことが真ッ当に思えるが、それではお菊が困るのだ。ところで御旗本様って、お前《め》はん誰《だれ》え。

「ふうむ。代官殿はじめ、みなが口を揃えてさよう申すのでは、それがしのとやかく言うところではあるまい。では、当人を今いちど糺《ただ》してみよう」

　朱房の十手が目に入った。一関の御代官様を下《しも》に置いているのだから、仙台の御目付様か何かかしらん。いや、「御旗本様」というからには、幕府のお役人かもしれない。いけない、気が遠くなりそう。

「お菊とやら。改めて訊ねる。命懸けで故郷《くに》に帰る覚悟はあるか。それとも、この宿場にとどまるか」

お菊は震える指先を街道に向けた。人々の溜息がひとつの声になった。

「青山様。よろしゅうござるか」

御代官様が御意を確かめ、青山様は仕方なく肯かれた。

「ではこの一件、宿村送りと致す。今からでは鬼死骸を越えられぬゆえ、出立《しゅったつ》は明け六ツ、継立《つぎたて》は山目《やまのめ》宿、委細については村役が取り計らえ」

御代官様の御下知である。人々は「へへェ」と声を揃えて平伏した。

お菊は胸を撫で下ろした。これで明日の朝には出立できる。いっときはどうなることやらと肝を冷やしたけれど。

野次馬どもがいなくなると、褥《しとね》のかたわらに戸板が運ばれてきた。どうやらこの木賃宿から、上等の旅籠に移されるらしい。あちこち痒くてたまらぬのだが、まさかいまわのきわの病人が蚤《のみ》や虱《しらみ》がどうのとは言えなかった。

「今夜は御本陣に牀を取るゆえ、ゆるりと休めよ。果報者じゃのう」

大肝入様が言った。エ、御本陣。まったく天下のお定めとは大したものだ。一泊五十文の木賃宿から、旅籠を飛び越して御大名のお泊りになる本陣に格上げとは。

だが、けっして色に表してはならない。万が一嘘を見破られたなら、命がいくつあっても足らないだろう。

もったいないことに、御旗本様とその御家来らしい若侍が、頭と足を抱えて戸板に載せてくれた。

「なんもはァ、お世話をかけておもさげながんす。ありがだやァ」

お菊はなるたけ力なく掌を合わせた。

路銀は尽きている。

いや、何の算段もなく、後先かまわず旅に出たのだから、四月《よつき》の間もよくぞ凌《しの》いだというべきだろう。

女の一人旅。一生一度のお伊勢詣り。いざとなれば夫の位牌が物を言った。

世間には余った金で行き昏れた旅人を養い、善行とする人が多くいるのだった。

中には一夜の宿を貸すばかりか、枕も蒲団も与え、飯まで食わせてくれる善根宿も少くなかった。巡礼にご報謝とばかりに、お布施を頂戴したこともたびたびだった。そんなこんなで、故郷の村人たちがなけなしの銭をはたいた餞別が、四月も保《も》ったのだ。

むろん、すべてをそうした善意に頼ることはできぬが、難所と呼ばれる峠などにはお助け小屋があり、街道ぞいの寺を訪ねれば少くとも夜露を凌ぐことができた。

日光を経て江戸に上ったころには、お伊勢詣りの旅姿も垢抜けてきた。藁筵《わらむしろ》を背負い、柄杓を帯に挟んでいれば白無垢の衣裳などは要らぬ。それでも女の一人旅は珍しいから心願を訊ねる人も多く、かくかくしかじかと涙ながらに答えれば、たいがい飯にもご報謝にもありつけた。

いざとなれば一夜五十文かそこいらの木賃宿に泊った。煮炊きをする薪《たきぎ》代を木賃と言う。つまりそれだけでほかには何もない安宿だった。

仙台御城下の木賃宿に落ち着いたとたん、お菊はたまらなく気鬱になった。

それまでの道中は生まれ故郷に帰ることが晴れがましく思えたのに、仙台の先の南部や津軽の訛《なま》りをうとましく感じたのだった。奥州道中を下る旅人のあらましは仙台止まりで、

場末の木賃宿に泊ればその先の訛りが耳に障った。

沼宮内の里でお菊を待っているのは、四月《よつき》も留守にしたあばら家と、夏草の茂るにまかせた田畑だけだった。そう思えば夫の魂を供養したのではなく、夫の骨をお伊勢様や箱根や日光に、撒き散らしてきたような気がしてきた。

それでも幾日か歩み続けて、ようやく有壁宿にたどり着いたのだ。

戸板に載せられて木賃宿から担ぎ出された。村人たちの励ましの声が聞こえる。

いやはや、世間は何と善意に満ちていることだろう。ふるさとの村は貧し過ぎて、誰もがおのれの命を繋ぐだけで精一杯だった。四月にわたる旅の間に、お菊は人の本性が善なのだと思い知った。

夏空は高く青く、日差しが眩ゆくてならない。だが、日蔭を歩けとも言えぬ。

それでも顔をしかめているうちに、気を回した人が瞼に濡れ手拭を掛けてくれた。ありがどやァ。

さて、宿村送りもこのさき幾日続くやら、お天道《てんと》様に焙《あぶ》られるのも楽ではなし、戸板では捗《はか》もゆくまい。明日はいくらか元気を取り戻したふりをして、駕籠に乗せてもらうがよかろう、とお菊は企んだ。その按配は難しそうだが。

一町ばかり進むと瀬音が聞こえてきた。御本陣は宿場の南口の川のほとりにある。励ましの声に送られて、お菊はひんやりとした土間に担ぎ込まれた。

なんもはァ、立派なもんでごあんすなっす。こんたな高い天井は見たごともね。床も柱も漆《うるし》っこ塗《ぬ》だぐっだみでに、ぴっかぴかだ。竈《かまど》の煙《けむ》までええ匂いで、もしや薪まで上等なんだべか。

お菊は話し声に耳を澄ませた。どうやら大肝入様は一関に戻り、御代官様はここにお泊りらしい。二人してかかりきりにはなれぬのだろう。

「急なご来着にて何の設《しつら》えもございませぬが、青山様も当家にお着きなされまし」

と、本陣の亭主が言う。

「さようか。世話になろうぞ」

御旗本様がそう答えるのに、なぜか若い御家来が「いやいや」と口を挟んだ。

「公用ゆえ旅籠に泊る。お気遣いなく」

じゃじゃ、なすて。公用だば御本陣に泊られるのではねのすか。

「これ石川、堅いことは申すな。宿村送りに立ち会うなど、定めて仏縁であろう」

何かお忍びの道中にちがいない。みなさま畏れ入り、御家来もしぶしぶ了簡。

それはともかく、おらはきのうの朝から何も食《け》でねえのす。

ああ、腹へって死にそう。


その夜、鈴木十蔵代官はなかなか寝付けなかった。

宿村送りの報せを受けて、取るものもとりあえず一関の代官所から馬を追った。よって体は蒟蒻《こんにゃく》のごとくくたびれ果てているのだが、どうにも目が冴えてならぬ。

気がかりが二つ。

その一はむろん、お菊という旅人である。村医者の煎じた薬湯と丸薬を服《の》ませ、宵の口には重湯を、寝しなには薄い粥を与えたが、どちらも二口三口、ようやく啜っただけだった。今夜のうちに息が上がってしまってもふしぎはない。もしそうなった場合の村人たちの苦労を思えば、せめて一関の御城下までは送りたい。欲を言うなら、二夜を保《も》たせて鬼《おに》柳《やなぎ》のお国境いまで。

その二は、折悪しく通りかかった幕府の御役人。「公用にて津軽三厩《みんまや》まで罷《まか》り通る」と居丈高に言われれば、返す言葉はない。三厩と言えば蝦夷《えぞ》地と津軽を結ぶ港と聞く。さてはおろしや国の来寇《らいこう》に備えて北辺の護りを固めている昨今、幕府の遣わした役人か。ふだんのお役目は畏《かしこ》くも将軍家に近侍なされる御番士様とか。これは偉い。急ぎ旅でなくば、御大名並みの行列を斉《ととの》えるほど偉いはずだった。ゆめゆめ粗相があってはならぬ。
御家来は青山様をお諫《いさ》めする。下々の話にかかずらってはなりませぬぞ、と。けだし当然である。おろしや国とお菊を秤《はかり》にかけるわけにはゆくまい。しかし青山様は、ありがたくもお菊を不憫に思《おぼ》し召され、「死ぬも生くるも、それがしが見届けようぞ」と仰せになった。主がそこまで肚をくくったのなら、御家来はもはや物は言えぬ。だにしても、主人に向こうて「勝手にせえ」という言いぐさはあるまいが。

宿村送りの病人と公用の御旗本。気がかりが二つ重なれば、身が蒟蒻でも目は冴えるというものだ。

鈴木代官は行灯を引き寄せ、寝付けぬ褥《しとね》の上に旅人の荷を並べた。おなごの持物を検《あらた》めるなど気は進まぬけれど、これも務めのうちであろう。

着替えは藍木綿《あいもめん》と浴衣、粗末な帯と腰巻。椀と箸。網代笠が一蓋、替え草鞋《わらじ》一足、数珠が一連。そして、泣かせることには亡夫の位牌。代官は思わず掌を合わせた。

はて、それにしても銭がたったの四文《よもん》とはどうしたわけか。きょうび四文ではせいぜい団子が一串、饅頭《まんじゅう》がひとつ。一膳飯にすらありつけぬ。

木賃宿は定めて前金ゆえ勘定は済んでいるにしても、まだこのさき六日か七日、どうやって凌ぐつもりだったのであろう。さてはその心許なさで力尽きたか。

そう思えばいよいよ女が不憫になって、おのれの都合ばかり考えている卑《さも》しさを、鈴木代官はいたく反省した。

よし、ここはできうる限り手厚く看病し、何としてでも宿村送りを成就させてやろう。たとえ沼宮内まではたどり着けずとも、せめて南部様の御領分まで。

鈴木代官は寝巻の懐を探って巾着を取り出した。中身は八幡様のお守りと二分《にぶ》金が一枚。いざというときのために妻が持たせてくれている用心金である。

今がその「いざというとき」であろうと、代官は思ったのだった。もし路銀が尽きて力を失ったのであれば、この二分金は何よりの薬となろう。いささか過分やもしれぬが、人の命が懸かっているのだ。

一関田村家は三万石の外様大名ゆえ、代官といえども御役料はわずか二十四石に過ぎぬ。十《とお》を頭《かしら》に子供が四人《よったり》、暮らし向きはけっして楽ではなかった。それはそれで仕方がないにしても、いざというときのために大金を持たせてくれている妻の気配りには頭が下がる。さればこそ、今が用心金の使いどころだと、代官は確信した。

荷をまとめて女の枕元に戻し、二分金を手に握らせてやろう。

足音を忍ばせて、代官は女の眠る奥居《おくい》へと向かった。街道一と称えられる有壁本陣は広い。蒸し暑い晩ゆえ雨戸は開け放たれており、月かげがさやかである。

歩みながら荷の中の位牌に触れて、おぬしは果報者よ、と胸で呟いた。いったい世間のどこに、亭主の位牌を抱いて巡礼の旅に出る女房がいるだろうか。おのれの妻に不満はないが、まさかそこまではしてくれるまい。

奥居の襖をそっと開けた。月の光が代官の影を牀の上に延べた。病人の姿はない。さては這って厠に行ったか。

気丈なおなごである。武家の妻女ならさもあろうが、襁褓《むつき》も御虎子《おまる》も潔しとせず、身を支えられて厠に通っていた。よって寝牀も厠に近い奥居に取った。

もしや倒れているのではないかと気を揉んで、厠に行ってみたが見当たらなかった。明日をも知れぬ病人が消えた。

いったいどうしたことであろう。鈴木代官は空座敷を巡って女を探した。いたずらに騒いではなるまい。広い屋敷の中で迷い、どこかに蹲《うずくま》っているにちがいなかった。

ふいに肩を叩かれて、代官はひやりと立ちすくんだ。

「これは青山様。実は――」

すると寝巻姿の御旗本は、人差指を立てて唇に当てた。代官の袖を引いて、忍び足で歩み出す。闇の先は台所である。

参府御《お》暇《いとま》の行列は武将の軍行であるゆえ、本陣には御殿様ほか重臣も近習も同宿する。よって台所は広い。

竿縁《さおぶち》天井の高みの明り取りから、ほのかな月かげが落ちており、ちょうどその光の中に女の姿があった。

鈴木代官は息を呑んだ。重湯も粥も二口三口しか啜れなかった病人が、大釜の冷や飯を手摑みで、がつがつと貪り食うていたのである。

声を上げるすんでのところで、御旗本の手が代官を引き戻した。

「祝着《しゅうちゃく》至極じゃ。明日は駕籠で参ろうぞ」

大黒柱の蔭に入って、青山様が囁いた。

「しかし――」

「しかし、どうした。薬が効いて飯を食う気になったのだ」

柱ごしに今いちど女の様子を窺った。あちこちに接《つぎ》の当たった道中着。痩せた背に毀《こわ》れかかる髷。まちがいなくお菊である。はて、村医者には良薬を与えよと命じたが、たとえとっておきの秘薬でも、これほどまでの卓効を顕《あら》わすものであろうか。

「えい、わからずやめ」

襟を摑まれて台所から引き出された。

「わからずやとおっしゃいますか。誰がどう見てもおかしゅうござりまするぞ」

御旗本が声を絞って答えた。

「身の痛み苦しみばかりが病ではあるまい。よほどのことだぞ。斟酌してやれ」

はァ、なんたら気持ちええごった。

んだども、うかれた顔をしてはなんね。おらは宿村送りの病人だで、ゆるぐねえんだじゃ。

駕籠に揺られながら、お菊はぐったりと肩を落とし、わざと眉をしかめた。

ここいらは鬼死骸と呼ばれる難所だ。峠というほどではないが、だらだらとした上り下りの道が果てもなく続く。

鬼死骸。何ともおどろおどろしい名だ。その昔、坂上《さかのうえの》田村《たむら》麻呂《まろ》が岩屋に棲む鬼を追い出し、この場所で退治して死骸を埋めたという。だからと言って鬼死骸などと名付ければ、行きかう旅人は怖くてならぬ。

ごていねいにも一行は、その死骸の上に置かれたという鬼石のまわりで一休みとなった。だが、立派なお侍様方に護られているから、少しも怖くはない。

「お菊、具合はいかがじゃ」

青山様が差し向ける竹筒の水を、お菊は咽を鳴らして飲んだ。

「へえ。お蔭さんで――」

お菊は弱々しくほほえんだ。余分を言ってはならない。重病人は口をきくだけでもやっとのはず。

御代官様も馬から下りてきた。

「おもさげながんす、御代官様」

こればかりはきちんとお礼を言っておかねばならぬと、お菊は駕籠から背を起こして頭を下げた。

「礼には及ばぬ」

朝早く、人の気配に目が覚めると、御代官様が枕元に座っていらした。びっくりしてはね起きそうになるところを、どうにかこらえているうち、御代官様は溜息をつきながら、お菊の掌《てのひら》に二分金を握らせたのだった。それには二度びっくりした。見たためしもないから値打ちもわからぬが、路銀の足しどころか、飯付きの旅籠に泊って当分は旅を続けられる大金だろう。

申しわけない《おもさげね》、と思うより先に元気が出た。ともかくこれで飢え死なずにすむ。

青山様の御家来だけが馬を下りても知らんぷり。もしやこの人は、病を疑っているのかもしれない。つるかめ、つるかめ。用心せねばならねな。

しばらく休息を取ったのち、一行は鬼石を立ってふたたび荒寥たる鬼死骸の野を歩み始めた。

先頭に代官所のお侍が二人、そのあとから騎馬の御代官様。お菊の乗る山駕籠を担いでいるのは、有壁宿の村人だろう。両脇に手替りの二人が歩いている。うしろには御旗本様と御家来の二騎。馬子《まご》が轡《くつわ》を取っている。

傍目《はため》にはちょっとした姫様道中だろうと思えば、病を偽る顔とはうらはらに、いよいよ気味がよくなった。

鬼死骸の上り下りは打ち寄する波のように続く。雑木の森を抜ければ夏草の生い茂る原野で、よほど悪い土地柄なのであろうか、畑も民家も見当たらなかった。それでも本街道であるから、三間《さんげん》の道幅は堂々として変わらぬ。

汗みずくの駕籠舁《か》きの背中を見つめながら、おらはまづがったことをしてるだべか、とお菊は考えた。

夫のいない家に帰る気になれず、故郷が近付くほどに足は重くなった。仙台から先は日に二里か三里がせいぜいで、間宿《あいのしゅく》まで泊り潰し、どうかすると同じ木賃宿に三晩も居続ける有様だった。そんなわけで、四月《よつき》の間あれこれ考えながら使ってきた路銀が、有壁宿の木賃で尽きてしまった。

この先には頼みとする善根宿もない。打ち続く凶作に痛めつけられて、施行《せぎょう》するゆとりなど誰にもないのである。

さて、どうする。思い屈したお菊の胸に、よもやまさかの妙案が浮かんだのはそのときだった。

旅の途中で奇妙な話を耳にした。病を得た旅人が「故郷の水を飲んで死にたい」と願えば、何としてでも聞き届けねばならぬお定めがあるという。

そこでお菊は、さして物も考えずに仮病を使って、息も絶えだえに呟いてみたのだった。

「おらは、なぬすたって、生まれ故郷の水ば飲んで死にてのす」と。

そのとたん、有壁宿はてんやわんやの大騒ぎになったのだった。いったんそうとなれば引っこみはつかぬ。病人になり切るほかはない。そして何よりも、この先はもう歩かなくてすむ。

やがて一行は一関の御城下に入った。有壁宿からはわずか二里だが、鬼死骸の上り下りのせいで、駕籠舁きはくたびれ果てている。鈴木十蔵代官はそのあたりを読んで、御城下からわずか十七町下った山目《やまのめ》宿を継立としたのだった。

もっとも、駕籠さえ乗り継いで先を急げば、少くとも水沢か金ケ崎《かねがさき》、どうかすると日のあるうちにお国境いの鬼柳まで届く。しかし代官は、まだ昼ひなかだというのに山目宿にて泊りと決めた。

村医者の診《み》立《た》てを信じぬわけではないが、懇意にしている御典医にも診ていただこうと思ったのだった。なにしろ天下のお定めによる宿村送りである。念には念を入れねばならぬ。

むろん、夜更けに台所で冷や飯を貪り食うていた姿を思い出せば怪しみもするが、それはそれ、これはこれ、代官としての第一の務めは、お定めを十全に遵守することだった。すなわち望郷の思いを重くみて、できうる限りの看病をする。

市中の大町筋を行くうちに、夏空をとよもして太鼓が渡った。正午を告ぐる時太鼓である。

一関に過ぎたるものは二つあり、時の太鼓と建部《たけべ》清庵《せいあん》。

御殿様には無礼に当たるであろうが、そんな俚諺《りげん》がある。御太鼓櫓から一刻ごとに打ち出される時太鼓は、径四尺二寸という立派なもので、御城下の隅々までくまなく響き渡る。

一方の建部清庵は代々が一関田村家の御典医を務める蘭方医で、当代随一の名医としてその名を知られていた。

宿村送りの噂を拡めて、城下を騒がせてはならぬ。よって山目宿まで行って旅籠に落ち着き、清庵先生に往診ねがおうと代官は考えていた。

みちみちその旨を告げると、石川某《なにがし》なる御家来は「しからば、われらは先を急ぐ」と言うのに、当の御旗本様が馬の鼻面を割り入れて、「いや、急ぐ旅ではござらぬ」と翻す。

いったいこの二人は何者。誰であろうと御公辺の役人にちがいなくば、いよいよお定めをおろそかにはできぬ。

一関三万石田村氏は、征夷大将軍坂上田村麻呂を家祖とする奥州の名族である。かつて三春《みはる》に拠《よ》り、戦国動乱のさなか息女の愛姫《めごひめ》が伊達政宗《まさむね》公の正室となって、その一族に加わった。

のちに改易となって家統は断絶したが、愛姫様は名門たる実家の名跡を惜しんで、孫に当たる伊達宗良《むねよし》公に田村姓を継がせた。そして世に知られる伊達騒動を経て、一関三万石の分家大名に封じられたのである。よって姓は異にしても、仙台伊達家六十二万石のうちから三万石を分知された、いわゆる「内分《ないぶん》分家」と言われる大名であり、徳川将軍家に臣従は誓っていても、伊達家の権限はすこぶる大きかった。三万石の領分にしたところで、周囲はことごとく仙台領である。

鈴木十蔵代官が宿村送りの報せを聞き、わざわざ鬼死骸の難所に馬を追って駆けつけねばならなかったのは、そうした御領分の事情による。すなわち、有壁宿は仙台領であるにもかかわらず、宿駅の差配は一関田村家に任されていた。

また、一関領を出れば仙台の役人に申し送れるかというと、そうもゆかぬ。やはり道中差配は一関と決まっているので、鬼柳のお国境いまで送るのは、鈴木代官の務めであった。どうにも御本家の都合という気がしないでもないが、立藩以来かれこれ百八十年にも及ぶ習いゆえ、今さらどうこう言えるものでもあるまい。

昼夜十二刻に打ち出される時太鼓と、腕のよい蘭方医を「過ぎたるもの」とするのは、御本家の仙台から見ればそういうことになるのであろう。

さて、一関御城下から北に半里の山目宿に一行が落ち着くと、ほどなく建部清庵が往診にやってきた。

医師とは言え知行取りの士分であり、目付格でもある。大手御門内に屋敷を構えて多くの塾生を養い、また広く門戸を開いて身分にかかわりなく、領民の診療を行っていた。その清庵先生が弟子たちを引き連れ、御駕籠に乗って「ほどなく」やってきたのだから、宿村送りがいかに大ごとか知れようものである。

病人は上旅籠の離れ座敷に寝ていた。

脈を取られたとたん、ああこれでおしまいだとお菊は思った。

有壁宿の村医者とは手ざわりがまるでちがった。さすがは御典医様だ。

「いかがでござるか、清庵先生」

御代官様が不安げに訊ねても、先生は黙りこくっている。本物の病人ならば、この間《ま》をよほど怖ろしく思うだろう。

牀《とこ》の左右に先生と御代官様。ぐるりをお弟子さんが囲んでいる。

「いかがじゃ、清庵」

偉そうな声に薄目を開けて見れば、枕元に青山様。お前《め》はん、まだいるのけ。

「脈が頻《しき》りますのう。このままでは心の臓が保《も》ちますまい」

じゃじゃ、そうではねえてば。病ではねえが命の瀬戸際でがんす。胸ばドキドキするのもあだりめえだじゃ。

先生は頭をきれいさっぱり丸めており、白勝ちの着物の上に絽《ろ》の羽織をお召しだった。

眉は太く目は鋭くて、きっと何もかもお見通し。

「これ、お菊。口はきけるか」

めったなことを言ってはならない。お菊は物を言いかけて口を噤《つぐ》んだ。聞こえてはいるがしゃべる元気はない、ということにしておこう。

「やや。やはり道中が身に堪えたか。先ほどまではどうにか物を言うていたが」

御代官様はまるで身内のような心配をして下さる。なんもはァ、やさしいお人でごあんすなっす。

先生は難しい顔をなさって、

「この容態で動かすわけにはゆくまい。しばらくは養生させねば」

それはたまらぬ。まだ仮病は暴かれていないようだが、ともかくこのお医者から離れなければ。

お菊は切なげに眉をひそめ、イヤイヤと顎を振って見せた。

「どうあっても故郷の水を飲んで死にたいのか」

ありがどがんす、青山様。何と間のいいことを訊いて下さる。お菊は「へえ」と答えて肯いた。

「命懸けの願いじゃ。明日は立とうぞ」

青山様が言い、先生は溜息をついた。

「では、治療にかかりましょう。おなごの肌を晒すゆえ、殿方はご遠慮下され」

清庵先生にそう促されて、御代官様も青山様も離れ座敷を出て行った。残ったのは先生と三人のお弟子さん。ああ、おっかねえ。何されるだべかやあ。

お弟子さんのひとりがお道具箱の蓋を開けた。ざわざわと金物の音がする。蘭方医はやたら刃物で体を切って、血を抜いたり膿《うみ》を絞ったりすると聞いたことがあった。だども、ここでおっかねがったら血を抜かれるどころかお手打ちだと、お菊は鳥肌立ちながらよく耐えた。

先生とお弟子さんたちの話は異国語ばかりで、何を言っていなさるのかさっぱりわからなかった。気を持たせねえで、やるならさぱっとやってけろ。

胸をはだけられ、冷たい道具を当てられた。指先で乳やら腹やらを叩かれた。はァ、お恥《しょ》すい。おらの体ば触った男は、死んだ旦那殿《だなどの》だけでありあんす。おもさげながんす、お前《め》はん。今は死ぬか生きるかの瀬戸際だがら、堪忍してくらんせや。

どうにか耐えたと思ったとたん、お弟子さんたちが力ずくに手足を押さえつけた。あれエー。

先生の手にはギヤマンの筒が握られている。その穂先には針が。

「薬を打つでな。チクリとするが、なになに鍼灸《はりきゅう》に比ぶればよほど楽だ。さあ、力むな、力むな、五つ算《かぞ》えれば終わる」

首が飛ぶよりましだと思い定めて、お菊は歯を食いしばった。お弟子さんと一緒に数を算えた。ひの、ふの、みの、よ。はい、おしまい。

「よし、これで脈は落ち着く」

そう言って清庵先生はお菊の額に手を当て、何を思うたか身を屈めて耳元に囁きかけた。

「よいか。けっして弱音を吐くなよ。伊勢の大御神《おおみかみ》様はお見通しじゃ。これまでよう頑張った。もう歩かずともよい」

時太鼓が風に乗って聞こえてきた。この御城下には、過ぎたるものが二つある。何もかもお見通しなのだ。伊勢の大神様ではなく、清庵先生は。

お菊はほほえむ先生に向かって肯いた。

診療をおえた清庵先生を、鈴木代官は渡り廊下で呼び止めた。

「いかがでございましたか」

坪庭に目を向けて、先生は言葉を択《えら》んだ。命の重みを知る名医なればこそ、めったなことは言わぬのだろう。

「だいぶ弱ってはおるが、駕籠を継ぎ立てる分には大事あるまい。うまいものを食わせて滋養をつけ、当人の願いは何なりと聞いてやって下され」

ふと、昨夜有壁宿の本陣で、冷や飯を貪り食うていたお菊の姿が思い起こされた。

「食欲はあるようですが、体がついてゆかぬのか、と」

故郷に帰りたい一心から、無理に飯を食ろうていたのだと、鈴木代官は思うことにした。

廊下に控える弟子たちを手で追って、先生は代官に囁いた。

「よろしいか、代官殿。精のつく薬を与えたゆえ、向後は物が食えよう。粥ではのうて飯や餅をたらふく食わせるがよい。要すれば魚、猪《しし》肉、鶏卵等、山海の珍味を与えて下され」

「いや、それはちと無理にござろう」

「無理ではござらぬ」

「そうはおっしゃられても、ゆるゆる歩んで明日の一日」

「ならば二日をかけてお進みなされよ。そして鬼柳のお国境いでは、南部の御家中にその通りお伝え願いたい」

「うまいものをたらふく食わせ、ゆるゆると、でござるか」

「さよう。建部清庵が診立《みた》てじゃと、きっと言うて下されよ」

先生は日ごろ厳《いかめ》しい顔を、なぜか綻《ほころ》ばせておられる。代官はその笑顔の含むところを探しあぐねた。

「しからば代官殿。清庵が診立てをお伝えしておく。まず第一に、あの妙に節介を焼く御旗本様は、宿村送りがつつがなく執り行われるかどうか検分しておられる。第二に、苦労は万病の元にござります。人と生まれて、報われぬ苦労などあってはならぬ」

ああ、この人は名医だと、代官は今さらながらしみじみと得心した。

十八

きぬさんへ。

奥州ははや秋風が立って、朝夕は肌寒いくらいですが、江戸はいかがでしょうか。食あたり水あたりはしていませんか、ひとり寝には慣れましたか。父上様母上様も相変わらずですか。

奥州道中もいよいよ深まり、仙台領も北の果ての前沢《まえさわ》宿というところでこの手紙を書いています。

きのうは一関の山目宿に泊り、男の足なら一気に盛岡領まで伸《の》すはずなのですが、少々面倒にかかずらいましてね。

いえいえ、御安心。面倒と言っても敵討ちだの何のという物騒な話ではありませんから。

宿村送り、というお定めがあります。何でも、行き倒れた旅人が「生まれ故郷の水を飲んで死にたい」と言ったのなら、道中の宿場は馬でも駕籠でも継ぎ立てて、里に送り帰さねばならないそうです。

エエッ、と驚くきぬさんの顔が目にうかびます。いやはや、そんなうるわしいお定めがあるのかと、僕もにわかには信じられませんでした。

五代将軍常憲院様が御諚《ごじょう》と承りました。なるほど人も生類《しょうるい》にはちがいありませんから、犬を憐れむのと同様にその命は慈しまねばならない。よって宿村は介抱を尽くし、医者にも診せて、旅人の願いを聞き届けてやる。街道には百何十年も昔のそのお定めが、今も生きているのです。

件《くだん》の旅人の名はお菊。齢は母上様と同じほどでしょうか。亡き夫の位牌を抱いて女ひとりの伊勢詣りと聞けば、これは盛岡の先の生まれ故郷まで、どうにか送ってやらねばなりません。

かと言って、まさか流人と押送人がかかずらうこともありますまい。ところが、青山玄蕃が妙な俠気《おとこぎ》を出しまして、「よし、それがしが見届けようぞ」。つまり、継ぎ立てがきちんとなされるかどうか、連れ添って目を光らせようというわけです。

いやはや、実はかくかくしかじかなどと僕が割り込めば、話はややこしくなる。玄蕃のお節介も困ったものです。

しかし考えてもみれば、お菊の里の沼宮内《ぬまくない》という村は、盛岡の先の道中ぞいなので寄り道にはなりません。二日や三日の遅れを取ってもどうということはなし、むしろ先を急いで気がかりを残すくらいなら、この宿村送りに付き合うのも悪くはないでしょう。

というわけで、まったく思いもよらぬ付き添い旅が始まったのです。お菊は駕籠に乗り、僕らは途中から馬に乗るのもばかばかしくなって歩き出しました。

だにしても、前泊の山目宿からこの前沢宿までは、たった三里と六町。いくら何でも遅すぎますね。駕籠の足でもせめて水沢か金ヶ崎の宿場まで届いていなければならないはずです。

道中でお菊が、手を合わせて懇願したのですよ。「平泉《ひらいずみ》に詣でたい」と。

そう。宿村送りはできうる限り病人の願いを聞いてやらねばならない。ましてお菊は、亡夫の菩提を弔う旅の途中なのです。何でも往路は気が急《せ》いて詣で損ね、街道から彼方を拝んで、「南無阿弥陀仏、無事に伊勢から戻りました折にお参りさせていただきます」と誓ったそうです。

そこまで聞けば否《いや》とは言えますまい。むろん中尊寺《ちゅうそんじ》は名にし負うみちのくの名刹《めいさつ》、僕だって詣でたくないはずはありません。

いや、これはここだけの話。父上様母上様のお耳には入れませぬよう。

公用中に物見遊山など、もってのほかですね。でも、おそらく一生に一度の奥州道中なのですから、寄り道になる日光や松島はともかくとしても、街道から少しそれるだけの平泉に詣でるくらいは、許していただけるでしょう。

同行する一関の御代官は是非もない。介抱を尽くし、願いは聞き届けねばならぬお定めなのですから。

玄蕃はいよいよ是非もない。流人の分限で大手を振っての平泉詣でなのです。

こうして一行は、きょうの大半を物見遊山に費してしまいました。それでたったの三里と六町、という話です。

マア、堪忍して下さいな。金色堂《こんじきどう》の阿弥陀様に、父上様の平癒を重々お願いして参りましたゆえ。

本街道から岐《わか》れる中尊寺の参道は、深閑《しんかん》たる森の中の緩い登りです。

さりとて奥州一の古刹に駕籠で乗っ込むのはいかがなものかと、麓の茶屋にて一服し、代官所の手代を使いに立てました。すると間のよいことに通り雨が過ぎましてね。やがてひとりだけ濡れ鼠になった手代が戻ってきて言うには、宿村送りの病人ならば委細かまわず、そのまま遠慮なく参拝なされたしとのお情けを賜わりました。

なるほどこれは阿弥陀様の慈雨にちがいないと一同感激しまして、月見坂と称する参道を登り始めますと、その雨上りのここちよいこと、極楽浄土へ向かう道もかくやはと思えるほどでした。

年を経た杉並木は伊達政宗公のご奉納という。ほかにも松やら楓《かえで》やら、姿のよい木々がみっしりと詰んでいて、雨に洗われた青葉が目にしむようでした。ほどなくその緑ひといろの中に、弁慶堂や地蔵院、瑠璃光院、観音堂などの、けっして華美ではないが世俗を離れて瀟洒《しょうしゃ》な堂宇が姿を現わしました。

お菊はそのひとつひとつを山駕籠の中から拝みまして、ありがたやありがたやと涙を流しておりました。

遥かな伊勢詣での行き帰りに、算《かぞ》え切れぬ神社仏閣を訪ねて亡夫の冥福を祈り続け、故郷に近い中尊寺に至って、御仏の加護をひしひしと感じたのでしょう。

おそらく往路では詣で損ねたのではなく、人の目に映らぬ阿弥陀様が金色堂をお出ましになって、お菊の道中をともにお歩みになられたのではないか、と僕は思いました。だとすれば、長い旅路をここまで戻ってついに力尽きたというのも、何となく得心ゆくからです。

おやまあ、日ごろ信心のかけらもない乙さんが、とびっくりしていますね。

いや、きぬさん。この際ですからはっきり言うておきますけれど、僕は信心が足らぬのではなくて、神仏を恃《たの》むだけの心の余裕がないのですよ。むろん神仏が僕ときぬさんを引き合わせて下さったとも思っていないし、石川の家督を継いでからもずっと一所懸命です。でも、そんな僕にさえ御仏の加護があるにちがいないと思ったのです。

山内の堂宇を巡る間、お菊は念仏を唱え続けていました。

きぬさんは仏様を信じますか。かく言う僕はすでにご存じの通り、まるで信心が足りません。

幼いころ牛込の寺子屋の師匠に、「神仏は本当にいるのですか」と質問をしました。お坊様に向かってですよ。

そのとき師匠の答えて曰く、「あると思えばある。ないと思えばない。これすなわち信心」。ううむ、わかったようなわからぬような。でも、御仏にお仕えするお坊様がそうとしか答えられないのなら、やっぱりいないのだろうと思ってしまいました。たぶんそれ以来の不信心者です。

そういう僕だからこそ、お菊に心を動かされたのかもしれません。物見遊山などではない、命がけの巡礼の旅に。

御本堂の門前でさすがに駕籠を捨てまして、その先は駕籠舁きの人足がかわるがわるお菊を背負いました。そうしてさらに進みますと、ひときわ深い杉木立の中にかの金色堂が鎮《しず》まっておりました。

もっとも、金箔に彩られた御堂が雨ざらしになっていようはずもなく、時代がかった覆堂《おおいどう》にくるまれているのですがね。

その金色堂の前には、赤い衣を召された高僧が弟子たちを引き連れて待っておられました。いやはや、宿村送りのご威光は大したもので、偉いお坊様がおんみずからお菊のためにお経を上げて下さるらしい。

あまりの有難さに感極まって、お菊には礼の言葉もありません。人足に背負われたまま、ただ「南無阿弥陀、南無阿弥陀」と念仏を唱えるばかりでした。

お坊様と代官はかねて見知った仲であるらしく、懇《ねんご》ろに挨拶をかわしておりました。その間に一行は御堂へと導かれましてね。溢るる光の中へと。

五月雨《さみだれ》の降《ふり》のこしてや光堂《ひかりどう》。

まさに芭蕉翁の吟じたままに、上がりそこねた雨の滴の一粒一粒が、黄金《こがね》のかたまりに見えました。金色堂の耀《かがよ》いは覆堂の外にまでこぼれ出ていたのですよ。僕らは口々に、「ああ」だの「おお」だのと言葉にならぬ声を上げました。

ただひとり、「腹を切らんでよかったのう」と玄蕃が物を言いました。

中尊寺の金色堂を見たという人は知りません。だから僕は、御堂の中に黄金造りの御仏がましますばかりだろうと思っていたのです。

ところが、入籠《いれこ》になった金色堂におそるおそる歩み込んでみますと、驚いたことには壁も床も柱も、格天井《ごうてんじょう》の隅々までもがすべて金箔に埋め尽くされていて、三つ並んだ須弥《しゅみ》壇《だん》の上に、夥《おびただ》しい数の御仏様がおられました。

七百余年もの間、金色堂は頑丈な覆堂に守られて、黄金の耀いをいささかも失わずにかくあるのです。

僧たちに支えられてどうにか座ったお菊は、念仏を唱えることすら忘れてしまって、なかば気を喪っていました。

やがて夫の位牌がご仏前に据えられ、有難い読経が始まりました。そのとき、ふと思ったのですよ。御仏が本当におられるのかどうかはさておき、今こうしてお菊を支え導いている人々こそが仏そのものではないか、と。「あると思えばある、ないと思えばない」という師匠のお言葉は、他人の善意に謝するか甘えるか、という意味なのではないか、とね。つまり、おのれの努力によって出世を果たしたと思いこんでいた僕は、不信心だったのです。僕を支え導いてくれた実家の父母や先生方や御組頭様、僕を婿《むこ》に選んで下さった石川の父上様母上様、むろんきぬさんの善意に対して、報謝の心を欠いていたのだと思います。僕は僕自身の仏に気付いていなかった。

もしや金色堂の荘厳《しょうごん》は極楽浄土の表現ではなくて、そうした人の世の真理を悟らせるために造り出されたのではありますまいか。

かく思えば阿弥陀様のお顔は父上様母上様に似て、脇侍《きょうじ》の菩薩像は実家の父母に、厳《いかめ》しい二天像は先生方や諸先輩に見えてきたのです。ほかにもたくさん。こんなに多くの仏様が、僕を支え導いて下さっていたのですよ。

またしても長い手紙になってしまいました。盛岡の先にあるというお菊の里まで、僕も幾日かは仏になろうと思います。

報謝報謝　南無阿弥陀仏。

乙より

ああ、腹がいっぺえじゃー。最早《もうは》、水を飲む気にもなれねがんす。

きょうの駕籠舁きは年が若くて足も速い。そのぶん揺れが腹に堪《こた》えた。

「いかがいたした、苦しいか」

御代官様が歩きながらお菊の顔を覗きこんだ。苦しいは苦しいが心配《しんぺえ》するこどではねがんす、御代官様。

「へえ。も少しゆくっと行って下んせや。切《しぇず》ねがんす」

駕籠舁きは足を緩めた。そうす、そうす、これで良《え》がんす。

「だども御代官様。お国境いまではまだ七里の上もありあんすが」

と、若い駕籠舁きが言い返した。

「無理をさせてはならぬ。お国境いまで届かねば金ヶ崎の泊りでかまわぬ。ゆるゆると行け」

無理ではねがんす、御代官様。腹いっぺえで切ねえだけ。

前沢宿の夕餉には、雪のように真ッ白な粥が運ばれてきた。あまりの甘さに頬が落ちるかと思ったが、まさか「おかわり」とは言えなかった。

朝餉には雑煮《ぞうに》がふるまわれた。それももったいないことに、青山様が御みずから襷掛けで御膳を運んできたのだった。

「咽につかえぬよう、餅は小さくちぎってあるでな。さあ、道中の力餅じゃ、たんと食うがよい」

にわかには信じ難かったが、どうやら雑煮は青山様がこしらえて下すったらしかった。

何もはァ、器用なお武家様もいるもんだなっす。

焼餅に青菜と大根、凍《し》み豆腐。すまし汁を一口啜って、お菊は味付けの妙にびっくりした。

「お前《め》様がこしぇて下さったのすか」

おそるおそる訊ねた。

「わが家には正月の雑煮を男が作るならわしがあっての」

「じゃじゃ、何でェ」

「さて、ならわしじゃによって、なぜと訊かれてもわからぬ。戦に出ればおのれで飯をこしらえねばならぬゆえ、日ごろから慣れておけということかの」

御旗本様はケラケラと笑った。

餅と聞けばかぶりつきたいのは山々だが、「箸を持つのもままならぬ」ということになっているのである。雑煮で嘘が暴かれてはならじと、お菊は青山様に背中を支えられながら力なく汁を飲んだ。

「よしよし、わしが食わしてやろう」

エエッ、食《か》しぇてけるだすかァ。なんぼ何だってもってえねがんす。

とは思ってもここが辛抱のしどころと、お菊は青山様に身を委《ゆだ》ねた。

「よいか、よおく嚙んで呑みこむのだぞ。はい、アーン」

胸に抱かれたまま、お菊は口を開けた。小さくちぎり分けられた餅が舌の上でとろけてゆく。二つ三つと呑み下すうちに、わけのわからぬ涙がこぼれた。

人の情けがありがたかった。それでも嘘をつき続けるおのれを心底卑しんだ。そして、これが何よりもお菊を泣かせたのだが、男の胸は死んだ夫のぬくもりを思い出させた。

「泣くほどうまいか」

お菊は肯いた。

「よし。ならばいくらでも食え。食えるだけ食え」

青山様は余計をおっしゃらなかった。明け六ツの鐘を聞きながら、お菊は泣く泣く一椀の雑煮を平らげた。まるで赤児《あかご》に返ったように、ずっと青山様の箸に甘えていた。そうして、身じろぎもままならぬほど腹が一杯になったのだった。

——駕籠は見渡す限りの青田の中を進んでゆく。

上々の実入りだなっす。さすがは米どころ、おらほの田圃とは大違《おおつげ》えだじゃ。

ふいに夫の死顔が思い出されて、お菊はきつく目をとじた。実の入らぬ稲穂をすがるように摑んで、夫はひからびた田圃の中に倒れていた。

旦那殿《だなどの》の供養なんぞと、そんたなきれいごどではねがんす。どこかで野垂れ死ぬつもりでありあんした。

お菊が四月《よつき》にわたる長旅を生き永らえたのは、ひとえに人々の善意の賜物だった。もはやこれまでと思うそばから、一夜の宿や一椀の粥が与えられた。

野垂れ死ぬときには、どこであろうと夫の魂が迎えに来てくれると信じていた。だから善意の粥を啜りながら、助かったと思うよりむしろ、またおのれの弱気のせいで夫に会いそこねたような気がした。

そうして思いがけなくも旅は繋がってしまった。生まれ故郷が近付けば心も浮き立つが、帰りを喜ぶ人などいるはずはなかった。村の厄介者が戻ってくるのだから。お菊の胸には帰りたい気持ちと帰ってはならぬと思う気持ちが、日ごと夜ごとにせめぎ合っていた。

つまるところが、このざまだ。善意の駕籠に乗り、善意の餅をたらふく食い、あまつさえ詣でそこねた中尊寺を見たいと駄々を捏《こ》ねた。

「加減はどうじゃ、お菊。だいぶ楽になったようだな」

御代官様に訊ねられて、お菊は「へえ」とだけ答えた。何を言うても嘘なのだと思えば、口をきく気になれなかった。

一関の御代官様。なんたらおやさしいお人だべかやァ。代官といえば年貢を取り立てる鬼みでな侍じゃとばかり思うていたすけ、この方は仏でがんす。

「きょうは金ヶ崎に泊って、明朝お国境いにて南部の御役人に引き継ぐ。よかったのう、お菊。生まれ育ったお国に帰れるぞ。もうひとふんばりじゃ」

お菊は奥歯を噛みしめた。嘘を涙に変えるなど、こんたなお恥《しょ》すいおなごはおるめえ。飯盛女のほうがよっぽどましだ。

「お前《め》様は帰《けえ》ってしまうだか」

べそをかきながらお菊は御代官様を見上げた。

「それはおまえ、鬼柳から先は南部様のご領分ゆえ、わしが立ち入るわけには参らぬわい」

心細く思ったわけではない。どのみち嘘が暴かれて首を打たれるならば、このお方の手にかかりたかった。

「御代官様、聞いてくらんせ」

お菊は肚をくくって言った。

「これこれ、お菊」

物を言おうとしたとたん、青山様が駕籠の日除けをこつこつと叩いた。まさに「実《ずず》ァ仮病でがんす」と白状するんでのところだった。

「厄介者が何を申す。このうえ代官殿に面倒をかけてはなるまいぞ」

またお前《め》はんけ。肚をくくっていた分だけ、お菊の心は挫《くじ》けた。

「よいか、お菊。いくらか元気が出たからと言うて調子に乗るなよ。今が故郷の水を飲んで死ねるかどうかの瀬戸際じゃぞ」

青山様はきつい口調で叱りつけたなり、お菊の耳元で「バカ」と囁いた。

何ごともなく駕籠は進んで行く。お菊は目を瞑《つむ》って心を鎮めた。どうやら青山様だけがお見通しらしい。だが、ならばどうして偽りの宿村送りを続けようとするのか、お菊にはわからなかった。

御公用で蝦夷地に向かわれる御旗本様と聞いた。急ぎ旅ゆえ御家来はひとりきりなのだと。では、そうした御殿様がなぜ宿村送りにこうまでかかずろうたのだろうか。そこがわからない。まして嘘を見抜いても見ぬふりして旅を続けさせるなど。

お菊は瞼をもたげて空を仰いだ。鰯雲《いわしぐも》が陽ざしを遮り、青田を渡る風がここちよい。ああ、ふるさとに帰ってきたのだと、お菊はしみじみ思った。

「お前《め》はん、誰ェ」

駕籠の背もたれにうなじを預け、かたわらを歩む影に問いかけた。

もしやこの人は、仏の化身ではないかと思ったのだった。阿弥陀様がお侍に化けるか憑《かか》るかして、この偽りの宿村送りに添うて下さっているのではあるまいか。

「のう。お前はん、誰ェ」

二度訊かれて、青山様は面倒臭そうに道中笠を傾《かし》げた。妙に摧《くだ》けた物言いだった。

「誰も糞もあるかえ。あんたと似た者の旅人だよ」

「なんもはァ、わからねがんす」

「行きたくはねえんだが、ほかに行くところがねえのなら仕方あるめえ」

「もしや、仏様ではねのすか」

ハハッと青山様は笑った。

「鬼かも知れんが、仏じゃあねえな」

お菊の胸に、中尊寺金色堂の絢爛がありありと甦った。黄金《こがね》と螺鈿《らでん》に埋めつくされた、極楽浄土の光景だった。

阿弥陀如来を中に、観音様と勢至《せいし》様。露払いの持国天《じこくてん》と増長天《ぞうじょうてん》。左右には六体のお地蔵様がお供していた。

その須弥壇が三つ。天井も床も壁も、きんきらきんの光にくるまれていた。

なんもかも今と同しでねがか、とお菊は思った。駕籠のまわりは仏様でいっぺえだじゃ。天の光はあまねく降り落ちて、地は見渡す限り黄金の実りだった。

宿村送りのお定めはありがたい。昔の公方様が、御仏のお慈悲をご政道に現わして下さったのだ。そしてそれは何にもまして大切な御法だから、お忙しい御代官様がお国境いまで送って下さる。青山様は御公用中にもかかわらず付き添って下さる。

もしや仮病と知ってもことを荒立てようとなされないのは、宿村送りがそれくらい大切な御法だからなのではあるまいか。嘘とわかればお菊が手打ちになるばかりではなく、御代官様も宿《しゅく》役人も、片ッ端から首を斬られるくらいの。

お菊は身を慄《ふる》わせた。だとすると、野垂れ死ぬつもりだったおのれが、あげくの果てに仏を道連れにして死ぬことになる。それはまるで、金色堂に火をかけるほど罪深い話だった。

ああ、と切ない声が出た。

「どうした、お菊。苦しいか」

先を歩いていた御代官様が駆け寄り、駕籠の足が止まった。

「かまわぬ。行け」

青山様がお命じになり、駕籠はまた動き始めた。

「何ともねがんす、御代官様。かまわねでくらんせ」

一刻も早くお国境いを越えたい、とお菊は思った。宿村送りを引き継ぐのは、さんざんに年貢を絞り取った南部の役人だと、思うことにしたのだった。

んだば、仏ではねがんす。鬼だば道連れにしてもえがんすなっす。

お菊は夫の死顔を思いうかべた。お役人に飢え死にとは言えねがら、名主様は卒中ということにしたのす。食うもの食《け》でれば、死ぬような人ではねがった。

先行させていた手代が息せききって言うには、金ケ崎の宿場はてんてこ舞いの忙しさらしい。

何でも箱館《はこだて》に築いている西洋風要塞の御役交替とかで、蝦夷地から江戸に帰る大勢の旗本御家人が宿泊するという。

「さて、どうする」

茶屋の縁台で力餅を食いながら、僕は玄蕃に訊ねた。

「そりゃあ、石川さん。どうもこうもあるめえ。俺だって御城内ではちったァ顔の売れた侍だった。ゴタゴタも知らぬ者はおるめえ。御仲間の晒しものになるのはご免こうむりやす。いやさ、俺ァ今さら恥を恥とも思わねえがの、面倒の種だろう」

僕は葦簀《よしず》張りの茶店を振り返った。代官と手代たちがうまそうに餅を食っている。お菊もずいぶん食欲が戻ったと見えて、妙にがつがつと黄粉《きなこ》をまぶした餅を貪り食っていた。

「たしかに、今さらかくかくしかじかとは言えまいの」

「そりゃそうだ。俺ァもう、ややこしい話はまっぴらご免だぜ」

いつだって話をややこしくしているのはおまえだろう、と言いかけて口を噤んだ。玄蕃がそうしているのではなく、ほかの人々が物事を簡単に考えているのではないか、と思ったからだった。

そう。僕も何だっていいかげんに考えてきた。学問も剣術も、まともな養子の口にありつくためで、御組頭様から縁組の話を聞いたときには、正直「シメタ」と思ったものだ。

婿入先の父が半身不随であろうが、妻が算《かぞ》え十五のおぼこ娘だろうが、そんなことはどうでもよかった。一体全体、これほどいいかげんな話がほかにあるだろうか。

僕は鰯雲を見上げた。宿を取るにはいくらか早いが、かと言ってお国境いを越えるには遅い、中途半端な時刻だった。

「青山様には、何か不都合がござるか」

手代から事情を聞いた代官が、僕らの背中に声をかけてきた。

「役人の出張帰りは夜ごとの杯盤狼藉《はいばんろうぜき》じゃ。病人のためにはなるまい」

さすが口八丁の玄蕃、うまいことを。

「さよう。まして宿村送りだなどと知ったら、よってたかって珍しがるに決まっておりますぞ」

僕も相鎚を打った。何やらこのごろ、嘘がうまくなったような気がする。

鈴木代官は考えこんでしまった。一関の土地柄なのか田村様の家風と言うべきか、嘘を嘘とは思わぬ質朴な人物である。

「あのなはん、おらは平気だすけ」

病人が言った。おまえは黙っておれ。

「よし」と、代官はしばらく考えたのち、意を決したように立ち上がった。指さす先には今しがた舟渡りした胆沢川《いさわがわ》が望まれた。おいおい、よもやもういちど川を渡って水沢宿に戻るわけではあるまいな。

どうも北に行くほど、人の答えが一呼吸ずれるような気がしてならない。奥州人が呑気なのか、江戸者がせっかちなのか。

「水沢に引き返すのもことでござるし、金ヶ崎が差し合いとなれば、宿場ではないが相去《あいさり》の足軽屋敷の世話になるほかはござるまい。心当たりはござるゆえ、それでよろしいか」

なるほど妙案だ。お国境いのこちら側の相去に仙台領の御番所があり、警固の足軽が詰めている。向こう側は盛岡領の鬼柳番所だから、きょうのうちに使いを立てて、引き継ぎの仕度を願えばよい。

「青山様は金ヶ崎の本陣に入られて、明朝ご出立なされませ。相去まではせいぜい二里と四丁ばかり、駕籠の足にはじきに追いつきましょう」

代官が言いおえぬうちに、「いやいや」と玄蕃が拒んだ。

「それがしも足軽屋敷でけっこう」

「よもやよもや、筵敷きのむさくるしい長屋にござりまする」

「いや、畏れ多くも常憲院《ごだい》様の御諚による宿村送りにござる。一朝ことあらば将軍家の御馬前に死するが務めの旗本、筵敷きを嫌がって何としょう。たとえ一夜たりとも、病人の枕辺を離れるわけには参らぬ」

そこまで言うか。しかし鈴木代官は、疑いのかけらもなく畏れ入るのだった。

僕にはわからない。玄蕃がなにゆえこうまで宿村送りにこだわるのか。腹も切れなかった侍が、御諚大切でもあるまいに。

みちみち鈴木代官から面白い話を聞いた。「相去」という名のいわれだ。御領分が定まらず隣国との戦が絶えなかった昔のこと、伊達侯と南部侯がたがいに馬で南北に進み、出会った場所をお国境いにいたそうと決めた。ところが書状の「午《うま》」の字を読みちがえた南部侯が「牛」に乗ってきたから、南の御領分がずいぶん広くなってしまった。それでも武将の誓いゆえ致し方なしとして、両侯は踵《きびす》を返して相去った。ゆえに「相去」という名が付いたそうな。

金ヶ崎宿は迎え仕度にあわただしかった。箱館帰りの役人など数は知れていようが、やはり幕府の公用は宿場の気構えもちがうのだろう。

宿場を過ぎ、雑木の生い茂る山道にかかったところで、役人一行と出くわした。

先頭には槍を立て若党を引き連れた騎馬の侍があった。僕らは道端に寄って、笠も脱がずにやり過ごした。御大名の道中でもなし、公用と言うなら僕だって同じなのだから、無礼には当たるまい。

番方《ばんかた》の旗本であろうか、騎馬の武士はたいそうな貫禄だった。僕らの出で立ちと、女の乗る駕籠が気になったのか、馬上から一瞥を投げた。

ひやりとしたが、じきに気を取り直した。僕には偽りがない。そしてたぶん、今は闕所《けっしょ》改易《かいえき》となっても玄蕃の元の身分が、その旗本より下であるとは思えなかった。

馬のうしろをぞろぞろと徒侍《かちざむらい》が続いた。もしや御先手組の知った顔があるかと思い、草鞋紐を締め直すふりをして身を屈めた。面倒は避けたかった。

殿《しんがり》にもうひとり騎馬の侍。それで行列は終わった。

「お知り合いはおられなかったようで」

僕らの挙動を怪しんでいたのだろうか。歩き始めるとじきに、鈴木代官が言った。

玄蕃が笑って往《い》なした。

「ハハッ、なにぶん数が多いからのう。旗本八万騎はいささか大げさにしても、御目見以上が五千余、以下の御家人衆が一万と七千余、おのおの郎党を加うれば八万は優に超す。知った顔などめったにない」

そのとき、「しばらく、しばらく」と呼ばわりながら、一騎が駆け戻ってきた。

僕らは山道を振り返った。馬を攻めつつ追いすがってきたのは、行列の殿を進んでいた侍だった。

「しばらく、しばらく」

その言いようならば、無礼を咎めるわけでもあるまい。玄蕃の目の前に馬をとどめると、侍はひらりと飛び下りた。

「もしや、青山様ではございませぬか。青山玄蕃様では」

侍は陣笠を脱いで顔を晒した。齢のころなら三十のあとさき、いかにも働き盛りの御番士と見えた。

玄蕃はただひとこと、「かかずらうな」と言って侍に背を向けた。僕らにそう告げたようでもあり、侍を叱りつけたようにも聞こえた。

僕はうろたえた。立ち去ろうとする玄蕃と、轡《くつわ》を取ったまま佇む侍に、のっぴきならぬ悲しみを感じたからだった。

玄蕃が背を向けたまま言った。

「御勤番、苦労であった。松前伊豆守殿の厄介になる。忠勤に励めよ」

ああ、と声にならぬ息を洩らしてから、侍は送る言葉を探しあぐねたように俯いてしまった。それからようやく、去って行く玄蕃の背に向かって涙声を絞った。

「お噂は箱館まで届き申した。よくぞ生きて下されました。どうかお達者で」

どうか、ともういちど繰り返して、侍はまるで商人《あきんど》のように深々と頭《こうべ》を垂れた。

「参りましょうぞ、石川殿」

鈴木代官に促されて、僕は歩き出した。しばらく行って振り返ると、侍は西陽のこぼれる木下道《このしたみち》で馬の轡を取ったまま、まだ頭を下げていた。

「何やらご事情がおありのようで」

歩きながら代官が言った。

「それがしもよくは存じませぬ」

「では、今のことは見ざる聞かざるということにいたしましょう」

考えるのは勝手だろう。親類筋かお仲間衆か、あるいは番町に生まれ育ったご近所の人かも知れない。だが、彼が誰であろうと、ひとかどの御旗本があれほど嘆いて惜別するのだから、青山玄蕃はただの破廉恥漢ではないのだ。

その背を追って、僕は足を速めた。

奥州道中の宿駅でいうなら、伊達領の金ヶ崎宿から南部領の鬼柳宿までは三里余、その手前の鬼柳御番所までなら二里五丁余、しかし金ヶ崎から相去御番所までは二里四丁二十四間とある。つまり両国の番所はわずか一丁余を隔てた指呼の間に隣り合わせている。

これまで多くのお国境いを越えてきたが、どこもさほどの仰々しさはなくて、目印となる石塔や塚が建ち、番屋があるのがせいぜいであったから、そうと知らずに越してしまうこともしばしばだった。

だが、ここはちがう。仙台伊達家六十二万石と、盛岡南部家二十万石という、ご大身のお国境いなのだ。

それぞれの御番所は高い木柵に囲われて戦国の砦のごとく、物見櫓が建ち、足軽長屋が並んでいた。

「おや、夕立でござるか」

歩きながら陣笠の庇を上げて、鈴木代官が天を仰いだ。どろどろと空が鳴ったかと思う間に、山を乗っ越えて黒雲が寄せてきた。ずいぶん足の速い雷様だ。

玄蕃と別れを惜しんだ御旗本について、僕らは口に閂《かんぬき》をかけた。しかしその分、饒舌になった。相去の番所に着くまで、僕と鈴木代官はずっとしゃべり通しだった。

伊達侯が馬に乗り、南部侯が牛でやってきたという「相去」の話はむろんお伽話で、実はお国境いをめぐるいざこざが絶えなかったそうな。そこで三代大猷院《だいゆういん》様の時代に幕府が仲立ちし、お国境いがようやく定まった。その折に造られた境塚は、街道ぞいにとどまらず東西の山稜を跋渉《ばっしょう》して遥か釜石《かまいし》の海辺に至るまで、四百六十基を算《かぞ》えるらしい。なかなか肌寒い話ではある。

そしてそのお国境いに至ってみれば、なるほど指呼の間に両国の物々しい御番所があったのだ。

僕らが案内されたのは、藁葺《わらぶき》屋根の足軽長屋だった。二つ三つ空いているゆえ、勝手にお使いなされよ、と組頭らしい侍が言った。それから小者が、鍋やら米やらを運んできた。

「やはり騒々しくとも、金ヶ崎の宿場のほうがよろしゅうござったの」

申しわけなさげに代官が言った。

「いやいや、御番所ならば致し方あるまい。それにしても、足軽の組頭ふぜいが御代官に向こうて、あの口のききようはござるまいがの」

板敷に上がりこんでさっさと旅装を解きながら、玄蕃がいまいましげに言った。

鈴木代官は答えずに、土間まで担ぎ込まれた駕籠を覗いた。

「粗末なところだが、辛抱してくれ。具合はどうだ」

手を合わせてお菊が答えた。

「へえ。お蔭さんで、按配《あんべえ》よござんす。おらは、こんたな家《ええ》のほうがえがんす」

一関は御本家の仙台領に囲まれている。しかし御領分の外であっても、街道筋の宿場は一関の支配だという。つまり宿場ではない相去御番所にしてみれば、分家の役人が宿村送りという厄介を持ち込んだことになるのだろう。

そのあたりの事情は玄蕃も承知しているのだろうが、いかに本家の御家来衆とはいえ上下を弁えぬ足軽組頭の物腰は肚に据えかねたらしかった。代官が宥めるように、

「まあ、国境いの番人は気が張っておりますゆえ、宿村送りだの何だのと言われても迷惑なのでございましょう」

杉皮葺の屋根を叩いて、大粒の雨が落ち始めた。僕は長屋の桟窓からお国境いを覗いた。鬼柳番所の前には、夕立など物ともせぬ南部の侍が二人、槍を立てて踏ん張っていた。

「すんなりと引き継ぎができましょうか」

「よもや御公辺のお定めに四の五のは申しますまい」

そう答えてから鈴木代官はふと考えこみ、「いや、めったにないことゆえ、話は前もっ

て通しておかねばなりませんな」

言うが早いか、草鞋も解かぬまま長屋を出て行った。

「働き者よのう。根回しぐらいは手代でも用は足りように」

すっかり炉端に落ち着いて煙管《キセル》を使いながら、玄蕃が呆れ顔で言った。

代官所の手代と人足たちは、隣の長屋に入った。六畳ばかりの板敷には藁蒲団が重ねられており、どうやら今晩は病人と男が三人、雑魚寝をすることになるらしい。

「奥州ナア、仙台サンサ、旅立てばネェー、昔をしのぶ五軒茶屋ァー、あー、あとはわっからねー」

菜を刻みながら玄蕃がお道化《どけ》て唄う。聞き覚えのある道中歌は、たしか馬子が口ずさんでいた。たとえ一節でも、思い出してそれらしく唄うのだから器用なものだ。

藁蒲団に仰向いて、お菊がおかしそうに笑った。

「あとはわからねがんすか」

「わからんのう。覚えるつもりもなかったゆえ」

「だば、帰り道に覚えたってくなんせ。奥方様や若様のみやげに」

ひやりとした。だが玄蕃は少しも動じずに、「おお、そうしよう」と答えた。

お菊の笑い声を初めて聞いた。清庵先生の薬が卓効を現わしたのだろう、顔色も見ちがえるほどよくなった。ただし笑顔をとざせばフウと切なげな溜息をつく。まだ油断してはなるまい。

「あのなはん、不調法《ぶじょほ》だども――」

枕元の僕を目で探して、お菊が小声で言った。厠《かわや》を使いたいときは、なぜか僕に目を向けるのだ。一人前の男に見られていないのだろうか、おかげでお菊の用足しに付き合うのは僕の仕事になってしまった。

厠は長屋の外にあった。お菊を背負って外に出れば、白い雨が森を染めて波のように寄せていた。

もし厠通いができなくなれば、宿村送りはそこまでとなるだろう。まさか男が下《しも》の始末をするわけにはいかない。お菊もそれを承知で水を控え、僕を頼ってどうにかこうにか旅を続けている。

「石川様はおいくつだすかァ」

話は用を足してからにせえ。

「天保の寅《とら》」

厠の扉越しに答えた。扉といってもほんの尻隠しにすぎない。

「はァ、若《わげ》えんだすなァ」

少し間を置いて、お菊は悲しいことを言った。

「死んだ子《おぼこ》と同い齢でがんす。ひでえ飢渇《けがつ》の年で、おらが食《け》ねがったすけ、腹ん中にて死がせてしもたのす」

聞き流して雨を見た。波のように旗のように、白い雨は国境いの砦を攻めている。

それきりお菊は何も言わなかった。死児の齢を算《かぞ》えるということが、未練がましさの譬《たと》えではないと知って僕は戦《おのの》いた。物言わぬ尿《いばり》の音が悲しかった。

お菊が僕に用足しの介添を頼むのは、僕が若いからではないのだろう。きっと僕を倅と思い定めて、おなごとしての恥を忍んでいるのだ。

だから僕は、厠から出てきたお菊の腕を支えて言った。

「無理をして厠に通わんでもよいぞ。それがしがきっと里に連れ帰る。背負ってでも送り届ける」

僕にはすでに二人の母がいるのだから、お菊を三人目の母と思い定めるのはたやすい。少くとも、お菊が僕を死んだ倅と思い定めるよりは。母の襁褓《むつき》を替えるのは倅の務めだ。お菊が僕の手を振り払った。そして長屋の軒端《のきば》の雫《しずく》に打たれたまま、妙にしっかりした声で、「最早《もうは》、かまわねでくらんせ」と言った。

「なすて、そんたなこどおっしゃるのすか。御代官様も青山様も、お前《め》はんまでも、なすてそんたにやさしいだどエ。おらは、おらは――」

そのとき長屋の桟窓から、いきなり高調子の馬子唄が落ちてきた。

「奥州ナァ、仙台サンサ、旅立てばネェー、昔をしのぶ五軒茶屋ァー、あー、あとはわっからねーけどネー、今宵の宿は破《や》れ長屋でもヨー、あすは花巻の湯かネー、コラコラタットコセーの、ヨイヨイナー、ヤレサッサー、とくらァ」

たちまちその唄声に心をからめ取られて、僕とお菊は大笑いに笑った。笑いながらふと見上げれば、雨は山の端《は》に通り過ぎていた。

「これこれ、長小便もたいがいにせえ。じきに粥が炊けるぞよ」

窓ごしに玄蕃が言った。僕は濡れそぼったお菊の肩を抱き寄せた。お菊も僕の胸に頬を預けた。

宿村送りの話し合いが長引いていたのか、それとも雨宿りをしていたものか、鈴木代官が南部の侍たちに送られて鬼柳の御番所から出てきた。

十九

どうした、どうした。

何をそうまで鯱《しゃっちょこ》張《ば》っておる。武士が夕飯の賄《まかな》いをしてどこがおかしい。一体全体、おなごが台所に立って男が据え膳を食うなどと、誰が決めたのだ。戦場《いくさば》におなごはおるまい。いざ合戦とあらば武士は米を担いで出陣し、おのが口はおのれで糊《のり》しつつ働くものであろう。

さあ、代官殿。まずは一献。お。なかなかにうまい酒だぞ。さすがは米どころじゃのう。御番所の足軽どもは夜ごとこれを飲《や》っておるのか。今さらお国境いでいざこざが起こるわけもなし、番所務めも悪くはないぞえ。

ハハッ、酒をよこせと言うたら、組頭め、きょとんとしておった。宿村送りなど知ってはいても見るのは初めてであろうし、どう扱ってよいものやらとまどうているらしい。そこにきて、正体のわからぬ侍に酒など所望されれば、きょとんとするのも当たり前だ。御代官。おぬしも苦労なお人よのう。仙台の侍はただでさえ気位が高いし、まして御分家筋の一関の御役人は、物の言いようも難しかろう。

なになに、ご心配は無用ぞ。御代官が所望したのではない。俺が酒をよこせとせっついたのだ。

こう、なるたけ偉そうにそりくり返っての、「申し遅れたがそれがし、幕府公用にて蝦夷地まで罷り通る者にござる。御酒を頂戴いたしたい」とな。余分は言わぬよ。俺は嘘が嫌いだ。

たまたま金ヶ崎宿の本陣が箱館帰りの役人と差し合ったゆえ、足を延ばしてお国境いまで来てしもうた。途中で宿村送りの一行と道連れになった。そう思うてくれればよいではないか。

石川さん、あんたもちいと飲《や》るかえ。はなから酒の強い者などめったにおらぬわ。かく言う俺も、若い時分はあんたと乙甲《おつかつ》での、御番士の先輩方から無理強いされて、ずいぶん往生したものであった。

さあ、お菊。夕餉は粥がよかろう。たんと食うてくれよ。

わが家には、元旦の雑煮を男がこしらえるというならわしがあった。七草の粥もだ。むろん郎党や使用人ではなく、当主と子らが誰の手も借りずに煮炊きする。

戦場に臨んで、おのれの飯を炊《かし》げぬようでは困るゆえ、日ごろから慣れておけということであるらしい。何でも権現様のお定めと伝わるが、さて、それはどうだか。もっとも、いかにも権現様らしいお心配りという気がしないでもないが。

旗本御家人の家には、あんがいのことに同じならわしが伝わっている。長い間には郎党や使用人の男がこしらえるようになった家も、当主が竈《かまど》の火を起こすだけになってしもうた家もあるが、わが家は餅を焼くことも菜を切ることも、何から何まで当主がやっていた。

石川さん。あんたのおうちはどうだね。

ほう、御実家も婿入り先も、さようならわしはない、と。聞いたことはあるが、ご近所のどこがとも知らぬ、か。ハテ、だとすると旗本の古い家にだけ残っているのだろうか。

今さら御家自慢をしても始まらぬが、俺の家柄は古い。数ある旗本のうちでも、青山と言えば安祥《あんじょう》譜代七家の一ゆえ、まず最古参と申してよかろう。極め付きの「三河以来」というやつだ。

しかるに、本家筋は丹波篠山《ささやま》五万石の大名、青山因幡守《いなばのかみ》家。わが家は遠い昔にそこから分かれて旗本に直った。

マア、そのような古い家だから、わけのわからぬならわしも残っていたのであろうかの。

権現様よりご拝領の槍だの、長篠《ながしの》の戦から大坂の陣まで祖宗が着用した鎧だの、家宝はあまたあったが、実は雑煮や七草粥のこしらえ方も家伝であったというわけだ。

算《かぞ》え八つになった正月に、俺も父親から教えられた。

出し汁の取り方、包丁の使い方、餅の焼き方。ハイハイと知らんぷりして聞いていたが、父親は不器用だと思うたものだ。

何となれば、八歳の俺は出し汁の取り方も包丁の使い方もよう知っていたのだ。生まれ育った家は貧しく、母は病弱であったゆえ。

いやいや、まさか愚痴をこぼしているわけではないぞ。おぬしらが武士の炊いた粥を珍しがるゆえ、話の順序を立てておるだけのことよ。

おいしく食うていただくために、この粥の由緒を語っておるだけだ。

さよう。ちと仔細あっての、俺が生まれ育ったのは番町の屋敷ではない。半蔵《はんぞう》御門から甲州道中に繋がる大通りを西に下って、大木戸に近い四谷塩町《よつやしおちょう》の裏長屋が、俺の里だった。むろんおのれが旗本の落とし胤《だね》だなどとは知らなかったし、父親は病で死んだと聞かされていた。

マア、このぐらいなら愚痴にはなるまい。つまり何だ、番町の御屋敷で不幸があったゆえ、婿養子を取るよりは落とし胤を迎えたほうがよかろう、という話になったのであろうよ。

その折にはよほどの愁嘆場《しゅうたんば》があったはずだが、俺はさっぱり憶えていない。どうやら愁《うれ》い嘆きも度を越すと、おつむが勝手に忘れてしまうらしい。

七つの暮に母と別れ、八つの正月に父から家伝の粥を教わり、花が咲くころその父の口から、母が亡《の》うなったと聞かされた。まるで粗筋《あらすじ》だが、こまかないきさつは頭が消してしもうた。今となっては思い出しようもない。

のう、石川さん。あんたは苦労人ではのうて、苦労性だぞえ。くよくよと悩む苦労など、苦労のうちにも入るまい。本物の苦労はの、いちいち憶えておったら命にかかわるゆえ、頭が勝手に忘れるのだ。

母は寝たきりの人であったゆえ、俺という生きるよすがを奪われたのでは、ひとたまりもなかったのだろう。

だにしても、線香ぐらいは立てさせてくれてもよかりそうなものだ。死顔も知らず、墓のありかも知らぬ。ただ、名残《なごん》の花の散りかかる奥居の広縁で、「おまえの母親は死んだぞ」と告げられただけだった。

もしや死んだのではのうて、放逐されたのではないかと思うたこともある。あるいは、父の非道を喧伝させぬために、斬られたのではないか、などと。どれもこれも、幼な心の妄想に過ぎぬであろうが。

母の名は、「きく」というた。

あ、いや、だからどうなというわけではない。落ち着け、お菊。せっかく快方に向こうておるのに、粥を咽に詰まらせて死んだとあらば、それこそ一生の不覚ぞ。

考えてもみよ、そう言うては何だが、お菊なんぞという名前は、石を投げれば当たるほどおるではないか。俺だってこれまで、いったい何人のお菊に出くわしたかわからぬぞえ。面《おも》ざしが似ているか、と。

よう言うてくれるわ、御代官。似ているも何も、いやなことはすっかり忘れたと言うておろうが。おのれが捨てた母親の顔など、まっさきじゃよ。

ただ、のう――。

有壁宿の木賃宿に寝かされた女の姿を見れば、やり過ごすわけにはゆくまい。いや、たかだかの人情などではないぞ。顔かたちは忘れていようと、母を二度捨つることができようか。

いわんや道中手形を検《あらた》めてみれば、名は「きく」とある。俺に何ができるとも思えぬが、じきに息が上がるのであれば、看取《みと》ってやりたいと思うた。

すまんのう、石川さん。あんたは先を急ぎたいのだろうが、俺には俺の事情があるのだ。しかしその事情とやらを、あの場で口に出すわけにもゆくまい。

ああ、ようやっと胸のつかえが下りた。うまい酒だ。

どうした、お菊。宿村送りの重病人がわがままを言うてはなるまいぞ。おまえは黙って粥を食うていればよい。

さあさ、これでわかったかの。俺は物心ついたときから包丁を握って、三度の飯をこしらえていた。わけても四谷鮫ヶ橋《さめがはし》の貧民窟から仕入れた残飯を、うまくて滋養たっぷりの粥に仕立てるのは得意だった。

家伝の雑煮だと。無病息災を願う七草の粥だと。

フン、ちゃんちゃらおかしいわい。それでも俺は、父という人に従わねばならぬと思い、わざと不器用を装って菜を刻んだ。家伝のならわしが何だ。権現様の訓《おし》えがどうした。人は生きんがために飯を食うに決まっておろうが。

うまいか、お菊。たんと食うてくれよ。

「これはこれは次郎兵衛《ずろべ》様。こんたな朝早ぐがら、ご苦労様にてごあんすなっす」

鬼柳番所に詰める者どもは、まだ夜も明け切らぬというに御番頭《ごばんがしら》から足軽小者まで勢揃いして出迎えてくれた。

朝靄《あさもや》のかかるお国境いに目を凝らせば、相去《あいさり》番所の番兵もはや起き出している。

「まんづ、朝餉など」と番頭が気遣っても、とうてい飯を食う気にはなれぬ。宿村送りの病人が、昨夜のうちに息を引き取っていてはくれまいか、というのが口には出せぬ本音だった。

「握り飯ばこさえてけろ。馬上にて食う」

及川《おいかわ》次郎兵衛《じろうびょうえ》は寛政生まれの六十五歳、南部家中でもまず五本指に入る老臣であろう。しかし、家督相続の折に三歳の鯖を読んでいるから、実は算《かぞ》え六十二なのだが、今となっては得をしたとも思えぬ。

父親が急逝し、嫡男が元服前では家の存続が殆《あや》ぶまれた。そこで親類縁者が相談して、

「えがか、次郎兵衛《ずろべ》。おめはんは向後、寛政八年辰《たつ》の生まれじゃ。なになに、おぼっこの時分に亡《の》うなった兄者になりかわったのだと思えば良《え》がんすなっす」

という話になったのである。

代々の家役は「通《とおり》代官」だが、南部盛岡は「三日月の丸くなるまで南部領」と謳われるほど広いので代官所の数も多く、さほど偉い侍というわけでもなかった。

家禄はわずか五十石に過ぎぬ。五十石取りと言えば絹物を身につけてはならず、髷の元結にも麻紐か藁を使わねばならぬのだが、代官職は常に百姓と相対する手前、その限りではない。

南部領十郡六百数十ヶ村は、三十三の「通《とおり》」と呼ばれる郷村に区分されており、それらを総二十五の代官所が支配する。代官は二人が交替で勤番するゆえ、五十人もいる。よってたかだか五十石取りの侍が、いかにも御高知《おたかち》衆のような顔で務めねばならぬ。及川次郎兵衛はその通代官の職を、かれこれ四十幾年も続けているのだった。

この八月は非番月で、盛岡城下加賀野《かがの》の屋敷にてのんびりしていたところ、夜になって御目付様に呼び出された。

何とお国境いに宿村送りが来たという。

長きにわたるお務めを思い返してみれば、及川次郎兵衛は宿村送りに二度立ち会《お》うている。

その一は四十数年前、亡父の跡を継ぐべく代官見習であった時分である。鯖を読んだ「公年」は二十歳《はたち》、しかるに実は十七というころであったろうか。

病人は盛岡生まれの商人で、奉公先の江戸から里帰りする途中に倒れ、「岩手山《いわてさん》を見て死にたい」とか、「北上川《きたかみがわ》の水を飲んで死にたい」とか言ったところ、宿村送りと判定されたらしかった。

のちになって思えば、天下のお定めを守るというより、沿道の領民に対して武士の面目を施した、というところだったのだろう。その行列はあまりに仰々しくて、代官はおろか花巻郡代までが付き添うていた。しかるに病人は盛岡まで持たず、花巻の手前で死んでしまった。

二度目の宿村送りは二十年ばかり前、羽黒《はぐろ》詣での講中のひとりが、やはり仙台領から送られてきた。連れは大勢あるのだから、わざわざ役人を煩わさなくともよさそうなものだが、道中の諸家が宿村送りとして申し送ってきたのだから致し方ない。しかしこの病人も御城下まではわずかに届かず、折しも増水で川止めとなっていた舟橋の番屋で死んだ。

それでも、北上川の水は飲んだし、岩手山も拝むことができたのだから、次郎兵衛は「宿村送之本願被達候《たっせられそうろう》」と記して届け出たものであった。

よもや三度目があろうとは。御目付様は仔細をご存じなかったが、鬼柳の番頭の申すところによると、沼宮内《ぬまくない》の百姓の女房が亭主の菩提を弔いつつ伊勢まで参り、帰りに力尽きたということであるらしい。その事情はさておき、不憫に思うた一関田村家の西岩井代官が、お国境いまで付き添うてきたというのでは、こちらも代官が立ち会《お》うて申し受けねばなるまい。

次郎兵衛は白湯《さゆ》を啜ったきり番所にも入ろうとせず、腰掛けでじっと腕組みをしていた。六十五の公年ながら実は六十二。だからと言うて若く見えるでもなし、力が余っているわけでもない。老いて子のない次郎兵衛は、おのれ限りで家を滅すつもりでいる。

「ずろべ様、どやこや出立のようでごあんすど」

瞼をもたげて相去番所に目を向ければ、朝靄の中にギイと門扉の開く音が伝わって、そうと見える行列が出てきた。

なるほど公儀お定めの宿村送り、先頭には伊達家の紋所なる仙台笹の昇旗《のぼりばた》を押し立て、病人の駕籠を中に十五、六人も歩いてくる。

「さあさ、こっちゃも出るど。気張って行げや」

南部鶴の旗に続く者は、少々数が足らぬが十人ばかり、引き継ぐ場所は両番所の間の境塚である。そこにはひときわ立派な枝ぶりの老松の根方に、国境いを示す塚が築かれている。

次郎兵衛は歩み寄る仙台衆の中に、かねて知る顔を認めた。一関の鈴木十蔵代官である。先方も気付いてわずかに目礼をしたが、ここは久闊《きゅうかつ》を叙する場ではない。

境塚に至ると、両代官はそれぞれの旗のもとで陣笠を着た頭《かしら》をわずかに下げた。八月とは名ばかりの肌寒い朝である。靄は深く立ちこめており、小鳥の囀《さえず》りもくぐもっていた。

「お定めにより、宿村送りの者、これにて申し送りまする」

鈴木代官はそう言って、病人の往来手形と添状を差し出した。

「ご苦労様にござりあんす。検《あらた》めさせてくなんせ」

次郎兵衛は添状を開いた。

当人有壁宿ニ而《にて》宿村送申立候《もうしたてそうろう》ニ付《につき》
郷里沼宮内村迄差立候《さしたてそうろう》　冀《ねがわくば》八南部家御領内
宿々村々御役方衆　道中無滞《とどこおりなく》御継立候様《おつぎたてそうろうよう》
御願申上候《おんねがいもうしあげそうろう》
一関磐井郡西岩井代官
鈴木十蔵

誠実な人柄のにじみ出る添状である。次郎兵衛はいちど押し戴いてから懐に納め、背筋を伸ばして答えた。

「宿村送りの者、確《たす》かに申し受けいたしあんした。あとはお任せくなんせ」

鈴木代官とともに駕籠の病人も頭を下げた。ハテ、さほど具合が悪いとも見えね顔色だなっす。

引き継ぎの儀式をおえると、鈴木代官が境塚の裏手に次郎兵衛を招き入れた。

「お久しぶりでございますな、及川殿。宿村送りなど初めてゆえ、不調法がござったなら、ひとつよしなに」

「なになに、私《わだす》は三度目にてごあんすが、不調法《ぶじょほ》などとんでもねえ。ご立派な申し送りでがんす」

次郎兵衛がそう答えると、鈴木代官は人々との隔《へだた》りを目で測るように振り返ってから、不穏に声を低めて言った。

「少々厄介な話でござる。よろしいか」

「ほう、どんたなことで」

「手短かに申し上げる。まず、宿村送りにはたまたま行き会《お》うた御公辺の役人が二人、ご同行なされる。蝦夷地に向かわれるらしいが、ご用向きは存じ上げませぬ。うちお一方は大身の御旗本ゆえ、おそらくはのっぴきならぬご公用かと」

それらしき二人は気にかかっていた。だとすると、この宿村送りにはけっして粗相があってはならぬ。あれこれ考えるまでもなく、次郎兵衛は決心した。

「かしこまりあんした。私《わだす》は非番月ゆえ、領内にては申し送らずに参《めえ》りあんす。ご安心くらんせ」

　誰にも任せられぬ、と思ったわけではない。もしお咎めを受けるようなことがあっても、この皺腹ひとつ掻き切ればすむのである。

「いまひとつ――」

　鈴木代官は少し言いためらった。

「あれなる病人は作り病やもしれませぬ」

「じゃじゃ、仮病と申されるか」

「いや、しかとはわかりかねますが」

　ならばなにゆえ暴こうとせずに、隣国へと申し送るのであろう。だが、鈴木代官が務めをなおざりにしているとは思えぬ。事情はわからぬにしても、ここで揉めても始まるまいと、次郎兵衛は腹をくくった。

「かしこまりあんした。いざというときにァ、私《わだす》と病人とでけりつけるゆえ、お前《め》はんは何も知らねがったことにしてくなんせ」

　ぽんと鈴木代官の肩を叩いて、次郎兵衛は踵を返した。難しい話ではねえべ。仮病人とおのれの命が、二つもあるではねがか。

　鬼柳から花巻までの三里を、一行はゆっくりと進んだ。おおむね北上川の流れに沿った、まっすぐな道中が続く。見上げればのっぺらぼうの白い空を、うそ寒い風が渡っていた。山背《やませ》と呼ばれて怖れられる、冷たく湿った風である。

かれこれ七日八日もお天道様は顔を見せていなかった。

この分では、今年もひんでえ飢渇《けがづ》がくるだべかと、及川代官は歩きながら腐った溜息を洩らした。

参勤道中のお供で、江戸には幾度も行っている。だから旗本御家人と大名家の家来衆は、およそ見分けがつけられる。どうしたわけかこの宿村送りに付き添って歩く二人の幕臣は、長旅に身なりがくたびれてはいても、やはりどこか垢抜けていた。

公用と聞けば、詳しく訊ねるわけにはゆかぬ。ともかく今は、お定めが正しく守られるかどうか、見届けるつもりなのであろう。腰に差した朱房の十手が、どうにも気になってならなかった。

豊沢川《とよさわがわ》の土手に立ったとき、のっぺらぼうの空の彼方に岩手山が見えた。

「お菊、岩手山《おやま》じゃぞ。良《え》がったのう、ほうれ見てみい、まるでお帰りなさい《おげえれんしぇ》と言うておるみでではねが」

眺めのよい場所に駕籠を据えて、次郎兵衛は病人に語りかけた。

窶《やつ》れてはいるものの、目が大きくて鼻筋の通った、いかにも南部のおなごらしい顔立ちである。ぼんやりと岩手山を見つめているうちに、その眦《まなじり》からはらはらと涙がこぼれた。

代官所の役人たちも駕籠舁きも、みな口々に「えがった、えがった」と言った。南部の衆ならば誰もが、おやまの有難さは知っている。

「お前《め》はん、亭主《だな》どのは病で亡《の》うなりあんすたか」

流れるままの涙を見かね、指先で払ってやりながら次郎兵衛は訊ねた。

唇だけでお菊は答えた。「飢渇《けがつ》でがんす」と。聞いたとたん、次郎兵衛はきつく目を閉じた。百姓の命は代官が預かっている。

「女房に食《か》せて、おのれァ辛抱する人であんした」

濡れた瞳におやまが映っていた。

「もしやお前《め》はん、里に帰りたぐねえのではねがか」

そう訊ねると、お菊のまなこが泳いだ。それから次郎兵衛を見上げて、わずかに肯《うなず》いた。

次郎兵衛は手甲を嵌めた指を立てて、お菊の唇に当てた。

「最早《もうは》、何も言うでねえ。私《わだす》はお前はんを叱らね。百姓が飢えて死ぬるは、こんたな冷《ひ》やっけえ夏と、馬鹿な侍のせいじゃ」

「だば、成敗なされねのすか」

答えずに顎を振って、次郎兵衛は立ち上がった。そこから先は、いっそう歩みが遅くなった。

ここ数年は参勤道中の供連れからも除かれている。盛岡から江戸まで百四十里、それを十五日ばかりで歩かねばならぬゆえ、老役にはつらかろうという配慮である。

何のまだまだと思いはしても、年なりの衰えはおのれが誰よりも知っていた。日に十里を歩く御行列の足手まといになるやもと思えば、連れて行けとも言えぬ。

しかし飯の数だけの知恵はある。たとえばお菊の事情をその顔色から察したのも、通《とおり》代官として百姓の暮らしを知り尽くしているからだった。

盛岡の先の沼宮内や一戸《いちのへ》のあたりは、御領内でもとりわけ厳しい飢渇の村々である。夫に死なれ、子もないおなごを、誰が養えるはずもない。

お菊は「夫の菩提を弔うお伊勢詣で」という建前で、実は村を追われたのではないか、と次郎兵衛は読んだのだった。あるいは、お菊が村人の苦労を察して、みずから死出の旅についたのではないか、と。

岩手山はたしかに有難い。だが、拭うこともなくお菊の頬を伝った涙は、けっして望郷の感激とは見えず、むしろ痛哭と思えたのだった。死にきれずに、生きて帰ってしまった、と。

もしやお菊は、仮病が暴かれて斬られることを希んでいるのではあるまいか。「だば、成敗なされねのすか」というお菊の声が耳に甦った。

「くたびれたのう。どうじゃ代官殿。今宵は花巻の湯にて養生せぬか」

ふいに御旗本が声をかけてきた。

何ともハァ、間のええお申し出でごあんすなっす。宿村送りの病人を花巻の湯にて養生させる、と。

「なになに、宿賃はこちらが持つゆえ心配めさるな。公用中ゆえ手持ちに余分はある。まして天下の御諚《ごじょう》を守らんがための出費じゃ、かまわぬ、かまわぬ」

じゃじゃ。さすが御旗本様、太ッ腹じゃのう。

このままさっさと歩めば、きょうの泊りは石鳥谷《いしどりや》か日詰《ひづめ》で、あすのうちに渋民《しぶたみ》か沼宮内、抜き差しならぬ事情を抱えているお菊には、向後の身の振りようを湯の中でじっくり考えさせねばなるまい。

などと思うのはなかば建前である。次郎兵衛はこのところ、肩の凝りやら節々の痛みが辛《つろ》うてならず、非番の今月は湯治にでも行くかと思うていた矢先であった。

「代官殿、しばらく」

石川という若い侍が、何やら剣呑な顔付きで二人の話に割って入った。

「そこもとはなにゆえ固辞なさらぬ」

まだ二十歳かそこいらの若僧にもかかわらず、ずいぶん生意気な口のききようである。だいたいからして、せっかくの厚意をなにゆえ固辞せねばならぬのだ。

「いい年をして、図々しいにもほどがござりましょうぞ。ああ、これだから奥州人はいやだ」

その物言いには、穏当な気性の次郎兵衛もさすがに腹が立った。

「じぇ、お前《め》はんがいかほどの侍かは存じ上げねが、そんたな言いようはござんすめぇ。よう考えてみなんせ、青山様が銭こさ払うとおっしゃるに、お前はんがああだこうだと文句をつけるは筋ちげえでがんす」

何かを言い返そうとして呑みこみ、石川は「ご無礼つかまつった」と軽く頭を下げた。生意気ではあるが、物わかりのいい若者である。

「おい、宿賃を奢ると申したな。誰が払うのだ」

石川が矛先を変えて御旗本に詰め寄った。

「そりぁあ、石川さん。あんたに決まっとろうが。宿村送りは天下のお定めだ」

どうにもこの二人はよくわからぬ。

二十

おお、いい湯だのう。

酒も肴《さかな》もうまし、ほろ酔い気分で瀬音を聞きながら湯につかる、と。

ハハッ、何をむくれておるのだ、石川さん。鄙《ひな》の湯宿の払いなど、たかが知れておろうに。旅費を余して帰ろうなんて、みみっちいことは考えなさんな。

御代官ものう、今宵はのんびりとなされよ。ナニ、おのれの分は払うとな。よせよせ、割り勘定などみっともない。公費じゃよ、公費。天下のお定めにかかる金なら、公費で払《はろ》うて何がおかしい。のう、そうであろう、石川さん。

おーい、お菊。生きとるかァ。

岩蔭に隠るる年でもあるまい。さあさ、恥かしがらずにこっちへこい。見えぬところで死なれても困るのだ。

ほほう。おまえ、肌が白いのう。四十五はまことかえ。雪降る北国のおなごは、肌まで白《しろ》うなるのか。もっとも、それだけお天道様の恵みが足らぬと思えば、哀しい白さではあるがのう。

いや、お菊を茶化すのはよそう。ゆっくりと湯につかって、病を癒やさねばの。花巻の湯はよろず病に効くそうな。

話の続きを聞かせろ、か。無理を申すな、お菊。食うに困らぬ旗本の思い出話など、しゃらくさいばかりであろう。

見よや、お菊。

さざれるほどの星空だぞえ。

俺は父親似だ。親子の名乗りを上げる七つの暮までは顔も知らなんだのに、育つほどどんどん父に似てゆき、そのうち周囲の誰もが気味悪がるほどになった。

髷を総髪に結ったわけはそれだ。似ていると言われれば虫酸《むしず》が走ったゆえ。

母の顔は忘れてしもうたから、似ているかどうかもわからぬ。だが、これだけ父に似ておれば、母の顔のつけ入る隙はあるまいて。もっとも、口元なり耳たぶなり、ほんの少しでも相似があれば、それを縁《よすが》として母の顔は心にとどまったであろう。つまり、やはりどこも似ていなかったのだ。

しかし、気性は母親似であろうと思う。父は冷淡な人であったからの。

いささか自慢話のようだが、マア聞いてくりょう。

俺が幼くして迎えられた屋敷はの、市ヶ谷《いちがや》御門内三番町にあった。徳川将軍家が直率の武役、いわゆる五番方の旗本が住まうゆえに「番町」と言う。

外濠と内濠に挟まれ、四谷御門、半蔵御門、牛込御門、市ヶ谷御門などに囲まれて、その内側の番町麹町《こうじまち》界隈には、みっしりと旗本屋敷が建てこんでいる。見ようによっては江戸城の外廓《そとくるわ》だの。

聞くところによれば、万々が一御城が落ちて公方様が甲州に向かわれるようなことがあった場合は、この界隈の旗本がお護りし、かつ殿軍《しんがり》を承るという手筈であるらしい。そんなことがあるとも思えぬが、まずは権現様らしき御用心だの。

青山家はその三番町の旗本屋敷のうちでも、ことさら立派であった。千五百坪の敷地に総六百坪もの建屋といえば、御大名並みだ。庭には池泉も竹林もあった。

算《かぞ》え七つの暮に、食うや食わずの裏長屋からいきなりそんな御屋敷に迎えられた俺は、まったくもって何が何やらさっぱりわからなんだ。

それまでの暮らしは、乞食も同然であったからの。近所の御家人屋敷に門付けして残飯をめぐんでもろうていた子供が、それとは比べようもないほど大きな長屋門の前に立たされてみい、現《うつつ》とは思えずに目をしばたたいたものであったよ。

青山家は家禄三千二百五十石、知行所は甲州道中ぞいの多摩にあった。

おいおい、御代官。何も後ずさることはあるまい。それは昔話であって、今の俺は何様でもないのだ。往生際の悪い男の、愚痴だと思うて聞き流してくれ。

幕臣というてもピンからキリまであるがの、わが家はまずそのうちの、ピンのピンであったよ。家禄三千石以上の旗本は、俗に「高《たか》の人」だの「高の家」だのと呼ばれる。それくらいめったにはいない。よって番町の屋敷には多くの郎党が住まい、女中も使用人も大勢あって、名前どころか顔すら覚え切れぬほどであったよ。

青山の家名にはこだわらぬが、あの者たちには不憫な思いをさせてしもうた。

父は無役《むやく》の人であった。つまり、寄合《よりあい》というやつだ。代々の家禄のみ頂戴して、特段のお役目はない。いわゆる小普請《こぶしん》組と同じ立場だが、三千石以上の「高の人」は一緒くたにせず、寄合旗本とされていた。

一朝ことあるときには戦力ゆえ、無駄飯食いというわけでもあるまい。祝事仏事などで手の足らぬ場合には、臨時の勤番にも出たしの。俺も若い時分には、日光社参に供奉《ぐぶ》したことがある。

父の口癖は、「槍一筋の家にて政《まつりごと》にはかかわらぬ」。あるいは「弓馬の家ゆえ日ごとの鍛練怠りなきが務め」。しかし当人は、見映えこそよいものの槍も弓馬もからきしであったよ。

旗本の中には、代々が重き御役に就く家があるかわり、代々が無役という家もまたある。血筋にも出来不出来があるのだ。青山家は俺の曽祖父にあたる人が御書院番頭《ばんがしら》を務めたあと、祖父も父も寄合席という「無役の家」であった。よって父は、あれこれ負け惜しみを言いながらも、倅をどうにか御番入《ごばんいり》させるべく奔走していた。

しかし、俺とて父の子だ。まして算《かぞ》え七つまで親子の名乗りすらなかったのだから、何が達者になるはずもなかろう。それでも体だけは丈夫であったゆえ、せっせと精進して遅れを取り戻し、学問も剣術もまあまあ十人並み、というところまでは行ったと思うがの。

三千石を越す家格が、かえって厄介だった。御城の衛士であり、将軍家に供奉する五番方の番士はせいぜい千石取りで、三千石取りの「高の人」は御頭《おかしら》様だの御奉行様だのと呼ばれねばならぬ。しかるにふさわしき御役の数がそれほどはないゆえ、寄合席に押し込められて、「槍一筋の家」などと嘯《うそぶ》いておらねばならぬのだ。

父は情《じょう》のない人であった。情が薄いのではなく、情がなかった。ほんの少しでも人情があれば、おのれが慰みものにしたおなごを、おのれの種を宿したゆえ捨つるはずはあるまい。女房殿の手前、兄たちの手前、母と俺を捨てたのだ。

その兄たちが流行《はやり》病で死んだ。そこで家名存続のために、落とし胤を探し出した。詳しいいきさつなど知りたくもないわ。

そうした父が、俺に親子の情を抱くはずもあるまい。むろん、それは俺とて同じだった。父と俺とを繋ぐものは情などではなく、三河安祥《あんじょう》以来の御譜代青山家の血であった。

塩町《しおちょう》の長屋にいた時分は、日々を食い凌ぐことのみが苦労であった。しかるにその苦労には、生きている実感があり、張り合いのようなものがあった。

そうした子供が、ある日を境に上げ膳据え膳の何の苦もない暮らしを始めてみい、耐え難いことばかりだぞえ。

白い飯が甘くてかなわず、残飯の雑炊が食いたくてたまらなんだ。お付きの郎党や女中がうっとうしくてならず、絹や木綿の着物が窮屈でならなかった。羽二重の蒲団では夜ごと悪い夢を見た。

人より遅れて始めた読み書き、剣術の稽古、立ち居ふるまいやら言葉遣い、箸の上げ下げまで、息つく間もなく詰めこまれるそれら若様修業が、俺は嫌で嫌でたまらなんだ。

贅沢な悩みだと思うであろう、お菊。食うに事欠かぬ暮らしの、何が苦労なのだ、と。しかしのう、子供にとって情のない日々は辛いものぞ。おのれが人ではのうて、物だと思えてくる。

青山の母か。ああ、今さら思い出したくもないが、語らぬわけにもゆくまいの。

そりゃあおまえ、継母《ままはは》と子供がうまくゆくはずもあるまい。ましてや父は、二つ年かさで気が強く、おまけに癇癪《かんしゃく》持ちの奥様をひどく怖れておった。お手付き女中を腹の子もろとも捨つるほどにの。

そもそも母という人は、本家筋にあたる丹波篠山五万石、青山因幡守家より迎えた嫁だ。大名家の姫様ゆえ気位が高く、旗本の家をどこか小馬鹿にしているふうがあった。

高禄の旗本が大名家の息女を娶《めと》るというは、特段珍しい話ではない。しかし同じ姓《かばね》を持つ御本家と分家筋は厄介だった。遠い昔に枝分かれした親類とはいえ、父は拝領妻にまったく頭が上がらなかった。

腹を痛めた子を二人も喪《うしの》うたあと、落とし胤が迎えられたのだ。青山の母が俺を憎まぬはずはあるまい。ずいぶんと辛く当たられたものよ。だが、夜な夜な仏間で泣いている母の姿を見れば、継子いじめも致し方ないと思うた。母親にとって、逆縁ほどの不幸はあるまい。それも、男子ふたりだ。

　こんなことを考えた。

　生みの母は倅を取り上げられて死んだが、子の幸せを願う親としては、むしろ本望だったのではないか。しかし実の子をふたりも亡くしたうえ、見知らぬ子供の母親とされ、しかも夫の不実を知ったこの人はかわいそうだ、とな。どれほど忌み嫌われようと、いわれなき折檻《せっかん》を受けようと、それでいくらかでもこの人の気が晴れるなら辛抱しようと思うた。それと、もひとつ。その仕打ちに耐えることが、生みの母への孝養のような気がした。

　おや、それはちがうとおっしゃるか、石川さん。まるで了簡ちがいじゃとな。

　しからば伺おう。七つ八つの子供が、ほかにいったい何を考えつく。

　御家大切も武士道も知ったことかよ。だがたったひとつだけ、幼いなりに知っている道徳があった。

　俺は男なのだ。ならば強き体と心を授かった分だけ、弱きおなごを護らねばなるまい。

まして、母と呼ぶ人ならばなおさらのことだ。幼くて護る力がないのなら、せめて耐えねばならぬ。俺は男なのだ。

青山の母は、俺に「捨松《すてまつ》」という名を付けた。何でも、赤児は捨てて拾えば強く育つのだそうで、そういうならわしにちなんだ名であった。父も同意した。

嫌味のきわみだの。いちどは父が捨てた子だから捨松かよ。マア、それならそれでもよい。しょせん武士の通称などは、ころころと変わってゆくものじゃによって。

だが、生みの母が付けてくれた名を奪われるのは切なかった。一粒種ゆえの「一助《いちすけ》」という名であった。父母から「捨松」だの「捨」だのと呼ばれるたびに、俺はいちいち頭の中で「一助」と書きかえた。

思えば父はあまり物を考えぬ人で、母はしつこい人であったな。

おっと。人肌の温湯《ぬるゆ》をいいことに、俺はいったいどこまでしゃべっているのだ。

玄蕃という名か――。

フム、それは算《かぞ》え十五の元服の折に頂戴した。生みの母が名付けた一助が七年、青山の母からもろうた捨松が八年。そののちは晴れて、青山玄蕃という武士の名になった。

ハハッ、まるで出世魚だの。セイゴ、フッコ、スズキ。いや待て、まだ指が足らぬわ。ワカシ、イナダ、ワラサ、ブリ。これで勘定が合うわい。

青山の家督を襲《と》った折に、玄蕃頭《げんばのかみ》という官名を頂戴した。玄蕃に頭《あたま》を挿《す》げただけとは、ずいぶん都合のよい話であろう。

官名は天朝様から賜わるものゆえ、偶然とは思えぬ。父が朝廷との諸礼を司る高家《こうけ》旗本に賂《まいない》を摑ませて、都合のよい名をもろうたと、のちになって知った。

なにゆえそのようなことをしたか。そもそも玄蕃という通称も、玄蕃頭の官名も、青山家にはゆかりがない。代々の当主は伊予守《いよのかみ》、もしくは摂津守《せっつのかみ》を名乗っていた。父も青山伊予守だ。

すなわち、素町人《すちょうにん》として育った落とし胤を、御歴代の名跡《みょうせき》に並べたくなかったのであろう。勝手にするがいいさ。天朝様から賜わった官名など何であろうとかまわぬ。俺は一助だ。

もっとも、その青山玄蕃こと一助はの、ご覧の通りまともには育たなかった。前髪が取れたとたんに、ご近所の部屋住み連中とつるんでやりたい放題、道場帰りに酒はくらうわ、夜な夜な屋敷を抜け出して内藤新宿の女郎を買いにゆくわ、いやはや手のつけられぬ不良じゃわえ。

なにしろ仲間はみな若様ゆえ、遊ぶ金には事欠かぬ。たとえおのれの懐が不如意でも、奢り奢られできりがない。

いやいや、まじめな玄蕃がそういう悪たれに染まったのではないぞ。この玄蕃がまじめなやつらを引きずりこんだのだ。言い出しっぺはいつだって俺だった。

　それでも、知行三千二百五十石の「高の人」のご威光は大したもので、ご近所の親御殿が怒鳴りこんでくるわけもない。また父母にも相応の見栄があるゆえ、せいぜい叱言《こごと》をたれるぐらいで大ごとにはせぬ。かくして、こんな馬鹿が仕上がった。

　さては非人情な父母を恨み、青山の家を憎んで廃嫡を企てていたか、と。

ハハッ、御代官。笑止じゃよ、笑止。あいにく俺はそれほど生《き》まじめな人間ではない。良く言うならば若気の至り、悪く言えばそもそも性悪の道楽者なのだ。

しかるに、そんな俺にも十八になれば、御番入の話がくるのだから、世の中いいかげんなものだの。

　無役の寄合席が不名誉ということもあるまいが、俺をしかるべき御役に就けるは父の悲願であった。あるいは、この放蕩《ほうとう》息子に暇な家を継がせたら、先行きどうなるかわかったものではないとでも思うたか。

　お務めには政《まつりごと》を司る役方と、武官たる番方の別がある。この太平の世には役方に有能な人材が集まるのは当然だが、むろん番方には武士の矜持があるゆえ、父はそれにこだわった。曰く、「三河安祥以来の御譜代」。「槍一筋の家」。「弓馬の家」などというやつだの。

　御番入とは、筋目の正しい旗本がその家柄にふさわしい五番方に出仕することを言う。大番、書院番、小性《こしょう》組番、新番、小十人《こじゅうにん》組のいずれかだ。

五十を過ぎて今さらおのれが御番入でもあるまいから、父はこの好機にどうにか俺を五番方に押しこむべく、あちこちに働きかけたらしい。その甲斐あって、俺は新番の番士見習に推挙された。

とりあえずはそこを振り出しにして、やがては御組頭、そして青山の家格にふさわしき御番頭をめざせ、と父は言うた。言うのは勝手だがの、乳母日傘《おんばひがさ》で育った御曹司でもあるまいに、そもそも素性のよからぬ俺の人生が、そううまいこと運ぶものかよ。

たいがいにしておけ、か。

あんたに言われなくたって、ここいらが潮時でしょうよ、石川さん。

もしやこの花巻の湯には、よろず病のほかに妙な効き目でもあるのかえ。どうにもこうにも、口が勝手に物を言いやがる。

さあて、と。いかに人肌の温湯《ぬるゆ》でも、さすがに茹《う》だってしもうたわい。ぼちぼち上がって寝酒でも酌むか。

のう、お菊。たんと養生せえよ。

「おぬし、どうして今さら身上を明かしたりするのだ」

寝付かれぬまま、僕はようやく酒盛りをおえて牀《とこ》に就いた玄蕃を詰《なじ》った。

「おや、起きてたのかえ」

「悔やしゅうて眠れぬわ。こっちの話はさんざ聞き出しておいて、おのれのことは何ひとつ言わなんだ」

「ハハッ、水くせえとでもおっしゃるかえ。しょせん流人と押送人、さほどの仲ではござるめえ。お言葉だがよ、乙さん。俺ァあんたの身上をむりやり聞き出したわけじゃあねえぞ。あんたが勝手にしゃべったんだ。なになに、鉄炮足軽の次男坊が町方与力に一躍出世。女房殿はまだほんのおぼこで、添い寝をするが関の山、と」

僕は「うるさい」と怒鳴って枕を投げつけた。

「御法に携る者はの、科人の身上など聞かぬほうがよいのだ」

「へいへい、お見それいたしやんした。しかし乙さん、俺の軽口も湯の効き目なんだから、そう剣突《けんつく》に言わねえでおくれな」

玄蕃は蚊帳の裾を斉《ととの》えてから、湯宿の薄い褥《しとね》に横たわった。

開け放たれた窓の向こうには星が溢れており、夜風が湯上がりの肌にここちよかった。

瀬音は耳に慣れた。

「代官に余計は言うておるまいな」

「面倒な話はするもんかよ。蝦夷地まで公用。嘘じゃあねえよな」

「飲みながら何の話をしておったのだ」

「爺ィの愚痴を聞いてやった。おのれ一代で家を終《しま》いにするそうだ。飢饉《ききん》の村の代官は業《ごう》が深すぎるとよ。口が減ればいくらかでも御家来の足しになろうって、南部様はいい御家来をお持ちだの」

老代官がそんな事情を抱えているとは知らなかった。はにかむような笑みを絶やさぬ人だ。

玄蕃はきっと、おしゃべりを装った聞き上手なのだろう、と僕は思った。

相去《あいさり》の足軽長屋で聞いた粥の来歴について、僕はきょうのみちみちずっと考え続けていた。

七草の粥は男が炊くというならわしを語るために、玄蕃も話のはずみでみずからの生い立ちを明かしてしまったのだと思う。だが、それではまるで義太夫《ぎだゆう》の頭だけ聞かせて気を持たせたようなものだから、きょうは引っこみがつかなくなって、湯に浸りながら問わず語りに話し始めたのだ。

姦通という破廉恥罪を犯した武士。切腹を拒んで流刑とされた旗本。ために御家は取り潰され、家族も家来も路頭に迷った。

僕にとっての青山玄蕃は、それ以上の何者であってもならない。道中さまざまの出来事があったけれど、僕はずっとそう思い定めてきた。押送人の使命を全うするために。

しかし、どうだ。まず粥の来歴を聞いただけで、僕の中の玄蕃がまったくちがう人物に変容してしまった。そして河原の野天風呂で、僕は折に触れて私事を語り続けてきた僕自身を恥じねばならなくなった。

「のう、石川さん。俺ァ何も、あんたに聞かせたわけじゃねえんだぜ」

わかっている。そんなことは。だが、せめて抗わねば武士の面目が立つまい。玄蕃とは比べようもないほど安逸な私事を、苦労譚のように語ってしまった僕は、辱められたのだ。

「お菊を生かすのは難しいぞ」

仰向いたまま玄蕃が呟いた。ふいに瀬音が耳に迫った。

心を動かされてはならない。こやつは流人で、僕は押送人なのだ。

「善行を積んで罪を濯《すす》ぐつもりか」

僕は冷ややかに言った。玄蕃が押し黙った。静かな怒りが感じられた。

「のう、乙さん。そんなふうに思われたとしたら、残念無念だぜ」

折れてはならない。僕と玄蕃の正しいかかわりを持ち堪《こた》えるために。

わかっているのだ。玄蕃が積善の行いなどとは無縁の、立派な人物にちがいないということぐらい。だが、その徳とその罪の間の断絶を、僕は埋められないでいる。

「続きを聞いてくれるかえ、乙さん」

僕は闇の中で肯いた。

「おーい、お菊ゥ。生ぎとるかァー」

隣座敷の褥《しとね》にしたたか酔うた体を横たえると、及川次郎兵衛《じろうびょうえ》は唐紙ごしに声をかけた。

少し気を揉む間があって、「へーい」とお菊が応じた。

「厠に立つときは起こせや。勝手に死なれても困るゆえのゥ」

「へーい」

あながち冗談ではない。もし仮病を使っているのだとしたら、明日かあさってには沼宮内の里入りというこの晩に、思いあぐねて首を絞《くく》ってもふしぎはなかった。

「ええかァ、お菊ゥ。勝手に死ぬなやァ」

「へーい」

次郎兵衛は重ねて言うた。青山なる御旗本と炉端で酒を酌んでいる間にも、気が気ではなくて幾度も席をはずした。隣座敷に牀を取らせたのは、むろん見張りのためである。寄る年波のせいで眠りは浅いから、わずかな気配でも目は覚める。

「次郎兵衛《ずろべ》様——」

「何じゃい」

名を呼んだきり、お菊は黙りこんだ。

「めんどくしぇごどは申《も》すでねえぞ。たとえ言うても、わしは耳ば遠ぐて聴げねからな」

配下の手代も宿の者たちも、「御代官様」ではなく「ずろべ様」と呼ぶ。お菊もそれを真似るようになった。

無礼だなどとは思わぬ。父祖代々の御役とは言え、次郎兵衛は通《とおり》代官の職を矜《ほこ》らしく思ったためしがなかった。

「冷《ひ》やっけえ夏でがんすな。花巻がこんたな陽気だば、おらが里のあだりは山背《やませ》にくるまれてるだべ」

次郎兵衛は答えなかった。北の海から流れてくる山背の寒気は、夏の陽射しを遮って冷害をもたらす。御領内の米どころであるこのあたりですら、今年の実入りが悪いことは一目瞭然だった。

飢饉がくる。そうとわかっている生まれ故郷に、死に損ねてたどり着くお菊の胸中はいかばかりであろう。村人たちにとっては、天下の御諚も大迷惑にちがいなかった。食い扶持がひとり増えるだけだ。

「だば、ここで死ぬるか、お菊」

冗談ではなく、次郎兵衛は言うた。

宿村送りの病人が、かろうじて御領内にたどり着いたものの、故郷までは届かずに死んだ。次郎兵衛がかつてかかわった二件と同様の結末である。ただし、こたびは天下のお定めを枉《ま》げるのだから、おのれも腹を切らねばなるまい。

魔が差したように、次郎兵衛はふとそう思ったのだった。今さら惜しむ命ではない。ならば、宿村送りを全うできなかった責を負って腹を切ったという話にすれば、御殿様も幕府に対し面目を施すだろう。しかも青山様と石川様が、きっとうまく証言して下さる。

そこまで考えて次郎兵衛は、枕にうなじを押しつけて首を振った。

おのれの真意はわかっている。知れ切った飢饉の有様など、もう見たくはない。それも山背のもたらす寒気のせいならば、代官が責を負うわけもなく、たとえ幾万の百姓を餓死させようと、おのれが腹を切る理由にはならぬ。しかし宿村送りに事寄せて腹を切るのは、許されぬ話ではあるまい。そして、お菊もやはり飢饉の犠牲者であることに変わりはないのだ。

ちがうちがうと胸に念じながら、次郎兵衛は枕の上で首を振り続けた。

「お菊、冗談だぞ」

おのれの都合で自裁を促すなど、とんでもない話だと、次郎兵衛は思い直したのだった。そしてまた、おのれが死に場所を探していることに気付いた。及川の家を終《しま》い、家督を返上するだけで、多くの領民を餓死させた罪が免れるとは思えない。

飢饉は五十年に一度と聞いていた。世に知られる天明の大飢饉は次郎兵衛の生まれる前の出来事だが、たしかにそれから算《かぞ》えて五十年後の天保の巳《み》の年に、山背の夏に祟られた大凶作がやってきた。しかも一年では終わらずに、そののちほぼ隔年の無作が続いた。

飢饉の折の心構えとして、父からひそかに申し送られていたことがある。

飢渇の村を巡察する際には、まっさきに納屋《なや》の瓶《かめ》を検めよ、と。そこに屍肉の塩辛があれば、人ではなく鬼として家族ことごとく処刑する定めであった。手代が怯めば、次郎兵衛は情容赦なく鬼を成敗した。

　五十年に一度どころではない。長いお務めの間、次郎兵衛が通代官として満足な年貢を取り立てた憶えなど、算《かぞ》えるほどしかなかった。ほとんどが不作と無作のくり返しで、いきおい武士の御禄も半分になる有様だった。

　飢饉の年をどうにか生き延びても、じきに疫病が村々を襲った。その死者は餓死者にまさるものであったから、ひとからげに「飢疫《きえき》」などと呼んだ。

　そうとなればもはや手の付けようはなく、せめて寺の境内《けいだい》にお救け小屋を設けて、御城下に流れこんでくる飢疫の群に施行《せぎょう》するほかはなくなった。

　大きな寺には間口が五間、奥行が八間もあって四百人は横臥できる小屋を、五棟も建てた。しかし、そうした場所があちこちに設けられれば、施しの食料が間に合わなくなった。一日に八勺《しゃく》の米しか与えられぬ難民は、お救け小屋を終《つい》の棲《すみか》として次々と死んでいった。夥《おびただ》しい屍《しかばね》は葬ることもできずに、施穴《せあな》を掘って埋めた。そうして寺僧が経を施すがゆえの施穴だった。

　ある寺の住職は言った。日に八勺の米なら、与えぬほうがまだしもましだ。山に入って草の根を食うてもいくらかは生き残れように、施しのせいでみな死んでしまうではないか、と。

　施行に疲れ果てたその僧の顔が、次郎兵衛は忘れられない。飢饉の惨禍は山背のしわざばかりではなく、なかばは武士の失政なのだと、僧は代官を責めたのだった。

「ずろべ様――」

唐紙ごしに、お菊が小さく名を呼んだ。次郎兵衛は答えなかった。切なげな溜息が聞こえた。何を言うにしろ、聞く耳を持たぬおのれは卑怯者だと思った。

「おらを、殺してけろ。里の水ば飲んで死にてえなどと申しあんしたが、やっぱす帰《けえ》れねがんす」

次郎兵衛は唇を嚙みしめた。物言おうものならたちまち情が絡んで、女の願いを聞き届けてしまいそうな気がした。

この命だけはどうにかせねばなんね。おのれが鬼と断じて奪った命や、救い切れなかった幾千幾万の命のひとつに、算えるわけにはいかねがんす。

訴人の名は大出対馬守《おおいでつしまのかみ》。知行二千五百石の旗本で、新御番頭《しんごばんがしら》を務めていた。つまり俺の上司にあたる。

おや、乙さん。あんた、何も聞かされてないのかえ。俺の所行をかくかくしかじかと訴え出た当人だぞ。

いやはや、町奉行殿もどういうつもりやら、押送人が事件の詳細など知らぬほうがよいという理屈は、まあわからんでもないがの、だにしても何ひとつ教えずに送り出すなど、あんたもよほど舐められたな。

それとも何か、奉行所は桜田《さくらだ》騒動の評定で大忙しゆえ、役立たずの見習与力で間に合わせたか。だとすると、御朱引《ごしゅびき》を越えたとたんにさっさとずらかった、あの年寄りの同心の気持ちもわからんではないの。

そんなあんたに、今さらあれこれしゃべっても始まるめえが、子供に寝物語をせがまれて嫌がる親もおるめえ。よしよし、乙ちゃん。眠くなったら寝てもいいぞえ。

まず話の手順としては、その大出対馬守様のご紹介だ。

知行二千五百石といえば、それなりに筋目の正しい家柄であろうの。しかるに本国は尾《お》張《わり》で、いわゆる三河以来の旗本ではない。当主の対馬守は俺より三つばかり上の四十手前、こう、でっぷりと肥えた、なかなか押し出しの利く侍だわえ。

大出の屋敷は同じ番町のご近所であったゆえ、もともと知らぬ仲ではない。道場では竹刀を交えたこともあったし、学問所では机を並べた。いやはや箸にも棒にもかからぬやつじゃったがの。

ただし、大出家は代々が重き御役に就く家柄だった。祖父は奉行職、父は同じ新御番頭を務めた。

対馬守は――いや、そんな呼び方はしゃらくせえや、対馬の野郎でよかろう。

その対馬の糞野郎はの、俺が見習番士として御番入したときから、煙ったくて仕様がなかったのだ。そりゃあそうだろう、道場ではさんざ打ち据えられた相手、学問所で素読に詰まったときは、横合いから助け舟を出してくれた青山玄蕃だ。

代々が無役の寄合旗本のはずが、同じ新番に御番入でございと挨拶されてみろ、とたんに気が気じゃねえわえ。

いいかね、乙さん。そのあたりの事情は、御家人育ちのあんたにもよくわかろう。青山家は三河安祥以来の生粋の御譜代で、知行三千二百五十石の「高の人」だ。それに引きかえ、大出家は役付きの家系とは言え、権現様に遅れて直った尾張衆であり、知行も二千五百石に過ぎぬ。家格のちがいは歴然としているのだ。その青山の倅が同じ新御番組に御番入したというのだから、内心穏やかではなかろう。

まして、見知った仲ではあるがさほど親しいわけでもない。齢上であったゆえ、俺とつるんで遊んだためしもなかった。

そのころは、大出の先代が新御番頭を務めておっての、倅の対馬も御番入していたが、ゆくゆく父親の職が約束されているというわけでもなかった。

もっとも、俺が青山の家に入ったいきさつは、番町で知らぬ者はなかった。対馬にしてみれば、脅え半分、侮り半分、と言ったところかの。

いやいや、俺には野心などねえさ。無役の寄合ならのんびり過ごせるものを、どうして御番入などさせられるのだ、とな。

そうは言ったって、父親の悲願なのだから仕方あるめえ。フム、思い出してみれァ、大出の屋敷を親子ともども訪ねたのは、御番入の挨拶じゃあなくって、それを頼みに行ったのかも知らねえ。二十何年もの昔ゆえ、忘れちまったい。

ま、今さらどうでもいいやな。いずれにせえ、対馬の糞野郎ははなっから俺を怖れていた。こちとら、そんなつもりはこれっぽっちもなかったのになあ。

俺ァ、ずっとこの調子だよ。元を正せば四谷塩町の裏長屋で育った子供だ。兄貴二人が不幸な目をつかなけりゃ、父親の顔も知らずに職人か板前になっていたろう。手先は人並はずれて器用だしの。

そんな俺に、表も裏もあるもんか。あんたが見ての通りの青山玄蕃のまんまだったぜ、若《わけ》え時分から。

二十二で嫁をもろうた。聞いて驚くな、乙さん。相手は青山の母の姪御《めいご》での、つまりまたぞろ御本家から、女房殿を拝領したというわけさ。否も応もあるものかよ。親が決めた話なんだぜ。

二十五のときに父が亡《の》うなり、二十七で気丈な母も死んだ。冷てえようだが、ちいとも悲しくはなかったな。何やらこう、重石《おもし》が取れたような気がしたものさ。

父母の口癖は、「さっさと出世せよ」であった。さほどかわゆい倅ではないゆえ、露骨にそんなことが言えたのであろうの。とまれ俺は、父母が亡うなったゆえ出世などしなくてよくなった。

対馬の野郎はうまく行った。先代が隠居すると新番三番組の御組頭となり、三十なかばで父親と同じ新御番頭に上がった。

新番は三代大猷院《だいゆういん》様の御代に設けられた近侍の番方での、総八組それぞれに番士二十騎、組頭一、番頭一のおよそ百六十騎があった。戦場では御本陣を固め、平時には城中の新番所に詰めて、上様の御身辺をお護りする。芝や上野への御参拝、あるいは御鷹狩などにも必ず供奉《ぐぶ》する。

そうした御役ゆえ、まずは番士も信用が第一、よって新規の御番入はめったになかった。対馬の野郎がうまく出世したのも、大出家の代々が重き御役についているという信用が物を言うたのだろう。

おやじや爺様はどうであったか知らねえが、当代対馬守はまるで能なしさ。ところが妙なもんで、太平の世の中ではそれぐらいでちょうどいいって理屈もあるのだ。

上から見れば出し抜かれる心配がねえ。下からするとガミガミ言われるわけでもねえ。それに、あんたら役方とちがって難しい仕事がねえんだから、御頭様と呼ばれる人は馬鹿がいいってわけさ。

いいじゃねえか、それで。俺ァ一生、対馬のバカの下の平番士でよかった。いや、まったくそれでけっこうさ。

ところが、周りから見ればやっぱり俺は納まりが悪かったらしい。そもそも知行三千二百五十石の青山家は、六位相当の「布衣《ほい》」という格式で、儀式の折には礼服だってちがうのだ。無紋の狩衣《かりぎぬ》に烏帽子《えぼし》、ほかの旗本は素袍《すおう》だった。そういう立場の俺が、平番士ゆえにいつも肩衣半袴のなりで城中にあるのがまずおかしい。しかるべき御役に上げようてえ話もなかったわけじゃねえが、こちとらまっぴら御免さ。出世して何かいいことでもあるのかえ。

のう、乙さん。あんたからすれァ雲の上の話に聞こえようが、どっこい世の中、上も下もあるもんか。

青山の家格ならば、まず御番士の箔をつけてから、御組頭、御番頭。うまくすれァ御側《おそば》衆《しゅう》だの御使番《おつかいばん》だの御目付。

むろん出世なんざしたくはねえのだが、平番士のまま三十の声を聞くころ、大出対馬守の肚積りに気付いた。野郎、俺の噂をあることねえこと吹聴して、てめえの配下で飼い殺す魂胆だったのだ。

俺ァこういう気性だから、お仲間衆の受けはいい。不満があれば、対馬の野郎に面と向こうて物も言うたわ。そんな俺を、てめえの組から外に出すのはまずかろうてえ、まったくもって尻の穴の小せえ男さ。

いやさ、俺ァそれでけっこうなんだぜ。しかしよォ、乙さん。三十にもなって、お手付き女中の産んだ子だなんぞと言われてみい。内藤新宿の岡場所に入りびたりだの、手の付けられねえ飲んだくれだの、そりゃあ十年前の話だろうが。

そのくせ野郎、俺の前では噯《おくび》にも出しゃしねえんだ。二人きりのときは、へらへら笑うて「玄蕃殿、玄蕃殿」と機嫌を取りやがる。蔭に回りゃあ言いてえ放題さ。やつは大馬鹿野郎だが、俺がお仲間衆に人気があるってことだけは承知していた。

そうこうするうち、月番の若年寄に呼び出された。身を慎めとの叱言《こごと》を頂戴して、こいつァ対馬の謀事だとピンときたが、上司の非を訴え出るわけにはいくめえ。

なぜかって。

そりゃあ、乙さん。俺ァべつに、大名職の若年寄に畏れ入ったわけじゃねえよ。本人のいない場所で対馬を誹《そし》るのは卑怯じゃねえか。こっちにどんな道理があったって、相手がいなけりゃ蔭口だろう。俺ァ対馬の糞野郎と一緒くたにされるほど下衆《げす》な侍じゃあねえよ。

いや、武士がどうの、青山の御家がどうのではない。一個の人間として、俺は言いわけのように聞こえることや、蔭口を叩くような真似はしたくねえのだ。

のう、乙さん。講武所で学んだ剣の道はそれではなかったか。昌平坂で学んだ人の道は、そうであったはずだぞ。

俺は怯懦《きょうだ》ではありたくない。どんなときでも。いかに太平の世に生きようと、武士である限り、また男である限り、卑怯者であってはならぬ。

腹を切らぬが怯懦か。

そうではあるまい。義を見て為《せ》ざるは勇なきなり。人としてなさねばならぬ正しいことと知りながら、それを行わないのはすなわち、怯懦である。

しからば、時と場合によっては腹を切るのも怯懦のうちであろうよ。御老中から御奉行衆まで、みな口を揃えて言うた。潔く腹を切れば青山の家は残してやる、とな。だが、おのれの信ずる正義を恥として腹を切るなど、それこそ怯懦であろう。まして命と引き替えに家を残そうなど、まるで商腹《あきないばら》ではないか。

だから俺は答えた。「痛《いて》えからいやだ」と。身が痛いのではない。良心が痛む。俺は武士だからの。

寝ちまったかい、乙さん。

何もお義理で聞かなくたっていいんだぜ。奥州の最涯《さいは》ての、三厩《みんまや》とかいう湊《みなと》まではまだ八十里もあろう。

ナニナニ、話の切りが悪いってかい。それじゃあ、切りのいいところまでな。

大出対馬守。見た目はなかなかに押し出しが利く。しかし侍の見かけ倒しってえのは、ままあるものさ。あんたもそういう輩《やから》に欺《だま》されるんじゃねえぞ。見てくればかりで中身のねえやつは、質《たち》が悪いからの。てめえに自信がねえから、あれやこれやと策をめぐらす。そんな上司の下についたら、振り回されるばかりで得は何もねえ。

三十なかばで番頭《ばんがしら》に上がったときの野郎のはしゃぎようと言うたら、まるで富籤《とみくじ》でも引き当てたようだったぜ。番町の屋敷に親類からご近所から、むろん配下の番士も招いて夜っぴての大騒ぎだ。で、いささか鼻白んでいる俺に酌をしながら、

「のう、玄蕃殿。こうとなったらそれがしが、きっとおぬしを引き立てるからの」

などと吐《ぬ》かしやがる。これにはまわりのお仲間衆が仰天した。対馬が俺を飼い殺しにしているのは、誰だって知っていた。洒落《しゃれ》にもならねえさ。

五番方の番頭というたら、まさに旗本の花だの。なにしろ葵御紋の御本陣を守護する騎馬の侍大将だ。めでたく六位相当の「布衣」の格式も賜わる。

登城の折には馬の前に槍を二本立て、供侍《ともざむらい》から奴《やっこ》まで十幾人も引き連れての御行列さ。つまるところ、家の格で言うならやっと俺に肩を並べたことになる。

殿中での居場所も上がる。御組頭は詰所の隣の桔梗《ききょう》の間だが、御番頭ともなれば中之口の近くに、老中若年寄や諸奉行に並んで専用の座敷を与えられる。

どうせあちこちに賂《まいない》を落として猟官を果たしたのであろうに、対馬の馬鹿は嬉しゅうて嬉しゅうてたまらぬ様子であった。

いや、俺はべつに悔やしくもねえさ。そもそも出世をしたいやつの気が知れぬ。それよりもむしろ、悲願を叶えたからにはいくらか円くなって、俺への嫌がらせもなくなるだろうと思った。ところがどっこい、舞い上がりようがいくらか収まったと思うたら、ますま

す俺を目の敵にするようになったのだ。あの意固地さは、いまだによくわからねえ。

いいかえ、乙さん。悪いやつはそれほど怖かねえ。怖いのは、バカなやつだよ。思いこみだろうが勘ちがいだろうが、命はひとつきりだからな。対馬の野郎は、ほんに熨斗紙《のしがみ》つきのバカだった。

おっと。きれいごとばかり並べやがる、ってかい。

マア、そう思うのはごもっともだがね、話の先をせっついておいて、四の五のと文句をつけなさるのは行儀が悪かろう。

言っとくがよ、乙さん。今さら俺がきれいごとを並べて何になる。愚痴をこぼして気のすむような話でもあるめえ。

あんたの胸の中にァ、二人の乙次郎がせめぎ合《お》うているんだろうな。流人の身上話など聞いちゃならねえ押送人の乙次郎と、さんざ苦労して鉄炮足軽の部屋住みから、与力にのし上がった乙次郎が。

もそっと素直になりねえ。どのみちあと幾日かたてば、金輪際《こんりんざい》会うこともねえ俺とあんたじゃねえか。

それとも、寝ぐずりかえ。なら、続きはまたにしようか。

二十一

きぬさんへ。

あなたが恋しくてならず手紙を書きます。北へ向かうほどに、きぬさんが遠ざかってゆく気がするのです。そのかわり、おもかげが濃くなります。

江戸を立ってから十八夜、満月はいつしか欠けて消え、今は糸のように細い眉月が茜空にかかっています。

父上様母上様お変わりありませんか。きぬさん少し身丈が伸びましたか。江戸に戻ったらまずまっさきに、きぬさんを寝間の柱に立たせて、こっそり刻んだ身丈のしるしを確かめたいと思います。

きょうは花巻から盛岡の御城下に入りました。南部美濃守様二十万石のお膝下です。宿村送りを変に騒がれて、せっかく快方に向かいつつある病人がまた具合を悪くしても困りますから、旅籠を避けて町はずれの代官屋敷の客となりました。目の前は清らかな流れで、蛍《ほたる》にはもう遅いがしばらくすれば川面を被い尽くすほど、鮭《さけ》が上ってくるそうです。

堤に立つと御城下が一望されます。まんまんなかに総石垣の御城があり、杉木立の合間に大きな鯱《しゃちほこ》を頂いた天守が聳《そび》えています。四方は山に囲まれていますが、わけても乾《いぬい》の方角の岩手山は、南部富士と呼ばれるほど立派です。宿村送りの病人が、この岩手山をひとめ見て死にたいと言った気持ちがわかります。

ところで、明日をも知れぬと思われたその病人は、一関でかかった医者の薬が効いたのか、それとも平泉の阿弥陀様の功徳なのか、ずいぶんと具合がよくなりました。盛岡から沼宮内《ぬまくない》までは八里と二十二丁、この分なら明日には生まれ故郷の水が飲めるでしょう。

同行している盛岡の御代官は、これまで二度の宿村送りに立ち会っているそうですが、どちらも故郷にはたどり着けなかったので、三度目の正直とばかりに意気ごんでいます。そこで病人がこの一夜をゆっくり養生できるよう、自宅を提供したという次第。ただし代官屋敷と言っても、さほどの構えではありません。

裏路地の小体な門をくぐると茅葺きの家があり、垣根は食料になる五加《うこぎ》、庭木は秋に実を結ぶ柿と茱萸《ぐみ》があるきりで、あとは余すところなく菜園になっています。牛込の実家と似たような広さですから、何やら懐しい気分になりました。

玄関は式台の羽目板が抜けてしまったので閉め切りです。勝手口から入りますと竈が二つ並んだ広土間で、その先に囲炉裏《いろり》を据えた居間と座敷、武家屋敷というよりむしろ、百姓家の趣きです。

年寄った奥様に、やはり同年配の女中と下男。子がないゆえ御禄を返上して帰農するつもりだが、さて寄る辺なき使用人たちをどうしたものか、と奥様は溜息をついておられました。

子がないゆえ家を潰す。ちょっと信じ難い話ですね。まして打ち続く飢饉で百姓も生きられぬという昨今、どうして武士を捨てて帰農するのでしょう。

病人を寝かせて炉端に戻ってきた御代官に訊ねても、もともと口が重い人であるうえ訛りがきつくてどうにも要領を得ない。長く代官を務めたのだからそれなりの伝《つて》はあるのかもしれませんが、御屋敷を拝見した限り格別の貯えがあるとも思えません。まあ、他人がどうこう口を挟む話ではありますまいが。

きょうも一日、空は白く濁ってただの一度もお天道様が覗きませんでした。この分ではまず飢饉の避けようもなく、なるほど刈入れも近いはずの稲穂には、満足な実入りがありません。そのうえ蝗《いなご》の群が押し寄せて、茎や葉まで食い荒らしてしまうそうです。

蔵米取りは楽なものだと思いました。牛込の実家は貧しいけれど、米の飯が食えなかったためしはありません。飢饉とは無縁ですね。

かにかくに思えば、宿村送りの病人を故郷に帰したところで、何がめでたいわけでもない。しかもお菊の病は快方に向かっているのです。よう頑張った、しからば飢えて死ねと、命ずるようなものではありませんか。

僕は今、御法と現実の狭間で思い悩んでいます。

少し難しい話になりますが、いいですか。今の僕には、ともに考えてくれる人が必要なのです。

仁義礼智信という五常の訓《おし》えのうち、僕にはいまだに「礼」という徳目の意味がよくわかりません。

寺子屋でも学塾でも、「礼節を尊び謙譲の心を持て」と教わりました。しかし世の中は厄介な儀礼に埋め尽くされており、部屋住みの次男三男は他者を押しのけてでも、婿入り先を探さねばなりません。礼節だの謙譲だのと言っていたら、冷や飯食いのまま朽ちていくほかはないのです。

昌平坂学問所に進めば、まわりは選び抜かれた秀才ばかりですから、今さら「礼とは何か」などと質問をするわけにもいきません。だから僕はずっと、礼とは今の世の中にはむしろ余分な徳目だと思い続けてきました。そんな僕が、母上様からしょっちゅうお叱言《こごと》を頂戴するのは当たり前ですね。

奉行所でもしばしば叱られます。石川、無礼だぞ、と。

上司や先輩に廊下で行き会えば、いちいち立ち止まって頭を下げねばならない。同心は着流しでよいのに、与力は肩衣《かたぎぬ》をつけていなければならない。すわ一大事と駆け出すときにも、同心は着物の褄《つま》を取って走ればよいが、与力は装束を改め馬で乗り出さねばなりません。そうした定《き》めごとを怠れば、礼を失したとしてきっとお咎めを受けるのです。

町与力ですらそんな具合なのですから、御大名や御旗本はどれほど窮屈な儀礼を強いられているのでしょうね。

そこで僕は、花巻から盛岡に至る道すがら、青山玄蕃にこっそり訊いてみたのですよ。伝法な口をきく侍ですが、あんがい物知りなので。

「何でえ、石川さん。藪から棒に」

礼とは何か。今さら誰にも聞けませんが、八十里を歩いたのちは赤の他人です。

「いいかえ、乙さん。孔夫子《こうふうし》の生きた昔には法がなかったのさ。礼ってのは、そうした結構な時代に、ひとりひとりがみずからを律した徳目のことだ。人間が堕落して礼が廃れたから、御法ができたんだぜ」

目から鱗が落ちました。

「しゃらくせえ話はよしにしな」

玄蕃は白い歯を見せていくらか照れ臭そうに笑い、さっさと行ってしまいました。たぶん物のはずみで、言わでものことをしゃべったと思ったのでしょう。

でも、答えはそれで十分です。本来はおのおのが心得ねばならぬ当然の道徳こそが礼。功利や我欲によって礼を失ったゆえに、法という規範が必要とされるようになった。すなわち、僕らが全能と信ずる法は、人間の堕落の所産に過ぎぬのです。

思えば孔子様の五常の訓えの中に「法」はありません。人が常に守らねばならぬ徳目に含まれていないのです。仁義礼智信。人がみな神に近かった清廉な時代には、法によって戒める必要などなかったから。

僕は今、現実と御法の狭間で思い悩んでいます。

宿村送りというお定めは、人として当然なすべき思いやりや憐れみといった「礼」が廃れてしまったから、天下の御法として規定されたのです。しかし法には心がないので、飢饉が見舞うにちがいない村へと、病人を送り返してしまいます。現実と御法との、いかんともしがたい断絶です。

そしてもうひとつ、僕は考えねばならなくなりました。

青山玄蕃は無法者にちがいないが、もしや無礼者ではないのではないか。そう思えば、これまでの出来事のいちいちが腑に落ちるのです。

今の世の中は、御法にさえ触れなければ悪行ではないとする風潮がありますね。でも、それは真理ではない。人間の堕落によって廃れた「礼」を、補うためにやむなく求められた規範が「法」であるなら、今日でも「礼」は「法」の優位にあらねばならないはずです。もし青山玄蕃が学問を究《きわ》め、それこそ孔夫子の弟子のひとりとして五常の訓えを実践した人であるのなら、彼は罪を得るべきではない。だから腹を切ろうとしなかった。

思いついたことを語ろうにも話し相手がなく、きぬさんに訴えてしまいました。風流を知らぬ男とお笑い下さいな。

今宵はこのあたりで。

乙より

「じゃ、じゃ、松前様に永《なが》のお預けとは、難儀な話でごあんすなっす」

及川代官の声が夢に届いて、僕はぎょっと目を覚ました。寝間と居間は厚い板戸で仕切られているが、百年の上は経ていると思える屋敷は隙間だらけで、酌み交わす酒の匂いも炉端の煙も枕辺に伝ってきた。

しゃべってしまったのなら、今さら玄蕃を叱ったところで仕方あるまい。まして代官には年なりの見識もあろうから、噂をむやみに広めたりはしないだろう。

案の定、代官は思いも寄らぬ話から身を躱《かわ》すように、この秋の作柄の不安や飢饉の有様などを、とつとつと語った。

口数の少い人だから、さしもの玄蕃も座持ちが悪いとみえて、しばしば酒を酌むばかりの黙《しじま》がやってきた。

「そこもとは御禄を返上して帰農なさると申されるが、奥方もご一緒かの」

ゆっくりと酒を啜る音が聞こえ、ためらいがちに代官が答えた。

「いんや。女房は里に帰《けえ》しあんす。甥御《おいご》は子沢山ゆえ、手が足らねがんす」

また少し考える間があって、玄蕃が「わからんのう」と呟いた。それから伝法に口調を改めて言った。

「のう、ずろべ殿。あんたもしや、飢え死ぬつもりじゃあねえのか」

僕は息を詰めた。代官の実直な人柄から察するに、ありえぬ話ではないと思ったからだ。

「そんたなつもりはねがんす。養子ば取って、たかだか五十石の家を無理っくりにつなぐくれえなら、御殿様にお返ししたほうがえがんすなす」

「いや、それァ見上げた覚悟だが、だにしてもほかに身の振りようはあろうよ。あんたの年で鋤鍬《すきくわ》を握ろうなんざ、知れ切った往生を遂げるようなもんだぜ」

「最早《もうは》、こうと決めたことにごあんす。どうか、お構《がめ》いにならねでくなんしえ」

そう言って頭を下げたのだろうか、代官の骨の鳴る音が聞こえた。

僕の胸は不穏に轟《とどろ》いた。おのれの持場に命を懸けてこその武士なのだ。ならば、飢渇の村の代官を長く務めた武士が、思い屈して餓死を望んだとしてもふしぎはない。

「腹ば切ってすむなら、わげねえが――」

独りごつように代官は続けた。

「三日月の丸くなるまで南部領、などと申すあんすて、御領分にァ二十五もの代官所がありあんす。代官は月番交代にて五十人もおるゆえ、わけても古株の私《わだす》が腹ば切ったら、お仲間衆の面目が立ち申さぬ。不作の年はどこもかしこも同じだじゃ」

言いたいことはいくらでもあろうに、その先は言葉に尽くせぬらしく、及川代官は気を鎮めるような空咳をして押し黙った。

玄蕃が改まった口調で言った。

「ご無礼を申し上げた。お許し下されよ」

背筋を伸ばし、頭《こうべ》を垂れる姿が思いうかんだ。玄蕃は声を潜めて続ける。

「この御屋敷にて、お菊を養《やしの》うていただければ、と思うた次第にござる。それがしの浅慮にござった」

おや。玄蕃め、いったい何を言う。明日はめでたく宿村送りが叶うのだ。しかもお菊の病は快方に向かっている。このさき飢えさせぬために、代官屋敷にて養えというのは、いくら何でも面倒の見すぎだろう。

「お許しえってくなんせ、青山様。お恥《しょ》すい話でござんすが、五十石のお代物《だいもつ》も半知の二十五石となっては、食い扶持を増やすわげにはいがねがんす。いや、そんたなことより――」

及川代官は盃を呷《あお》って息を入れた。

「お救け小屋を頼って生き延びた百姓だども、飢渇《けがつ》が去れァ村さ返《けえ》すが定めにござんす。たとえ刀にて脅かしても、追《ぼ》っ返《けえ》すのす。百姓が村におらねば、御領分は立ちゆがぬゆえ」

ようやくそこまで言って、代官は声を詰まらせてしまった。

「わかった。もう何も言うな。明日の首尾は俺に任せておけ」

玄蕃がそう言って、しおたれる代官を励ました。

僕は目を瞑《つむ》って省みた。病人を厠に連れてゆくことが、不満でならなかったおのれを。いや、内心は宿村送りそのものにかかずらいたくなかったおのれを。

玄蕃にも及川代官にも、お定めを守るというほかにかくも深い思慮があったというのに。

宿村送りの最後の一夜を、お菊はまんじりともできぬまま明かした。

それは四月《よつき》にもわたる長旅の最後の一夜でもあった。寝付けぬままに幾度も指折り数えた。有壁。山目。前沢。相去の御番屋。花巻の湯。そしてこの盛岡の代官屋敷。四月もかけた長旅の最後のたった六夜を、どうしておのれは嘘で固めてしまったのだろう。路銀が尽きただの、飢饉の村に帰りたくないだの、そんなことは天下の御法を欺く言いわけになるはずがなかった。

命をいくつ差し出しても間に合わぬ罪の重さに圧し潰されて、お菊の頭は働かなくなっていた。

それでも出立前に、厠に付き添ってくれた石川様には申しわけが立たず、とうとうお菊は良心を絞って声にした。

「石川様。さんざ厄介《やっけぁ》かけだども、おらは仮病でがんす。とんでもねえことでごあんすなす。どだりこだり、お好ぎなよになすってくなんせ」

厠の前の暗がりに手をつかえてきっぱりとそう言えば、石川様は足元が震えるほど驚いたふうをなさった。

御代官様と青山様は、もう勘づいているにちがいなかった。だから石川様に伝えれば、その場で成敗して下さるのではないかと、お菊は考えたのだった。

だが、年なりに短腹《たんぱら》な石川様は、驚くばかりで怒らなかった。そればかりか、屈みこんでお菊を抱き寄せ、何も言わずに背をさすってくれた。

なすて人はこんたにやさしいだすか。天下の御法を欺いて楽な旅ばするおらにまで、なすてこんたにやさしいだすか。

明け六ツの鐘が渡る前に出立した。無口な奥様が駕籠を覗きこんで、そっと囁いて下すった。

「どうしようもねぐなったら、ここさ訪《たん》ねてこ。お前《め》はんひとりぐれえ、なじょにかするでの」

けっして頼りはすまい、とお菊は胸に誓った。有壁宿の人々。一関の御代官様。清庵先生。そして今、ここにあるみなさま。天下の御法よりもずっとありがたい人間のやさしさにかくも守られているのだから、もう甘えてはならない。

沼宮内の宿場からさらに一里余も進んだ山間《やまあい》の村は、冷えびえとした山背の雲にくるまれていた。

立ちこめる霧が鴇色《ときいろ》に染まっているのは、入陽のせいではない。まだ八月だというのに、季節をたがえた山々が赤く色付いているのだった。

僕は歩きながら身慄《みぶる》いした。寒さも寒いが、飢饉の予兆を肌で感じたからだった。雑木の山が左右に谷《きわ》まった、ただでさえ陽当たりの悪かろう狭い田圃には、実入りのない稲が力なくそよいでいた。

朝のうちは堂々と聳えていた岩手山も、それに向き合うように間近な姫神山《ひめかみやま》も、今はすっかり山背に被われてしまった。

霧の中にぽつぽつと人影が現われた。目を凝らせば、どうやら先触れに呼び出された村人たちであるらしい。先頭にはこのあたりの名主らしき肩衣姿があり、袈裟をまとった僧もあった。宿村送りの到着なのだから、仰々しい出迎えも当然であろう。

蜩《ひぐらし》は死に絶えたらしく、しんと静まった山々には鳥が鳴いていた。

「良《え》がか、お菊。お前《め》は伊勢の大御神様に豊年を祈願して帰《けえ》ってきただじゃ。村人のために旅ばかけで、こんたな苦労ばして、やっとごすっとごたどり着いただぞ」

及川代官はそう言って手を差し延べた。駕籠から下り立ったお菊の襟元を斉《ととの》え、伊勢詣での印である柄杓を帯に差し入れ、背中に藁筵を背負わせた。僕の目には、そんなふうにかいがいしく世話をする及川代官が、武士でも役人でもない何者かに見えてならなかった。むろん神仏めいているわけではない。いわば生身の、剝き出しの人間だ。

「おお、ずろべ様じゃ」

村人たちが及川代官に気付いた。その人柄はきっと人々から敬されているのだろうが、どうしたわけか代官は貧しい田圃にちらりと目を向けたなり、足を踏み出そうとはしなかった。

「御代官、あとはそれがしに任せよ」

玄蕃がお菊の肩を支えて歩き出した。僕もその後に続いた。代官は敬されているのではなく、怖れられているのかもしれない、と僕は思った。

「お菊さあ、お帰りなさい《おげえれんしぇ》」

村人から声をかけられて、お菊はびくりと足を止めた。

おげえれんしぇ。おげえれんしぇ。誰もがお菊の苦労をねぎらっているのに、いったい何を怖れているのだろう。

出立前に、お菊から思いがけぬ懺悔をされて驚いた。だが、僕はなぜか怒りを覚えなかった。光を見ずに死んだ子供が僕と同い齢だと聞いたときから、僕はこのかわいそうな女のためにしてやれることを、ずっと考え続けているような気がする。かと言って、世の中の右も左もわからぬ僕に、できることなど何もないのだが。

「どうした、お菊」

玄蕃が訊ねた。お菊は顔を被った。

「おらを、斬ってくなんせ。やっぱす、村には帰《けえ》れねがんす。病ば騙《かた》った悪人だば、ここで成敗してくなんせ」

玄蕃の顔が怒りで青ざめた。しかし斬りも殴りもせずに、玄蕃はお菊の両手を泣き濡れた顔から引きはがして、おのれの頬に当てたのだった。

「よいか、お菊。よおく聞けよ」

お菊が小娘のように肯いた。

「身の痛み苦しみばかりが病ではない。おまえは病人であった。宿村送りは誤りではない。生きよ」

それから玄蕃は、村人たちに向き合って凜と背筋を立てた。

「旗本新御番組士、青山玄蕃頭《げんばのかみ》である。こたびは畏《かしこ》くも将軍家の台慮を賜わり、宿村送りのため罷り越した」

不意の大嘘に僕は驚愕し、呆然と佇む人々に思わず「控えよ」と命じて、みずからも片膝を屈した。

村人も役人もみな平伏した。流人の足元に直るおのれを、僕は恥じなかった。

玄蕃は「近《ちこ》う」と名主を呼んだ。

「上様におかせられては、これなるお菊の伊勢参宮をば、あっぱれ貞女の鑑《かがみ》と嘉《よみ》したまい、かたじけなくもご褒美を下賜なされた。名主は謹んで頂戴し、向後お菊に不自由なきよう、また村に飢渇なきよう勤めい」

名主の手にずしりと落とされた袱紗《ふくさ》の重みに、僕の心はよろめいた。いくらかは知らぬが、玄蕃の有金一切と思えた。

二十二

ハハッ、姦通は濡れ衣だろうってか。

そりゃあ、乙さん。十手捕縄を預る御与力様の言葉とは思われねえ。

いいかえ。俺を詮議したのは「鬼播磨」の二ツ名を持つ南町奉行、池田《いけだ》播磨守《はりまのかみ》殿。糅《か》てて加えて、寺社奉行水野《みずの》左近将監《さこんのしょうげん》殿、勘定奉行松平《まつだいら》出雲守《いずものかみ》殿の三手掛《さんてがかり》評定なのだ。通例なら三手掛の吟味といえば、町奉行に大目付、目付が各一名。よほどの大ごとで五手掛となる場合、これに寺社奉行と勘定奉行が加わる。それじゃあ、三奉行の三手掛たァ、いってえどうしたわけだね。

破廉恥罪だからさ。幕府の威信が地に墜ちたきょうこのごろ、五番方の旗本が姦通の罪を犯したなんぞと、大っぴらにできるはずはねえ。それで吟味は定めて三奉行、それも月番非番かかわりなく御三方のみだってえからご苦労なこった。

そこまで御政道を煩わせたなら、濡れ衣もへったくれもあるもんか。大出対馬《おおいでつしま》の糞野郎にかくかくしかじかと訴え出られて、やったのやってねえのとどの口が言う。

おや、どこがおかしいね。だったらわかるように言うてやろう。

まず第一に、俺ァ糞野郎と同じ土俵に上がるほど野暮天《やぼてん》じゃあねえ。もひとつ、俺の口に言いわけは似合わねえ。

だから俺は、辰ノ口の評定所でもたいがいダンマリを決めこんでいた。煮るなと焼くなと勝手にせえ。だが、切腹はごめんだぜ。省みて恥ずるところはねえのだから、自裁する道理はなかろう。ハハッ、そりゃマア、痛《いて》えのもいやだがな。

ところで、ここはいってえどのあたりだえ。道中は山また山で、熊《くま》でも山賊でも出ねえのがふしぎなくれえだ。もし出やがったら、俺に任しておけよ。腕前はあんたよりいくらかましだ。

沼宮内に一夜泊って、ゆんべは金田一《きんたいち》。三戸《さんのへ》、浅水《あさみず》、きょうの泊りは五戸《ごのへ》か。ひいふうみいの、八戸《はちのへ》九戸《くのへ》って、昔はよほど人の住まねえところだったんだろうな。

件《くだん》の女は対馬の女房ではない。齢は算《かぞ》えの二十四で志乃《しの》と言う。何やら淋しい名だの。

ことの起こりは去年の暮だった。十三日の煤《すす》払いをおえ、畳も替えた二十日のあとさきに、大出の家老がひょっこりやってきた。そやつは先代からの陪臣《ばいしん》での、名を市太夫《いちだゆう》というた。

昼ひなかになっても池泉の薄氷が解けぬ、寒い日であった。上司の家から先に歳暮の挨拶かよ、と首をかしげて客間に出れば、塩瀬《しおせ》の重箱を膝前に据えて、市太夫の野郎がかしこまっていた。

「玄蕃頭様におかせられましては、日頃の勤仕《ごんし》ご苦労様にございまする。主人も心強う思うておりまする。これは月並調《つきなみちょう》の品ではござりまするが、若様姫様におふるまい下されませ」

何が月並なものかえ。塩瀬は権現様に従うて江戸入りしたと伝わる老舗の菓子屋だ。去ること長篠合戦の折に献上された兜《かぶと》饅頭は、旗本の贈答品として珍重されるが、生菓子ではあるし数にも限りがあるわい。それを漆の重箱に詰めて持参するなど、いささか気味が悪かった。

だがのう、あいにく俺は人を疑う気性ではねえのだ。対馬は馬鹿だから、御番頭《ごばんがしら》に上がっても要領を得なくて、何かてえと俺を頼りにしていた。御城内は二百幾十年も積み重なった、わけのわからぬ繁文縟礼《はんぶんじょくれい》に埋めつくされておるでな。うっかりしていると、どんな粗相をするかわかったものではない。だからしばしば俺を御用部屋に呼びつけて物を訊く。むろん俺だってわからねえことだらけだが、幸いこの気性だから茶坊主どももよう知っておるし、いざとなれァ、六位の布衣《ほい》ってえ家格の貫禄で、わからぬことは誰にだって訊ける。

ほほう、対馬め。ちいとは心を入れ替えたか、と思うた。

もひとつ、思い当たるふしがあった。その少し前に、若年寄の牧野《まきの》遠江守《とおとうみのかみ》殿に呼ばれての、内々にこう言われていた。

――そこもとも御番士のままでは据わりが悪かろう。いや、おぬしがよいと言うても、まわりが扱いかねる。近々御家の格にふさわしき役職を命ずるゆえ、わがままは申すなよ。

少くとも若年寄は、対馬の讒言《ざんげん》を信じてはいなかった。

三千二百五十石。どうにもこの格式が厄介なのだ。父と同様に寄合のままならかまわぬが、いったん御役に就いたとなれァ、いずれは家格にふさわしい居場所に落ち着かせにゃなるめえ。俺がよくてもまわりが困るのだ。

新御番組は若年寄支配だから、牧野殿は対馬の上司でもある。要するに対馬の頭ごしに俺の出世を内達したのだが、むろん野郎の耳にも入れただろうよ。

三千石高の御役と言うたらあんた、よほどのものだぞえ。大目付、町奉行、勘定奉行。対馬の馬鹿がこのさき目指す御役に、俺が一足飛びで上がっちまう。だったらこのあたりで、今までの意地悪をちゃらくらにして胡麻をすっておこう、か。やつの考えそうなことだ、と俺は思った。

くどいようだが、乙さん。俺ァ対馬の糞野郎と競《せ》るつもりなんざ、これっぽっちもなかったぜ。戦国の功名争いなら話は別だが、この太平の世に御頭様だの御奉行様だのと呼ばれてえやつの気持ちが、俺にァてんでわからなかった。

食うにかつかつの御家人ならともかく――おっと、口が滑っちまったい。物の譬《たと》えだ、悪く思うなよ。

そりゃあ、あんた。三十俵の御禄が二百俵にはね上がるのなら頑張りもしようが、家の子郎党も大勢抱えた千石取りの旗本が、その上の贅沢でもあるめえ。

御大名なら幕閣に参与すれァその間は、参勤交代が御免になるってだけでも出世する値打ちはあるわな。だが、俺たちにはそんな気煩いもねえのだ。だったらどうして出世したがるのさ。二本差しの侍が、命のかからねえ功名心を抱くっての、おかしな話じゃねえか。

それにしても、いやはや深い山だのう。楢《なら》も橅《ぶな》もすっかり色付いて、道もいつの間にやら一間幅になっちまった。

この先の御大名と言うたら、津軽侯とその御分家の黒石殿くらいのものかえ。いや、もひとつあった。俺が厄介になる松前伊豆守殿。だにしても、海の向こうの松前侯は五年に一勤だが、弘前も黒石もほかの御大名並みに毎年の江戸往還てえのは、いくら何でもつらすぎるぜ。

五戸《ごのへ》はまだかえ。こんな山ん中で日が昏《く》れて、熊の餌食は御免こうむりやんす。では、石川殿。話の続きをお聞きいただけるか。ハテどこまで話したっけか。そうそう、糞対馬の家老が、塩瀬の兜饅頭を持って歳暮の挨拶に来たのだ。

一躍出世をするらしい青山玄蕃に阿《おもね》りやがったか。ところが市太夫の爺ィめ、妙な話を持ち出しやがった。

「実は玄蕃頭様。本日は主人より、厄介事を申しつかっておりましての」

ハハァ、年越しの勤番かと思うた。しかしそれならば、特段の厄介事でもあるめえ。どのみち大晦日の寝ずの番は、対馬の嫌がらせで毎年俺の勤めと決まっている。

「かまわぬ。何なりと申されよ」

俺がそう水を向けても、市太夫はためろうていた。ま、今にして思えば悪い主を持ったが身の不幸、やつにも良心はあったのだろうよ。

「奉公人に不調法がござりましてな。なに、手を滑らせて家伝の皿を割ったような話で、主はとやかく言うわけでもござらぬが、奥方様が承知なさらずに、暮の給金は差し止めのうえ暇を出す、との仕置をたまわりまして。ところが当人の泣く泣く申すには、宿下りをしようにもすでに親はなく、兄夫婦の暮らす九尺《くしゃく》二間《にけん》の裏長屋ですら敷居が高い。算《かぞ》え十三で御屋敷に上がってから十年、武家奉公のほかに何ができるでもなし、まして不調法あって暇を出されたとあらば、口入れ屋も周旋は遠慮いたします。そこで、ここはひとつご近所の誼《よしみ》もちましてご当家にお雇いいただければと、当人を伴うて罷り越した次第にござりまする」

などと一息にまくし立てるや、市太夫めは庭向きの障子を引いて人を呼んだ。

ずいぶんと図々しい話だが、そこは先祖代々のご近所付き合いゆえ、無礼の何のと文句はつけられねえのだ。

じきに山茶花《さざんか》の垣の向こうから、大出家の若党が件《くだん》の女中を連れてやってきた。

「この者、生まれ育ちは四谷塩町の町家にござりまする。それも何かの御縁かと」

市太夫は思わせぶりに言うた。

「どうか御殿様のお慈悲もちまして」

と、志乃は凍った庭先に手をついた。

「苦しゅうない、面《おもて》を上げよ」

見れば特段の器量よしというわけでもないが、色白で気立てのよさそうな女であった。算《かぞ》え十三で奉公に上がって十年といえば、いくらか行き遅れているにしろ女盛りにはちげえねえ。

何だえ、乙さん。そのムッとしたツラは。あんたが聞かせろと言うから洗いざらいしゃべっているのに、いやな顔をするたァどうしたわけだい。ハハッ、いやならよしにするぜ。

言っとくがよ、俺は色目を使《つこ》うたわけじゃあねえ。屋敷には若党が十人、足軽小者が二十人ばかりもおったが、あらまし独り者での。年頃の女中を雇って、見どころのあるやつと所帯を持たせてやりてえって親心さ。主の俺が色目なんぞ使うか。

三千石の「高の家」ともなれァ、それくらいの家来を養わねばならねえのだ。つまりいざ合戦というときにァ、旗本はみなそれぞれの家来を引き連れて参陣する。俗に言う「旗本八万騎」てえのは、陪臣どもまで算えればちいとも大げさじゃあねえ。

したっけ十分な扶持はやれねえ。なにせ上様の家来のそのまた家来ゆえ、御家人の裾の扶持を超えちゃならねえのさ。てえことは、若《わけ》えうちに所帯は持てねえ。齢が行って知行所の検分ぐれえできるようになってから、村娘を添わせるってところなんだが、俺の父親が横着者だったせいで、三十を超えた郎党どもがぎっしりつかえていたのだ。

わかるだろう、乙さん。あんたの里にも冷や飯食いのまま年老いてゆく連中が、いくらもいたはずだ。男と女は半々に生まれてくるのに、どっこい江戸は侍だらけ男だらけ、嫁を取るのもままならねえ。

いいかえ。俺が志乃を引き取ろうと思うたのは、それだけの話なんだぜ。たいそうな給金はやれなくたって、門長屋に住まわせて三度の飯を腹いっぺえ食わせ、盆暮には羽織袴を新調してやり、できれば世間並みに嫁を取らせるのが、主人と呼ばれる武士の甲斐性だろう。

しからば家をなぜ潰したか、と。

そう先をせっつくな。よほど順序立てて語らにゃ、わからねえ話だからの。

おっと、こんなところに野仏が。

苔むしていなさるのは風流にしても、こう草まみれじゃあお気の毒だ。おい、乙さん、あんたも手伝え。脇差は腹を切るためばかりじゃあねえぞ。

志乃の生家は四谷塩町の長善寺《ちょうぜんじ》の門前で茶店を張っていた。俺の生まれ育った長屋のすぐ近くさ。ガキの時分には爺様婆様から、余り物の団子や餅をめぐんでもらったこともある。むろん志乃の生まれる前の話だがの。つまり、長善寺の仲立ちで檀家の大出家に奉公に出たはいいが、その間に四谷大通りの南ッ片を二丁も焼き尽くす大火があって、志乃は親も家もなくしちまったてえ哀れな話だ。

安政の卯《う》の年の大火事さ。長善寺は名物の笹藪が火除けになって残ったが、門前から大木戸の手前までの町家は、そっくり焼けちまった。

どんな不調法があったにせえ、不憫な身の上の奉公人をこの年の瀬に叩き出すのァ忍びねえ。そこで市太夫は、同じ塩町の生まれ育ちてえ因果を含めて、志乃を俺の屋敷に連れてきた、ってえ筋書さ。

志乃は働き者だった。気性はおとなしいが愛嬌があって、誰もが気に入っていたと思う。おかげで独り者の家来衆までが、月代《さかやき》を当たり袴の筋目を立てて、見映えがよくなった。

ナニ、奥様とはうまく行っていたか、とな。おいおい御与力様、この期に及んでまだ詮議なさるおつもりかえ。

ああ、うまく行っておりやしたとも。若《わけ》え時分に遊蕩三昧《ゆうとうざんまい》した男ほど、所帯を構えりゃ堅く収まるてえのは世間の道理でございます。おかげさんで、惣領の倅が九つ、次男坊が四つ、娘は三つの可愛い盛り。

話ついでに申し上げておきますがの、奥方様は志乃をいたく気に入って、年が明けたとたん御側女中に格上げ、子供らもよくなついておりやした。

イテッ。石なんぞぶつけやがって、どうしてあんたが腹を立てるのだ。

ほうれ、野仏もさっぱりしたぞえ。ナンマンダブ、ナンマンダブ。

松が取れたころ、妻が俺に耳打ちした。「志乃の腹には、やや子がおります」と。

もう幾日もお天道様を拝んでいない。山背の雲は北に向かうほどに厚みを増すようだった。

そのくせ皮肉なことに、夜にはきまって星空が豁《ひら》けた。だから僕らに一日の宿りを教えるのは茜雲ではなくて、ふいに西空に現われる夕星《ゆうずつ》だった。

「じゃじゃ、蝦夷地まで御公用だどえ、ご苦労様にてごあんすなっす。こんたな山里にて何もおがめでき申《も》さねども、どうかゆくっとすてくなんしえ」

五戸の代官所を訪《おとの》うて及川次郎兵衛からの添状を手渡せば、人柄のよさげな代官は畏れ入るでもなく、慎み深い武士の笑顔で歓待してくれた。

添状の文面は見ていないが、僕らの身分や宿村送りについては、一切触れてないのだろう。

「ずろべ様は達者でおでんすたがァ」

僕は余計を言わず、ただ盛岡御城下の代官屋敷に泊めていただいた、とだけ答えた。ずろべ様はきっと、人望のある代官なのだろうと思った。

　奥州道中もかれこれ二十一夜目となれば、僕らの旅装束もくたびれ果て、公用とは言っても格別の侍には見えぬらしい。

　五戸通《どおり》二十八ヵ村を宰領する代官所は、大きな茅葺屋根の上がった立派な構えだった。僕らは書院と床の間の付いた十二畳の奥座敷に通された。

　このあたりも飢渇の村にはちがいないが、だからこそ代官所は権威を示さねばならないのだろう。

　夕餉の膳には思いがけなく、烏賊《いか》の刺身と鯵《あじ》の焼物が出た。女中に訊ねれば、野辺地《のへじ》の湊までは十二里ばかりだという。

「魚じゃ、魚じゃ」

　玄蕃は子供のようにはしゃいだ。ふと僕は、この天真爛漫《てんしんらんまん》な男と幾年も旅かけているような気分になった。

「海に出れば、じきに金輪際の別れだ」

「泣きの別れかえ、乙さん」

「馬鹿も休み休み言え。務めをようやくおえるのだ。せいせいするわい」

　そう言って突き出した盃に、玄蕃は苦笑いしながら冷や酒を注いだ。うまいと感ずるのは気のせいだろうか。

　代官所の縁先には秋虫が集《すだ》いており、乾いた風が座敷を吹き抜けた。外は昏れそうで昏れぬ、不確かな色に染まっていた。

「おぬし、父親と同じ真似をしたのか」

僕は玄蕃を睨めつけて話を蒸し返した。五戸の宿場に入ったところで、志乃という女中の話は途切れていた。

「おや、いきなり何を言い出すかと思うたら、話の続きか。それはそれでかまわねえが、あんたの言うてることがさっぱりわからぬわえ」

「気の毒な女中が、おぬしの子種を宿したのなら、父親と同じ真似だろう」

ハ、と玄蕃は目を剝いた。それから首筋をさすって、今度はハハッと癇に障る高笑いをした。

「あのなあ乙さん。あんた、もしや世間のことを何ひとつ知らねえか。そうとなれァ、これまでしゃべった話がもったいなくてならねえ。いいかね、子供ってえのは、おふくろの腹に入《へえ》ってから十月十日で生まれてくると、昔っから決まっているのだ」

「それくらいは知っている」

と、言うそばから唇が寒くなった。志乃が青山家に拾われたのが去年の暮。奥方が志乃の変調に気付いたのは正月明け。だとすると――。

僕は盃を置いて、じっと玄蕃の顔色を窺った。相変わらずの薄ら笑いには、いささかの憤りも感じられなかった。

「申し開きをしたのか」

そう訊ねた僕の声のほうが、怒りで裏返ってしまった。

「申し開き、だと。ハハッ、だから言ったじゃねえか。俺ァ糞野郎と同じ土俵に上がるほど野暮天じゃあねえ。まして言いわけは俺に似合わねえ」

「言いわけではない、正当な申し開きだ」

「同しこった」

「どうして」と僕は声を荒らげた。膳を押しのけて膝を進め、もういちど「どうして」と強く言いつのった。

玄蕃の静かなまなざしが僕を見つめていた。それから盃を覗きこむように睫《まつげ》を伏せて、妙にしみじみと呟いた。

「乙さん。あんた、いい男だな。申し開きをするにァ、ころあいの相手だぜ」

落ち着け、乙さん。あんたが腹を立てたところで仕様があるめえ。

お静まり、お静まり。みなまで聞かずに腹を立てるなんざ、大人のすることじゃあねえよ。

お手付き女中の腹が膨れたもんでお払い箱かえ。そりゃあそれでひでえ話だが、俺の屋敷で面倒を見てくれたァ、いってえどういう了簡だね。

俺の出自は番町のご近所ならたいがい知られているさ。だとすると、対馬の糞野郎の極め付けの嫌がらせか。さもなくば、俺が母親と同じ目に遭った志乃を憐れんで、とことん世話を焼くとでも思いやがったか。いずれにせえ、人を舐めくさった話にはちげえねえの。

仰天した俺は、さっそく奥居に志乃を呼んで問い質したわ。俺と家内、もひとり真ッ先に志乃の体に気付いた女中頭があった。そやつは祖父の代からの奉公人での、老いてもなお矍鑠《かくしゃく》として、二十人もの女中たちをよく束ねていた。

泣く泣く語った志乃の言葉に嘘はあるめえ。対馬の糞野郎はこう言うたそうだ。

――青山の御殿様は気心の知れた幼なじみゆえ、合点承知《がってんしょうち》と引き受けてくれた。やがて親子の名乗りを上げる日も来よう。

おいおい、聞いてねえぞ。かくかくしかじかと頭を下げて頼まれりァ、相談に乗ってやるのもやぶさかじゃあねえが、塩瀬の饅頭と一緒におっつけられて、ハイさいですかってえ話でもあるめえ。

おそらく市太夫は、主人から託《ことづ》かった無理を言い出せなかったのだろう、と俺は思った。

「産み月まで身を粉にして働きます。納屋でも御蔵の隅でもお貸しいただければ、子を産んでじきにまた働きます。御殿様、奥方様、どうかお情を」

志乃はそう言うて泣いた。そのとき俺ァ、シマッタと思うたよ。対馬の馬鹿は思いつき、市太夫は言い出せずに後は野となれ山となれ。だが暮の二十日から年を越して松の取れた今まで、この女はどんなに心細かっただろうとな。奉公人にそのような思いをさせたのは、屋敷の主たる俺の過ちだった。

ナニ、話が見えねえと。

そりゃあ乙さん、ここまで聞いてみなまでわかったなら、あんた文殊《もんじゅ》菩薩《ぼさつ》のおつむだぞえ。

ではでは、いくらかでも見えるようにして進ぜよう。よくお聞きなされ。

まずは市ヶ谷御門内三番町の青山家が屋敷。千五百坪の敷地のぐるりを門長屋が繞《めぐ》っており、足軽小者や奴《やっこ》どもの住いになっている。総六百坪の本殿の南の半分が表御殿で、北側は書院や奥御殿。ほかにも蔵があり厩があり、門長屋とはべつに郎党の暮らす長屋も建っている。池泉も贅を極めておった。

大出の屋敷か。さて、客間にしか上がったためしがないゆえよくはわからねえが、俺の家ほどではないにせよ千坪は下るめえの。なにせ二千五百石の御旗本だ。

ハハッ、乙さん。あんた助平なことを考えてやがるか。そうさ、お察しの通り誰がどこで何をしてたってわかりゃしねえ。

市太夫の口上を思い出してくれ。

奉公人に不調法がございまして、か。これが家伝の皿を割ったような話かよ。

主人はとやかく言うわけでもねえが、奥方様が承知しねえって、そりゃあそうだろうさ。

ましてや対馬の恐妻ぶりはお仲間衆の語りぐさだった。バレたのかバレてねえのかは知らねえが、ともかくおっかない女房殿の手前、志乃を屋敷から一刻も早く追い出さにゃならなかった。

どうだえ、乙さん。これでちいとは舞台が見えたろう。

さあ、あんたならどうする。ナニナニ、大出の屋敷に談じこむ、と。

ふむ。百人に聞けば九十九人はそう答えるだろう。しかし、そうとなれば対馬の野郎は立つ瀬があるめえ。

「御頭様もほとほとお困りになったあげくに、おまえ様をお頼りになったのでしょう。改ってご相談もございましょうから、ここはひとつ、よしなに」

と、これは俺の奥方様の弁。おや、案外に思うかね。今さらのろけるわけじゃねえが、よくできた女房さ。御本家からの拝領妻だが、ただのお姫様《ひいさま》じゃなかった。

ああ、乙さん。あんた顔は知っておるな。伝馬町《てんまちょう》の牢屋から千住大橋《せんじゅおおはし》の御朱引まで、家内は俺を送ってくれた。

どうだ、別嬪だったろう。拝領妻にはちげえねえが、俺ァ一目惚れだったぜ。

丹波篠山《ささやま》五万石青山因幡守様が息女。しかるに、妻は妾腹《めかけばら》であった。それがどうなとは言わぬ。御家大事の大名や旗本が、子をなすために側室を置くは非道ではない。

芝口愛宕《しばぐちあたご》下の下屋敷で育ったせいか、妻は如才ない気性だった。母という人も商家の出であり、お姫様にはちげえねえのだがお蚕ぐるみに育てられたわけでもなかった。俺とは似合いさ。

「それはおまえ様、御頭様がどうこうではのうて、帰る家もない志乃の身になって下されませ。ここは何をさておき無事に子を産ませ、面倒なやりとりはそののちでございましょう」

　話はまとまった。そうは言うても、さすがに家来や奉公人たちの目につく屋敷内で、子を産ませるわけにはゆくめえ。そこで、番町から御濠を跨いだ向こっ河岸《かし》の、市ヶ谷田町に小体な家を借りての、内緒で住まわせることにしたのだ。

ア。いや、そういちいち疑りなさんな。女房に内緒ではねえのだ。俺と女房と、女中頭と家老。この四人《よったり》の内緒だわえ。

　人が好《よ》すぎる、かえ。そうではあるまい。対馬は馬鹿だが、ご近所でもあり上司でもある。ならばその馬鹿は誰かが面倒を見にゃなるめえよ。

　むろん、談じこみはしなかった。そんなことをしたって、気がすむばかりで得はあるめえ。

　そのかわり、勤番月の二月になって登城したとたん、本丸御殿の馬鹿の御部屋に乗っこんできっぱりと言うてやった。

「塩瀬の兜饅頭、ありがたく承った。かくなるうえは、奥方様と懇《ねんご》ろに言談《いいだん》なされて、然るべき手立てを講じられよ。説得できぬのなら、それがしが加勢いたす」

翌る朝は煙雨にくるまれていた。

あたりが明るむまで待ったがどうにも上がる気配はなく、雨合羽の上に蓑《みの》を着て駅馬を雇った。

玄蕃の寝物語はどこまで聞いたのだろう。抜き差しならぬ話だと耳を欹《そばだ》てつつも、いつの間にやら眠ってしまった。

「昨夜は無礼をいたした」

馬を乗り出して、僕は玄蕃に詫びた。

「ほ。何か無礼があったかの」

「話の中途で寝てしもうた」

玄蕃は僕をちらりと見て、鼻で嗤《わら》った。相変わらず背筋が凛と伸びた、手本のような騎馬姿だった。

「くたびれて眠くなるのはあたりめえさ」

「いや、おぬしは申し開きをすると言うた。科人の言い分を十全に聞き届けるは御法に携わる者の心得だ」

言いおえぬうちに嗤い飛ばされた。

「まあったく、四角四面の男だの。ま、若《わけ》えうちはそれぐらいでいいか。だが、そのまんまじゃあならねえぞ。堅物《かたぶつ》と言われるやつほど、肝心要のところで突っ張りきれねえものだ」

　やがて貧しい田畑が尽きると、ぬかるんだ山道に入った。もはや奥州街道という名はそぐわない。蝦夷地へと向かう「松前道」だった。

　二人の馬子は十ばかりの稚《おさな》さで、よく似た背格好からすると兄弟かもしれなかった。ともに裸足だった。

「今さら申し開きをしたところで始まるめえ。愚痴をこぼしただけさ」

　そうとは思えない。少くとも聞いた限りにおいて、玄蕃には何の落度もなかった。

　話の先を聞くべきなのだろうか。それとも、聞いてはならないのだろうか。

　伝法寺《でんぽうじ》宿の立場《たてば》で馬を替えた。玄蕃は稚い馬子たちの目の高さに屈みこんで頭を撫でた。それから懐を探って、「いけねえ、素寒貧だった」と僕を見上げた。

　玄蕃にかわって過分の駄賃を握らせれば、兄弟は目をまん丸に瞠《みひら》いて「ありがどがんす」と地べたに這いつくばった。

　沼宮内の名主に「上様より」と偽って手渡した袱紗には、いったいいくらの金が入っていたのだろうか、と僕は思った。

　藤島《ふじしま》宿を過ぎて一里ばかり進むと、奥入瀬《おいらせ》川に行き当たった。夜来の雨のせいか水かさが増しており、渡し舟は向こう岸に舫《もや》われたままだった。

いずれにせよここで馬は返さなければならないが、川を渡れぬのなら僕らも藤島宿まで戻るほかはなかった。

「さて。どうするね、乙さん」

僕は対岸の舟小屋に向かって、おーい、と呼んだ。人の気配はあるのだが、酒でも食らっているのか返答はない。川面に張った縄をたぐって渡る繰舟《くりぶね》だから、こればかりの水かさで出せぬはずはなかった。

そこで僕は、飲んだくれの船頭と根くらべをしようと決めた。

「まったく、四角四面のうえに要領を知らねえ男だの」

何と言われようが、押送人は僕なのだ。

「おーい、舟をよこせ、公用じゃ」

僕は水辺まで降りて繰舟の綱を引き、ふたたび大声を上げた。

「ここまで来れァ、めざす三厩《みんまや》までせいぜい二晩三晩だぜ。あんた、そんなに俺とおさらばしてえのか」

「やかましい、黙れ」

どうして僕は苛立っているのだろう。よほど辛抱強いはずの僕が。

振り返れば、玄蕃は土手に聳える大欅《おおけやき》の根方に腰を下ろしていた。鈍空《にびぞら》を被う枝を見上げて何やらしみじみと言った。

「たいしたものよのう。大水にも流されずに、よくもここまで育ったものだ」

僕は綱を捨てて土手に駆け上がった。

「おぬし、無実なのか」

滴る雨を噴き散らしながら僕は訊ねた。

「無礼ぞ。目の上から物を言うな」

玄蕃は一文字笠の庇をつまんでたしなめた。僕は蹲踞《そんきょ》してもういちど訊いた。

「御定書の四十八《しじゅうはち》、姦通の罪。よしんばおぬしが志乃なる女と情を通じたとしても、その罪には当たるまい。いったい何があったのだ」

それから僕は、雨の届かぬ大樹の幹に蓑を着た背を預けて玄蕃の話を聞いた。汀《みぎわ》には番《つがい》の白鳥があって、間近の僕らを怖れるでもなく藻を啄《ついば》んでいた。

古屋《ふるや》彦兵衛《ひこべえ》は忠義な家来であった。

出自は采地《さいち》の本百姓での。部屋住みでくすぶっていた次男坊を、俺の爺様が家来に取り立てたのだ。

青山家の三千二百五十石は多摩の一円知行で、あちこちに散らばっているわけではなかったゆえ、采地では実に殿様であった。甲州道中ぞいに陣屋もあった。つまり苗字帯刀を許された名主の子を、主家が武士として召し抱えたというわけだ。

さよう。千住大橋の袂で泣き別れた、あの年寄りさ。白髪頭はあらまし禿げ上がって、ようやく結った細い髻《たぶさ》が哀れであったの。俺の父親と同い齢ゆえ、主家がのうなれば身の置場はどこにもあるまい。

よほど文武に秀でた人であったのだろう、さもなくば百姓の倅が旗本に召し抱えられ、家老にまで出世はできまいよ。

塩町の長屋を再三訪ねて、母を説得したのも彦兵衛。駕籠を仕立てて迎えに来たのも彦兵衛であった。当座はあやつも若かったはずなのに、はなから年寄っていたように思えてならぬ。彦兵衛はずっと俺の爺やであったゆえ。

ヤ。何だえ乙さん、大の男がいらいらと爪など嚙みおって。後戻りがいやなら、船頭がその気になるまで待つほかはあるめえ。侍なら何だって意のままになるなんて、十手者の思い上がりだぜ。

べつに話の寄り道をしているわけじゃねえさ。まあ、のんびりと聞きない。

彦兵衛は俺の親がわりだった。七つの暮まで寺子屋にも通えなかった俺に、読み書きを教えてくれた。剣術の手ほどきをしてくれたのも彦兵衛だった。

屋敷の中長《なかなが》屋《や》に住もうて、独り身を通しておった。縁談もなかったはずはあるめえが、所帯なんぞ持ったら陪臣の役目に専心できぬ、とでも思うていたのだろう。それくらい忠義一途な侍であった。

　飯も御用部屋に運ばせたりはせぬ。三度三度、台所の板敷で家来衆と膳を並べておったわ。おまけに酒は飲まぬ、めったに口もきかぬ、まるで修行僧か何かのような暮らしぶりであったの。

　俺がどうにか青山の家督を継ぐことができたのも、彦兵衛がいてくれたからだ。

　俺ァしょせん半端者さ。三ツ子の魂百までと言うじゃあねえか。三つどころか七つの暮まで物乞い同然に生きてきた俺の性根が、若様になったからと言うて改まるはずはあるめえ。

　そんな俺を、彦兵衛は壊れぬように壊さぬように、うまく育ててくれた。

　捨松てえ、ひでえ名前を付けられた。ステ、ステ、と父母から呼ばれるたびに、俺ァ悔やしくて泣いた。そんなとき、彦兵衛が言うてくれた。

「若様。二人きりのときは、彦兵衛がきっと一助《いちすけ》とお呼びいたします。それにて辛抱なされまし」

　生みの母の形見は、一助という名前だけであった。正しくは捨松の名が嫌だったのではなく、母の形見を取り上げられたことが悔やしかったのだ。彦兵衛だけは俺の心を知っていた。だからそののちいくつ名が変わっても、二人きりのときはきっと「一助」と呼んでくれた。「様」すら付けずに、ただ「一助」と。

さて、話を本筋に戻そう。外濠の向こっ河岸《かし》の市ヶ谷田町に、小体な家を借りて志乃を住まわせた。そのことを知っているのは、俺と女房と、女中頭と家老の彦兵衛。これでわかったの。

言っとくがよ、乙さん。ともかく無事に子を産ませるつもりで、志乃を住まわせたのだぞ。まさか俺が囲ったわけじゃあねえのだ。もっとも、市ヶ谷田町の小体な家なんてのは、いかにも番町に屋敷を構える旗本の妾宅だの。

対馬の糞野郎がいってえ何を考えているんだかわからねえが、面倒は無事に子を産んだのち。よかろう、それで。

そもそも対馬は馬鹿なのだ。そんなこたァ、ガキの時分から承知している。だが、馬鹿でも伝《つて》と義理と賂《まいない》で出世ができるてえ、世の中が馬鹿なんだから仕方ねえ。その馬鹿野郎が、やむにやまれず俺を頼って来たのなら、ここで波風立ててるてえのも大人げなかろう。それが旗本の見識であろうよ。

ところが、二月の勤番月にとんでもねえ話を聞いた。御城内での宿直《とのい》の晩に、親しい御番士が俺の耳に入れたのだ。

宿直の番士と言ったって、まさか御門前に六尺棒を持って立っているわけじゃあねえぞ。表御殿の新番詰所に夜っぴて控えおるのだ。番所の前は中奥《なかおく》との御錠口ゆえ、上様の夜間の御身辺をお護りするはわれら新番の務めであった。

宿直の晩には夜食の弁当持ちで詰める。「気付け」などと称して酒も黙認されている。屋敷に帰ればおのおの「御殿様」と呼ばれる旗本なのだから、それくらいはかまうまい、というわけだ。

「玄蕃殿——」

差し向かいで弁当を食うていた同僚の番士が、箸を置いて訊ねた。

本丸御殿の奥深くは行灯の光も眩ゆいほどの闇で、よほど声を低めなければどこに他人の耳があるかわからぬ。

「ちと妙な噂を聞いた。幼なじみの仲ゆえ訊ねるが、気を悪くするなよ」

ずいぶんと改まった様子であったから、俺も箸を置いて肩衣《かたぎぬ》の背筋を伸ばした。

親しい俺と問答はしたくないのであろう、そやつは気付けをぐいと飲み干して一息に言うた。

「御頭様の妾に懸想したのみならず、奪ってわがものにしたと聞いた。いかに反りの合わぬ御両者とは申せ、おぬしがそこまでするとは思えぬ。しかるに根も葉もない噂にしても剣呑に過ぎよう。いかがか」

ひやりと肝が縮んだわい。まるで背うしろの闇から刃《やいば》が延びて、首筋に当てられたような気がした。俺は昂《たかぶ》る気分を抑えに抑えて、一言だけ答えた。

「御頭様がそこまでするとは思えぬ」

ほかに答えようがあるか。俺にも思い当たるふしはあるのだ。だが、対馬が悪い噂を撒いてまで俺を追い落とそうとしている、とも思えまい。

俺の答えを少し考えてから、同僚は「ならばよい。二度は言わぬ」と笑《わろ》うた。

町奉行所の宿直ならば暇潰しはいくらもできようが、本丸御殿はそうもゆかぬ。番所に詰めようと御錠口に座ろうと、御廊下の見廻りに出ようと、黒洞々《こくとうとう》たる闇の中で思いばかりが膨らんでゆく。

たしかに剣呑な噂だぞえ。たとえ妾であろうと、情を交わせば不義密通なのだ。

僕は溜息をついて大樹の葉叢《はむら》を見上げた。煙雨は景色を白く濁らせているが、欅の葉は密に重なって僕らを庇《かば》っていた。

公事《くじ》方《かた》御《お》定書《さだめがき》百箇条の四十八「密通御仕置之事」に拠れば、姦夫姦婦は死罪とされている。そしてその追補《ついぶ》として、「姦通は妻妾を差別せず」と記されていたことに、僕は思い当たったのだった。

親しい御番士が改って噂の真偽を訊ねたのは、たとえ噂にしろ剣呑に過ぎると考えたからにちがいない。

「妾ではあるまい」

「さて。そうは言うても、妾とお手付きとの区分けは難しかろう」

玄蕃は草を嚙みながら答えた。平静を装ってはいるが、腹の底は怒りに滾《たぎ》っているのだろうと思えば、話の先を続けたくはなかった。

「当人に聞けばわかる話であろう」

「ハハッ、苦労な女をつかまえて、おめえは対馬の妾か手付きかなんぞと、どの口が聞けるのだえ」

「御家の存亡にかかわるのだぞ」

「へい、おっしゃる通り。おかげさんでその御家とやらは、きれいさっぱり滅びちめえやした」

「おちゃらけもたいがいにせえ。こっちはまじめに物言うておるのだ」

玄蕃は欅の根方に座りこんだまま、手拭で雨に濡れた総髪を整えた。

「いやのう、乙さん。対馬の野郎の嫌がらせはばんたびだったゆえ、またぞろ悪い噂をでっち上げたんだろうとな、甘く考えておったのがいけなかった。よもや訴え出るとはのう」

とんだ濡れ衣を着せられて、申し開きをしなかった理由がわからない。悪者と同じ土俵に上がりたくないだの、言いわけをしたくないだの、僕にはまるで理解できなかった。

しかし、ただひとつだけ確信したことがある。これは御法に携わる者が最も怖れねばならぬ、「冤罪《えんざい》」なのだ。

僕は立ち上がった。

「行くぞ」

「藤島宿に引き返すかえ」

「そうではない。江戸に戻るのだ。吟味直しを願い出る」

玄蕃は草をくわえたまま、呆れたように僕を見上げた。

「本心《マブ》かえ、乙さん――」

「ああ、大まじめだとも。江戸に取って返して、御奉行様に談判する」

僕は薄ら笑いをうかべる玄蕃の腕を摑んで、「立て」と叱咤した。

「やれやれ、見習与力めが何を偉そうに」

いきなり手首を捻じ上げられて、僕は悲鳴を上げた。抗おうにも抗えず力のままに背を向ければ、僕の腕を固めたまま玄蕃が耳元で言った。

「俺がいいと言うておるのだ。なにゆえあんたが文句をつける」

「御法は義に拠らねばならぬ。誤判と知っておぬしを流謫《るたく》するわけにはゆくまい」

玄蕃に蹴り飛ばされて、葦の生い立つ汀《みぎわ》に転げ落ちた。とっさに立ち上がって刀の柄袋をむしり取った。

「おお、やっとその気になってくれたかえ。江戸に取って返して吟味直しなんざまっぴらごめんだ。だったらここで斬られたほうがよっぽどマシだぜ」

僕は息を入れて柄袋を拾い上げた。番《つがい》の白鳥はなぜか逃げもせずに、葦原の餌を啄《ついば》んでいた。

玄蕃の話を聞きおえてはいない。だが、冤罪であることはたしかだった。ならば続きは、江戸に戻るみちみち聞けばよいと思ったのだ。

岸に上がって振り返れば、騒動で目を覚ましたのであろうか、煙雨の中に舫い綱を解く船頭の姿が見えた。

「そそっかしい野郎もいれば、呑気なやつもいる。さまざまだの」

言い返さずに唇を嚙んだ。きっと僕は、濡れ鼠よりも情けない顔をしているのだろう。そそっかしいわけではないのだ。これまでの旅の間に、青山玄蕃の人となりを知った。おそらく彼は、「法」の戒めのもとにある人ではなく、「礼」に則って生きてきたのだろう。そして「礼」が「法」に優先する徳目である限り、吟味も判決も意味を持たない。

「なんもはァ、年寄って耳が聞げねだじゃ。お申《も》さげながんすなす」

繰舟を寄せながら船頭が言った。

花も綻ぶ三月のかかりに、志乃が姿を消した。

幾日か前に女中頭が訪ねた折にはいつに変わらぬ様子であったのに、書き置きのひとつとてなく忽然と失踪したのだ。行方は杳《よう》として知れなかった。

三月は非番月での。二月のうちならば城中の御用部屋に対馬を訪ねて問い詰めもしようが、まさか屋敷に乗っこむわけにもゆくめえ。せいぜい古屋彦兵衛が市太夫と会うて、それとなく訊ねるほかはなかった。

むろん市太夫は知らぬ存ぜぬと言うわな。そうとなれば、もともとが内緒の話ゆえ人を出して探すこともできねえ。彦兵衛と女中頭の年寄りが二人、足を棒にして探し回ったところで高が知れておろう。

ナニナニ、志乃も対馬の手先じゃねえかと。はなからぐるで俺を嵌めた、とな。

なるほどのう、御与力様はそう考えなさるかね。だが、それはあるめえの。若《わけ》え時分にさんざ放蕩した俺は、性悪女の匂いぐれえは嗅ぎ分けられる。御曹司は狙われるからの。志乃はそんな女じゃなかった。

だとすると、どうしたことだ。俺の前から姿を消したんじゃあねえ。対馬の野郎に消されたのだ。

腹の子ともどもなかったことにしちまえってえのなら、何も俺を巻きこまなくたってよかろう。つまり、俺を追い落とすために、志乃とてめえの血を分けた子供の命を使った。

そうビックリしなさんな。あんたが考えているほど、旗本てえのは上等な侍じゃあねえのさ。対馬にしてみれァ、てめえの出世を脅かしそうな青山玄蕃と、腹の膨れちまった女中は、二つながらのお悩みごとだ。だったら二つひっくるめて往生させちまえって、おいおい、対馬は馬鹿じゃあなかったのかよ。

あいよ、ご苦労さん。渡し賃はこいつから貰っとくれ。爺様は働き者だのう。舟小屋で飲んだくれているのかと思うたら、そうかよ、耳が遠いのかえ。おい、乙さん。ケチは言うなよ。

さて、先を急ごうか。

牧野遠江守殿より使者が来て、ただちに大手前の若年寄役宅まで参れと託《ことづ》かった。しとど雨降る夜更けであった。

牧野遠江守殿が日ごろから俺に目をかけていたのは、前にも話した。しかるに、雨の夜更けに呼び出すとは尋常を欠いておろう。

番町から大手前の御役宅まで駕籠を急がせつつ考えた。対馬が動いたな、と。

志乃の口さえ鎖《とざ》してしまえば、俺の潔白を証明できる者はいない。家族や家来の証言を採らねえのは道理だ。

若年寄は真夜中というに羽織袴のまま、奥向の広敷に座って俺を待っていた。わかるかえ。俺の控えおるところにお出ましになるのではなく、そうして俺の到着を待っておられたのだ。信州小諸一万五千石の御大名ともあろうお方が、上段に座すでもなく、小姓ひとり侍らさずにの。

「本日辰の下刻、新番頭大出対馬守より訴状が出された。身に覚えはあるか」

訴状かよ。何と答えりゃいいのだ。こんな夜更けに呼び出されたのだから、訴えられたのは俺にちげえねえのだが、まるで話が見えねえ。あの馬鹿がそこまでやるとは思えなかったしの。

「それがし、身に覚えはござらぬが、いささか心当たりがござります。対馬殿には何か勘ちがいがござろうゆえ、話し合わせていただきとう存じまする」

　まかりまちがえば大出か青山のどちらかの家が潰れる話だ。嘘だの実《まこと》だのと、めったなことは言えまい。

「密通の罪を内済《ないさい》するつもりか」

　若年寄は冷ややかに言うた。不義密通などという話は世間に珍しくもあるめえが、たいがいは金でけりがつく。表沙汰にせず内々で済ますゆえ内済だ。お縄をかけられて首まで落とされるのは、よほど改心の情を欠いた心中もどきか、さもなくば世間に対する一罰百戒さ。

「いや、それがしに内済を申し入れるような落度はござりませぬ」

　きっぱりとそう言うても、若年寄の顔色は晴れなかった。若い時分の俺の行状と、対馬がまめに撒き散らした悪い噂が、あんがい効いていたのだと思う。あるいは、俺の出自も。そうとなれば、ことの真偽や善悪ではない。俺の不徳だ。

　マアマア、そう腹を立てなさんな。

いいかえ、乙さん。御法は物事の白黒をつけてくれるが、それですべてが丸く収まるはずもあるめえ。格好がつく、てえだけの話さ。

若年寄はあれほど俺に目をかけてくれていたのに、白だと信じてはいなかった。それでもこっそり呼び出したのは、申し開きのひとつも聞きたかったのだろうがの。

それにしても、よう降りゃあがる。ざんざん降りなら宿に入《へえ》るが、凌げねえほどでもねえってのが悪い。

ところで、対馬の糞野郎が出した訴状は、牧野遠江守殿が受けたわけじゃなかった。そこが案外の肝だ。対馬は月番若年寄の遠藤但馬守《えんどうたじまのかみ》殿を城中の御用部屋に訪《おとの》うて、訴状もろともかくかくしかじかと訴えた。

御齢六十八のご老役のうえ、東照神君家康公が七代の孫という貴きお血筋の但馬守殿は、謹厳一徹で知られておる。

それで話は出来上がった。

新御番三番組士青山玄蕃頭なる者が、御番頭大出対馬守の妾に懸想し、言い寄ってわがものとした。のみならず市ヶ谷御門外田町の借家に囲い、家主木戸番等に金銭を与えて口封じをし、対馬守よりの再三の苦言にも応じようとしなかった。かねてより玄蕃頭は、対馬守の立身を嫉んでおり、ことあるごとに上司たる対馬守の悪口を言いふらして憚らず、あげくの果てにはついに、妾を分捕るという暴挙に出た。操《みさお》を奪われたうえに玄蕃頭の囲い者となった妾は、不貞の罪を怖れて逐電したらしい――。

「それがし、恥ずるところはござりませぬ。申し開きは評定所にて」

そう言うてさっさと御役宅を辞した。ここであだこうだと物申せば、遠江守殿に累が及ぶやも知れぬと思うたからだ。この件はあくまで俺と対馬の話ゆえ、気《き》遣《づこ》うてくれた人に迷惑をかけてはなるめえ。

ならば、なにゆえ取調べの場で申し開きをしなかったか、と。マア、そう話の先をせっつくな。

番町の屋敷に戻ったとたん、気が変わったのだ。よもや俺の留守中に、そんなことになっていようとは考えもせなんだわ。

三番町の屋敷に戻ったのは、子《ね》の刻を過ぎたころだったろうか。冷たい夜雨《よさめ》はまだ頻《しき》っていた。

辻を曲がったとたん駕籠の足が止まっての、ふと覗き見ればご近所の衆が小路に出て、がやがやと騒いでいた。よもや火でも出したかと、あわてて門前に至ればどうも様子がおかしい。

火事ではなさそうだが、門前に篝《かがり》が焚かれており、向こう鉢巻を締めて袴の股立《ももだ》ちを取った郎党が二人、槍を立てて踏ん張っておるのだ。

「御殿様、お戻りにござる。ご開門」

そう呼ばわりながら、ひとりが潜り戸から駆けこんだ。大扉《おおど》が開かれた。

俺は思わず駕籠を捨てて「何ごとぞ」と訊ねた。門の向こうには家来どもがみっしりと控えて、俺の帰りを待ち構えていた。郎党が十人、足軽小者が二十人ばかり、奴中間《やっこちゅうげん》までもがそれぞれ得物を携えて、片膝ついておった。

「御殿様、お下知《げち》を」

年かさの郎党が言うた。お下知を、お下知を、といくつもの声が重なった。

あちこちに据えられた篝は雨にもめげず燃えさかっており、あたりには煙が渦巻いていた。

玄関の式台に、鎖帷子《くさりかたびら》を着込んだ古屋彦兵衛が、手槍を立ててかしこまっていた。俺は家来どもを押しのけて、彦兵衛を叱りつけた。

「いったい何の真似だ。勝手をいたすな」

俺の憤りは、彦兵衛の憤りでもあるの。いや、忠義な分だけ、むしろその怒りは俺よりまさっていただろう。

とっさにこう思うた。若年寄の役宅から一足先に帰った彦兵衛が、忿懣《ふんまん》やるかたなく家来どもにことの経緯を語り、俺の下知を待って大出の屋敷に討ち入ると決めた。

それはそれで当然の始末と言えよう。武家の体面を穢されるだけなら忍びようもあるが、罠に嵌められたのだ。しかし、だにしても思慮深い彦兵衛の仕業とは思えぬ。

俺は屋敷の奥殿に向こうた。歩みながら肩衣を脱ぎ捨てた。廊下のあちこちに襷掛けで薙刀《なぎなた》を脇に挟んだ女中があった。

彦兵衛の指図ではないと気付いたのだ。

「お帰りなされませ」

奥殿の書院で、妻は俺を待っていた。白無垢《しろむく》に懐剣を差し、膝前には小太刀が置かれていた。かたわらには惣領の倅が戦仕度で控えていたが、幼い次男と娘の姿はなかった。それですべてがわかった。

「おまえ様、どうかお下知を」

立ちすくむ俺を真向から睨み上げて、妻は言うた。

正直のところ、面食ろうたわい。側室の子として下屋敷に育った妻は、如才ない町娘のふうがあった。だが、やはり武門の血は争えぬのだ。

「三河安祥以来、常に徳川が陣頭にあった青山家が、大出のごとき新参者に貶《おとし》められてはなりますまいぞ」

そう言う妻の胸のうちを読んだ。もし俺がこのまま罠に嵌まれば、本家筋であり実家でもある青山因幡守家が面目を失う。そればかりか、大名旗本にあまたある青山一門がみな破廉恥罪の汚名を蒙《こうむ》ることになる。ならば評定所にてごたごたとやりとりするより、大出の屋敷に討ち入って対馬の首を上げるが武士の道理であろう。

ああ、乙さん。おぬしもやはりそう思うか。たしかに百人の侍に訊けば百人の答えが同じであろうの。

だが、俺は少々ちがったのだ。まず何よりも、妻と家来に感謝した。気弱な俺にかわって武士道を示してくれた妻と、声を揃えて俺の下知を願《ねご》うた家来どもにの。

妻を抱きしめた。すると、あれほど気負っていた妻の体から、いっぺんに力が抜けた。まるでそのまま気を喪いそうに。

「残念だが、俺は武士になりきれぬ」

それでよい、とでも言うふうに、妻は俺の胸の中で肯いてくれた。やはりこやつも、武士の女房にはなりきれなかったのだと思うた。よいではないか、それで。

しかしのう、困ったことには倅に何か言うてやらねばならなかった。

「武士が命を懸くるは、戦場ばかりぞ」

それから俺は、玄関に立ち戻って家来どもを説いた。何をしゃべったかって、そんなことは忘れちまったい。

「武士が命を懸くるは、戦場ばかりぞ」か。ま、似たような話だろう。どいつもこいつも、みな悔やし泣きに泣いておったわ。

街道は木立ちすらない原野を、まっすぐ北に延びている。このあたりを三本《さんぼん》木《ぎ》原《はら》と称するのは、目星となる三本の木があるからではなく、三本の木すらないという意味なのではあるまいか。

「いやはや、腹がへったのう。御与力様、本日の押送は昼飯抜きかえ」

歩けど歩けど、茶屋も百姓家もない。降りしきる雨に追われて、僕らの足は早まっていた。いや、玄蕃の話が已《や》むと僕は事の顚末の怖ろしさにおののいて、遁《のが》れるように足を早めていたのかもしれない。

押送人とは言え、僕は御法を司る町奉行所の与力なのだ。冤罪の二文字にきりきりと縛《いまし》められて、僕は引っ立てられる科人のように先を急いでいた。

曠野《あれの》に吹き寄せる煙雨は身の毒だった。蓑の背にしみ入って骨まで濡らした。

この足取りならばきょうは七戸を越して、国境いの野辺地《のへじ》まで伸《の》せるだろう。しかしそう思うそばから、僕はおのれを訝《いぶか》しんだ。どうして急ぐのだ、と。いっときは江戸に引き返して吟味直しを願い出ようとした僕が。

玄蕃が重すぎる。僕の膂力《りょりょく》ではとうてい背負いきれぬぐらいに。そして、捨てることも引き返すこともできぬから、言いつかった通りに奥州道中の涯《は》てる三厩の湊まで、ひたすら歩むほかはない。

「わからない。おぬしはなにゆえ罪を被《き》たのだ」

歩きながら僕は独りごつように訊ねた。

「気弱の虫がよォ」

嘘だ、と僕は思った。玄蕃が気弱な男であるはずはない。ましてよほど敬されている主人でなければ、家来から奉公人までがこぞって、大出の屋敷に討ち入ろうとするはずはなかった。

「どうして」

僕は泣きたくなった。玄蕃の真意がわからないからではなく、玄蕃が僕を一人前の武士として認めていないように思えたからだった。

「江戸を立って二十二日ぞ」

「だからどうしたね。俺は流人、あんたは押送人だ。ちがうかえ」

悔やしくて涙がこぼれた。

日の昏れるころ、街道は初めて海に行き当たった。降り続いた雨も上がり、野辺地《のへじ》湊の常夜灯にもあかりが入っていた。

僕らはその立派な灯籠に背を預けて、錨《いかり》を下ろした弁財船《べざいぶね》や寄するさざ波や、塒《ねぐら》に帰りそこねた鴎《かもめ》をあかず眺めた。

山野を歩き続けてきて、海にあこがれていた。それでどちらが言い出すでもなく潮風に誘《いざな》われるまま、野辺地の湊に行き着いたのだった。

海は暗鬱な鼠色に染まっている。夕べには茜色に映え、朝には赫《かがや》かしく陽の昇る江戸の海とはちがった。

煙管《キセル》の吸い口を湊に向けて、「あれァ蝦夷《えぞ》かえ」と玄蕃が訊ねた。沖合には夜釣の漁火《いさりび》があって、その向こうにうっすらと陸《おか》の影が見えた。

網を肩に負って通りすがった漁師が、僕のかわりに答えた。

「あれァ、下北でがんす」

嗄《しわが》れ声が胸に応えた。遥かな山影もまだ南部領なのだ。蝦夷地は下北の先の海峡を隔てた、見果てぬ彼岸だった。

「知ってるかえ、乙さん。三百諸侯のうちで松前殿ばかりは、五年に一度の参勤だ。だったら南部殿や津軽殿は割を食うてると思うていたが、なるほどのう、これじゃあ無理もなかろう」

いつもならば、ここでケラケラと癇に障る笑い方をするはずだが、さすがに笑いごとではないのだろう。僕と同様に玄蕃も、これだけ歩き詰めてくれば蝦夷地は指呼の間にあると思っていたのだ。

吹き来る風は冷たかった。蝦夷福山《ふくやま》は極寒の地ゆえ、米が作れぬという。よって松前侯は高三万石ではなく、三万石格として御大名に列していると聞いた。

「のう、乙さん――」

沖を見つめながら玄蕃が言った。

「俺ァ、あんたを馬鹿にしているわけじゃあねえよ。ちょいとしゃべりすぎたと思うただけさ」

　僕はひとつ咳《しわぶ》いて背筋を立てた。

「いや、聞いておきたい」

　旅籠の夜話ではなく、この暗い湊の常夜灯の下で聞きたかった。

「ありがてえ」と、玄蕃が呟いた。


　福山では米の飯が食えねえんじゃねえかって。そりゃあ乙さん、押送人のあんたが心配することじゃあるめえ。

　何でえ、何でえ。大の男が泣きべそなんざかきやがって。

　あんた、気がやさしいの。かみさんは果報者だ。江戸に帰《けえ》ったらぼちぼちおままごとはしめえにして、しっぽりと可愛いがってやったらどうでえ。行き帰りで二月《ふたつき》も経ちゃあ、いくらかは色気も出ておろう。

　イテッ。また石なんぞぶつけやがるか。まったく、泣いたり怒ったり忙しいやつだの。

　マア、飯がなけりゃないで、豆でも芋でも食うさ。育ちが育ちだから、口が奢っているわけでもねえしの。

　おふくろが言っていた。

「一助やい。人間、つらいことは忘れちまうが、楽しいことは憶えているものさ。だから大人になりゃ、みんな同じだ」

ハテ、そうかね。おふくろはきっと、そんなうめえことを言うて俺を励ましたんだろう。大人になるどころか、旗本の御殿様になったって、俺ァガキの時分のひもじさが忘れられなかった。

苦労のあらかたは、食えねえ苦労だよ。ほかにどんな苦労があるものかえ。たとえ三十俵二人扶持の同心でも、どうにか食うことぐれえはできよう。俺も物心ついてから四つ五つまではどうにか食えたが、おふくろが寝付いちまってからはどうにもならなくなった。四谷の大通りを南に下ると、鮫ヶ橋の谷町だ。あんたもその悪名ぐれえは聞いたためしがあろう。食いつめたやつらが谷底に吹き溜まった貧民窟だぞえ。

湯銭にも足らねえなけなしの金を鍋に入れて、毎朝鮫ヶ橋の残飯屋に通った。五ツ半に近在の大名屋敷から下げられてくる前の晩の残り飯が一椀で四文《よもん》。蒲鉾の切れッ端か魚の頭でも入《へえ》っていりゃあ、めっけものだった。そいつを鍋に提げて帰って、二人前の粥を炊いた。

夏場は酸《す》っぱい腐れ飯だぞえ。長善寺の笹の葉で匂いを消して、食うには食えたがしょっちゅう腹をこわしていた。

そんな苦労が忘れられるものかよ。ましてや俺ァ、塩町の破《や》れ長屋に病気のおふくろを捨ててきたのだ。

のう、乙さん。あんたが信じようと信じまいと、俺ァ骨の髄までの貧乏人だ。三ツ子の魂百までってえのは、ハハッ、やっぱしものの譬《たと》えじゃねえのさ。

あたりめえの子供なら、生みの親と泣く泣く袂を分かつだろうよ。だが俺は、別れの文句のひとつも口にしなかった。彦兵衛に促されてもプイと横を向いての、袖を引っぱってさっさと長屋を後にした。

これで貧乏とはおさらばだ。明日からは残飯を食わずにすむ。

おふくろもホッとしたろう。母親はてめえの腹具合など考えめえが、これで倅を飢えさせずにすむと思ったはずだ。俺とおふくろは、あのまんまじゃあ冬を越せなかっただろうからな。

忘れもしねえ、天保四年巳《み》の年の、溝《どぶ》まで凍る寒い朝だった。傍目《はため》に触れぬよう、迎えの駕籠は長善寺の境内に待たせてあった。半蔵門から大木戸まで、四谷の広小路を刃物のようなからっ風が吹き抜けていた。俺はけっして振り返らなかった。

いいかえ、乙さん。本当の貧乏人てえのは、そういうものだぞえ。だからあんたが、けちん坊の親や情けねえ兄貴や、ろくでなしの弟と妹の話をするたんびに、羨ましいと思うた。

家族の愚痴をこぼせるてえのは、捨ててねえってことさ。そんだけあんたの家は、だいぶマシな貧乏人だったんだろう。

俺は生きんがために、塩町の長屋におふくろを捨てて逃げ出した。何の未練もなかった。骨の髄までの貧乏人さ。

その日のうちに青山の父母と対面をしたが、どんなにめかしこんだところで素性の卑しさは隠しようがなかったろう。父親がげんなりするのも、継母が死んだ兄たちに引き比べて俺を憎んだのも、今にして思やァ仕方のねえ話さ。

親子の名乗りを上げて、祝いの膳を囲んだ。目の前に置かれたごちそうが、食い物だとは思えなかった。だから鯛《たい》にも海老にも箸をつけず、香香《こうこ》と真白な飯だけを食った。するとたちまち胸が悪くなって、縁側に出て反吐《へど》を吐いた。残飯ばかりを食うていた体が、白いおまんまを受け付けなかったのさ。みじめな話よのう。

寒《さぶ》くはねえかい。

このつべてえ風は、蝦夷地から吹いてくるんだろう。何やら匂いがちがうぜ。

町人の子でも七つの初午《はつうま》の日から寺子屋通いを始める。だが俺ァ、それどころじゃなかった。

青山の母は言うた。「読み書きもできぬ素町人の子」と。腹も立たねえさ。読み書きなんて、よほどの贅沢だと思うていたからの。

一年の遅れはじきに取り戻した。彦兵衛の手柄さ。手取り足取り、おだてて持ち上げて、俺をその気にさせた。

いっぺんだけ、きつい稽古に音を上げて竹刀を放り出したとき、彦兵衛が青くなって叱った。「これ、若様」と駆け寄って、傍目のないことを確かめてから、「一助やい」と言い直しての。

「負ければ必ず、素町人の子よ、お手付きの子よと言われる。だから誰にも負けてはならぬ」

肝に銘じたわい。俺は負け惜しみも言えず、慰めの声すらかけてはもらえぬ。よって、誰にも負けてはならぬのだ。

おかげで一年の遅れを取り戻したのちは、誰にも負けた覚えがない。学問も、剣術も、遊びっぷりもの。青山の父母は、そんな俺を持て余した。面と向こうて説教もできなんだ。ざまあみろってんだ。

のう、乙さん。俺とあんたは齢のちがいこそあれ、似た者だの。ただし、ひとつだけ大ちがいがある。

あんたは武士に生まれて、出世をめざした。俺は町人に生まれついて、なりたくもねえ武士にさせられた。あんたの性根は武士だが、俺ァ素町人なのさ。

だから俺ァ、ガキの時分からずっと、大人になってからもずっと、おのれが武士であり続けることを罪だと思っていた。そうして、その疑いを懐《いだ》いたまま、三河以来の武門の名跡を継いでしもうた。

ああ、そこいらは誤解なきようにの。俺は武士が嫌いだったわけではない。武士道というわけのわからぬ道徳を掲げ、家門を重んじ、体面を貴《たっと》び、万民の生殺与奪を恣《ほしいまま》にする武士そのものに懐疑したのだ。

さようなこと、権現様も孔子様も、仰せになってはおられまい。

どうした、乙さん。

あんたは賢い男だが、これっぱかしの話で俺の肚のうちを読んだとは思えねえ。

よくはわからねえけど、わかったような気がしているだけだろう。いいんだよォ、それで。わかってくれとは言わねえさ。わけもわからず泣いてくれるのは、わかってくれるよりありがてえ。

だにしても、どちらのお大尽が寄進なさったか知らねえが、立派な常夜灯だのう。こうして足元から見上げると、まるで夜空を押し上げているみてえだ。だが、これっぱかしで目星になるたァ思えねえ。ちょいと風が吹きゃあ、火も消えちまう。

役に立とうが立つめえが、闇に向こうて灯明を掲げるってえ、その心意気が鯔背《いなせ》じゃねえか。

対馬の野郎はたしかに糞さ。だがそれを言うなら、俺の父親だって乙甲《おつかつ》だろう。だとすると俺は、糞野郎のひり出した糞にちげえねえのだ。

ああ、ありがとうよ。そうさ、俺は糞じゃねえ。まっとうな武士が糞の屋敷に討ち入ってどうする。

家来どもに言うて聞かせる前に、俺は仏間に入って考えた。まっとうな武士ならば、どうするべきなのか、と。

闇に並んだ御先祖様の位牌を見渡して、ふと思うた。なんだなんだ、どいつもこいつも糞野郎じゃねえか、って。するとな、胸に滾《たぎ》っていた恨みつらみが、すうっと窄《すぼ》んじまった。

俺の敵は対馬ひとりじゃねえのさ。たまたま野郎の糞っぷりがわかりやすかっただけで、俺を煙たく思っているやつはいくらだっていた。対馬は気の毒だよ。

武士が命を懸くるは、戦場ばかりぞ。俺は倅にも家来どもにも、心からそう言うた。対馬の屋敷に討ち入れば、俺たちもみな糞になっちまうだろ。

俺は俺のなすべきことを悟った。二百幾十年の間にでっち上げられた武士道をぶち壊し、偽りの権威で塗り固めた「家」を潰してやる。それは青山玄蕃にしかできぬ戦だった。

大勇は怯《きょう》なるが如く、大智は愚なるが如しという。ならば俺は、破廉恥漢でよい。

二十三

　きぬさんへ。

流人送りの旅もいよいよ大詰めです。昨夜は盛岡領の野辺地湊に泊り、けさはついにお国境いを越えて弘前領に入りました。いやはや、南部様も津軽様も、参勤御暇《おいとま》の往還を毎年くり返しておいでなのかと思えば、頭が下がります。

　このところ空模様に恵まれず、なかなか難儀な道中が続きましたので、少し体をほぐそうと海辺の湯宿に草鞋を解きました。青森湊に近い浅虫《あさむし》というところです。鄙びた湯治場ですが、名湯ゆえ津軽様の御本陣などもあり、あちこちの湯小屋から煙が立ち昇っています。沖合には夜釣の漁火が点々と灯もっています。

　ここまでくれば三厩《みんまや》の湊までは二十里ばかり、当たり前なら一泊二日の勘定ですね。ところが、湯守の爺様が言うには、青森の先で弘前道と岐《わか》れればめったに人も通らぬ道なき道が続くので、二泊は見ねばならないらしい。

　もっとも、江戸を出てから二十と三夜、今さら一日二日はどうでもよいような気もしますが。

　湯に浸ってくたびれた足をほぐしながら、父上を湯治に連れてゆけぬものか、と考えました。歩き疲れた体もほぐれるのですから、きっと中風の病には卓効を顕わすことでしょう。

やはり無理ですね。お連れする方法ではなくて、武士には公用のほかの旅が許されません。それでも大名家の御家中ならば、参勤道中の行き帰りに箱根や諏訪の湯に浸ることもできましょうが、旗本御家人にはそれも叶いません。まして町方役人は、御朱引の外に出ることもないのです。

町人は伊勢詣でだの富士講だのと称して、勝手気儘な旅に出る。草津《くさつ》の湯などは、客のあらかたが江戸ッ子だと聞きます。武士とは不自由なものですね。

この浅虫の湯も、稲刈りが終われば近在の百姓がやってきて大賑わいになるそうです。羨《うらや》ましい限りです。きっと、中風を患った父親を、背負ってくる倅もいることでしょう。

そう思えば、きぬさんと軽々しくかわした約束が悔やまれます。お務めをおえて帰ったら、二人して江の島や鎌倉の海を見に行こうと、指切りげんまんしましたね。はなから無理な約束を、僕は深く物を考えずにかわしてしまいました。

東海道の御朱引は南品川、僕らはその先に一歩たりとも踏み出せません。武士は不自由ですが、わけても町方役人はまったく勝手がならないのです。

そうと知れば、きぬさんはさぞがっかりするでしょうけれど、どうか御殿山から品川沖の、小さな海を眺めるということでご勘弁を。

ねえ、きぬさん。

御奉行様はこのお務めを「瑣末なこと」と仰せになり、書き物ひとつない口達にて僕に下知なさいました。また年番与力は「誰でも足りる用件」と言うて、何の説明もなく路銀をよこしただけでした。

でも、歩めば歩むほど、僕にはこの流人送りの道中が、瑣末なことであるとは思えなくなりました。誰でも足りる用件であるはずはないと、思い知ったのです。

僕には江戸を出てからのたった二十三夜が、幾年もの長旅に思えて仕様がありません。いや、幾十年、もしかしたら百年二百年も、一人の男とともに歩み続けてきたような気がしてならないのです。

押送人の心得として、道中は流人を先に立てて歩きました。お縄をかけてはいませんが、逃亡させぬためです。でもこのごろでは、彼の踏跡《ふみあと》をたどり、彼の背を見つめながら歩んでいるように思えてなりません。そうして幾年も、幾十年も、幾百年も。

三日ののちに奥州街道はきわまります。三厩湊というその最果ての風景が、僕にはどうにも想像ができません。そこから迎えの舟に乗せられて蝦夷地に向かう流人の姿も、それをしおにひとりで江戸へと引き返すおのれ自身も。

ありていに言うのなら、僕は怖くてならないのです。けっして瑣末ではなく、僕にしか果たせぬ重大な務めをなしおえたあとの自分が、まるで想像できません。

でも、きぬさん。心配しないで下さいね。僕は必ず晴ればれと江戸に戻ります。

みなみなさま御身ご大切に。

乙より

浅虫の湯宿では、弘前に向かう旅芸人の一座と相部屋になった。

僕らの身なりはくたびれ果て、この数日は髯も月代《さかやき》も当たっていなかったから、よほど見くびられたのかもしれない。

座敷はほかにもあろう、と僕は文句をつけたが、玄蕃は大喜びで旅芸人を迎え入れた。一座と言っても盲目の瞽女《ごぜ》に胡弓《こきゅう》弾き、幇間《ほうかん》まがいに座持ちのよい男の三人連れだった。

玄蕃は芸人たちにも酒をふるまい、膳には目の前の海から揚がった魚や貝がふんだんに並んだ。

宴も酣《たけなわ》となるころ、僕は座敷を抜け出した。瞽女たちの三味線《しゃみせん》も胡弓もみごとで、唄は聞き飽きなかったのだが、うかれ騒ぐ玄蕃を見るに堪えなかった。

旅籠の裏口から出て、石垣を下りた浜に湯小屋があった。高波にでも攫《さら》われたものか、壁板がところどころ抜けており、湯舟に浸ればちょうど目の高さに海が望まれた。弓張月が雲居から姿を顕《あら》わすと、湾《いりうみ》の彼方までが金色に煌《きらめ》いた。

僕は考えねばならなかった。どうして青山玄蕃が不実の訴えに抗おうとせず、冤罪に甘んじたのか。

それは大いなる謎なのだが、実はわからないのではなく、考えたくなかったのだ。玄蕃の曖昧な言葉を繋ぎ合わせてゆくと、何かとても怖ろしい結論につき当たるような気がしてならなかった。

僕は月光の溶けた湯で顔を洗った。あれもこれも考えようとしてはならない。ひとつずつ、答えを積み重ねてゆくのだ。

まず、志乃という女について。

町奉行所の与力同心に訊ねれば、十人が十人、大出対馬守の一味と答えるだろう。僕だってそうにちがいないと思った。だが玄蕃はきっぱりと否定した。「性悪女の匂いぐれえは嗅ぎ分けられる」と。

おそらく、それは物の言いようであって、玄蕃は志乃の人となりからその確信を抱いているのだろう。ましてや去年の暮からこの春先までの足かけ四月《よつき》、その間には玄蕃夫婦と家老と女中頭がかわりばんこで様子を窺っていたのだから、確信はそれぞれの総意にちがいなかった。

だとすると、やはり志乃は腹の赤児ともども殺されたと見るべきだろう。

僕は湯の面《おもて》に顔を沈めて、ぶくぶくと溜息を吐いた。

三月は北町奉行所の上番月だった。仮に川や濠から土左衛門が揚がったところで、目立った傷がなければ溺死か身投げかという話になる。ましてや事情が事情でもあるし、大身の御旗本が行方しれずの縁者を、いちいち町奉行所に届け出るとも思えなかった。

北が事件を疑わなければ、さして珍しくもない溺死や身投げなど、南に申し送られるはずもあるまい。

その気になれば、志乃を消す手立てはほかにいくらもあろう。大出対馬守の一味ではないとするなら、あまりに気の毒だが答えはそれしかない。

だが、ならばなおさら、玄蕃が対馬守の非道を暴かなかったことには合点がゆかぬ。けっして玄蕃のうちに、気弱の虫が棲んでいるとは思えなかった。

僕は月光にさざめく海に目を向けた。

こんなふうに、夜の海をしみじみと眺めたためしはない。

寄する波は静かで、耳を澄ませば玄蕃と旅芸人のうかれ騒ぐ声が聞こえた。

どうしてあの男は人を卑しまぬのだろうか。知行三千二百五十石、矜り高き旗本の中にあっても「高の人」と貴ばれる、あの武士が。たとえ庶人の出自であろうと、努力を積んで武芸の達人となり学問を究《きわ》めたのであれば、いっそう人を蔑《さげす》んで然るべきであろうに。

玄蕃の声が耳に甦った。

「大勇は怯なるが如く、大智は愚なるが如しという。ならば俺は、破廉恥漢でよい」

ああ、どうしても僕の想像はそこで止まってしまう。その大勇が武士道の否定であり、その大智が「家」の破壊であるとはわかっても、僕の頭はそこから働かなくなってしまうのだ。なぜなら、僕は武士だから。石川の家を継いだ女婿《むすめむこ》だから。

汀《みぎわ》に打ち棄てられた破船の帆柱の上に、ふくよかな弓張月が懸かった。今の僕の考えうる限りはひとつきり。玄蕃は闇夜をあまねく照らす、月の光に似ている。

「ところで、乙さん。あんた、どうして俺の名前を呼ばねえのだえ」

浅虫の湯宿を出るとじきに、浜づたいの街道を歩きながら玄蕃が言った。僕らの前には、一足先に宿を立った旅芸人たちが杖を頼りにとぼとぼと歩んでいた。

「科人の名を口にしないのは奉行所の習いだ。他意はない」

その慣習には、いくつもの理由があると教えられた。科人の人格を認めない。素性を明らかにさせない。情をかけない。むろん吟味の場では本名を呼び捨てるが、日ごろは町奉行所でも伝馬町の牢屋敷でも、軽々に名を呼ばぬのは役人の心得だった。

「ああ、そうかえ。俺ァまた、呼びように困っているのかと思うた」

「遠慮などあるものか」

「フム、それならけっこう。俺は流人、あんたは押送人だ」

しかし、僕にはいまだ遠慮があった。もとは町奉行と同格かその上の御旗本だと思えば、「玄蕃」と呼び捨てる度胸はなく、かと言って「殿」だの「様」だのでもあるまい。まして「青山」は御譜代の高貴な姓だった。呼びようがないのだ。

下北の山影にかかる雲は、曙の色に染まっている。どうやら降られる気遣いはなさそうだが、風は単衣《ひとえ》の袖を貫くほど冷たかった。

「袷《あわせ》は持たぬであろう」

「ハハッ、着物の心配をしてくれるってかい。あんたはほんに、心根のやさしい男だの。なになに、身ひとつでやってきた俺に、寒い思いをさせる松前殿でもござるめえ。そのうえ、気の利く女房がおっつけ送ってくれる手筈になっておるわい」

その気の利く奥方と、幼い子らの行く末について、僕は訊ねる勇気を持たなかった。あれこれ聞けば、いよいよ玄蕃の真意がわからなくなるように思えた。闕所改易《けっしょかいえき》の憂き目を見ても、大名家のご出自なのだから不自由はするまいと、僕は勝手に了簡した。

急峻な岩山が海に突き出して行手を塞いでいる。湯守の爺が言っていた、「うとうまい」の難所にちがいなかった。衝立《ついたて》のような巌の下で、旅芸人の一座が僕らを待っていた。

「善知鳥崎」と書かれた標《しるべ》が立っていた。これで「うとうまい」とは、どれほどの碩学《せきがく》でも読めまい。蝦夷の言葉に漢字を当てたものか。旅芸人の男が言うには、このあたりに棲む海鳥の名であるらしい。

「親がウトウと呼べば、子がヤスカタと答えるわや。子煩悩《こぼんのう》な鳥でのう」

瞽女のひとりが見えぬ目を空に向けて、「ウトウッ」と口真似をし、もうひとりの胡弓弾きが唄うように、「ヤスカタァ」と応じた。それから僕らは耳を澄まして本物の声を待ったが、聞こえるのは岬に群れる鷗の鳴き声ばかりだった。

足元が悪いのでこっちを行く、と男は峠越えの山道を指さしながら言った。岬回りは早道だが、磯場の伝い歩きだそうだ。

「では、ここで別れよう。二本差しの侍が難所の回り道でもあるまい」

玄蕃はそう言って瞽女の背を抱き寄せ、瘦せた背中をさすった。

「難儀な旅よのう。だが、世間には見えぬほうがよいものも、たんとあるでな。おぬしの声は天下一だぞえ」

玄蕃の指が胡弓弾きの落ち窪んだ眼窩に触れた。女たちは情に泣いた。

「おっと、いけねえ。あんだけうかれ騒いで、祝儀を渡してなかった。おい乙さん、頼んだぜ。荷物にならねえようにの」

勝手を言って、玄蕃はさっさと岬回りの道をめざした。つまり、重たい銭緡《ぜにさし》などは渡すな、ということだ。

けっして荷物にならぬよう、二朱金を一枚奮発すると、男は本音でヒャアとたまげた声を上げた。

玄蕃のように粋な台詞《セリフ》は思いつかない。「かまわぬ、かまわぬ」とだけ言い捨てて旅芸人に背を向けた。

浅虫の穏やかな海とは打って変わって、善知鳥崎《うとうまい》の磯には荒波が砕けていた。岩場伝いに一尋《ひとひろ》の板を渡して梯《かけはし》としているが、あちこちが覆ったり抜けたりして用をなしてはいなかった。

大波をざんぶとかぶって踏み堪え、玄蕃の姿を見失った。あわてて「オーイ」と呼べば、たいがい気を持たせてから顔を覗かせ、「もし攫《さら》われたら、うっちゃっておけ。面倒がねえや」などと言う。

「面倒ならとうに叩ッ斬っておるわ」

「おー、こわこわ。命ばかりはご勘弁」

お道化る玄蕃の腕を摑んで、巌の間から引きずり上げた。まかりまちがえば二人揃って攫われるところだった。

僕らはほうほうの体《てい》で岩場をよじ登り、波の届かぬ梯に上がって袖を絞った。

「やれやれ、死に損ねたわい。この道を行くのは馬鹿な侍だけだぞえ」

空には雲が低く蟠《わだかま》り、海はくろぐろとうねっている。翼を風に任せた鷗が、ほんの目鼻の先まで流れてきて、僕らを嗤《あざわら》うように鳴いた。

前を行く者の肩に手を置き、数珠つなぎに山道を歩む旅芸人の姿が思いうかんだ。目が見えぬゆえ回り道をするのではない。たかだかの近道というだけで命をかけるのは、馬鹿な侍だけなのだ。

松前様の参勤行列も、蝦夷地に渡る公用の役人も、みな山道を選ばずにこの梯を渡るのだろう。なぜなら、武士の旅は軍行であるから。

「馬鹿な話だ」

思わず呟いた。怯懦であってはならぬという道徳のために、誰がどう考えても選ぶはずのない道を、武士だけが進むのだ。

梯の板の上に大あぐらをかいたまま、僕は意を決して訊ねた。

「ひとつ確かめておきたい」

「へいへい、御与力様。何なりと」

「おぬしは志乃なるおなごと、一度たりともかかわりを持たなかったか」

「ほ。かかわりって、何だえ」

「情を交わしたためしはなかったか、ということだ」

乱れた鬢《びん》を撫でつけながら、玄蕃はケケッと嗤《わら》った。

「一月《ひとつき》も旅をかけてきた、つれあいの言葉とは思われねえ。あすあさってにもおさらばてえこの期に及んで、まだご詮議なさるおつもりかえ」

もしそうしたかかわりを一度でも持ったのなら、申し開きをせずに家まで潰した玄蕃の行動にも、説明がつくのだ。

黒い海にしばらく目を細めてから、玄蕃はきっぱりと答えた。

「残念だろうが、俺ァ糞じゃねえのさ」

野内《のない》の御番所は浅虫から善知鳥崎《うとうまい》の難所を越えて一里半、貴船川の堤に沿うて堅固な木柵を繞《めぐ》らしている。

海側に弘前津軽家の番所、山側には分家たる黒石津軽家のそれが設けられ、役人は総勢四十人とものものしい。

護りの堅いわけは、隣国南部家に対する備えである。両家には戦国以来の深い因縁があった。

もともと津軽の家祖は南部の被官であったのだが、小田原《おだわら》征伐に参陣して豊臣秀吉から領国を安堵され大名となった。しかしその領分が米どころであったために、旧主南部の損失は大きかった。

津軽にしてみれば時機に投じて自領を保ったのだが、南部からすれば領分の簒奪《さんだつ》であり、その遺恨はかれこれ二百七十年も続いている。去る文政年間にはついに、盛岡の給人による津軽侯襲撃未遂事件まで起きていた。

むろん両家の不仲は幕府にとっても悩みの種である。よって江戸城内の詰席は同じ大広間であっても、参勤御暇の年を分かって当主が顔を合わさぬように配慮した。南部侯が在府の年は津軽侯が在国、翌年は入れ替わる。また、津軽侯は江戸往還に際して南部領を避け、羽州街道をたどった。

さらには江戸屋敷の在所も、南部家は外桜田の上屋敷をはじめ諸屋敷は品川、麻布《あざぶ》等の山手だが、津軽家は上屋敷が本所《ほんじょ》二ツ目、以下柳原《やなぎわら》や大川端《おおかわばた》等にあって、家来衆が市中で出くわすこともない。

しかし、幕府がどれほど気遣おうと、領国は隣り合わせなのである。

野内番所の番頭《ばんがしら》工藤数馬《くどうかずま》は、二十六歳の若年ながら弘前町奉行を兼務する。いや、若く有能であるがゆえ、町奉行の非番月には野内番所の番頭を務めている、と言うほうが正しい。

生まれ育ちは江戸の上屋敷だが、一昨年の道中に御供した折、そのまま在国を仰せつかった。

国元の暮らしは、これが同じ一日かと思えるほどのんびりしている。御殿様ご不在の年はなおさらである。じきに数馬の江戸流の仕事ぶりが、何をしたわけでもないのに目立つようになった。

野内番所の使命はあくまで隣国に対する備えであり、関所改めではない。しかも通行人は日に四人か五人がせいぜいで、いきおい顔見知りの行商人や荷担ぎ人足があらましだった。

冷たい浜風の吹きつのる午下り、黄色く濁った街道の先から二人の侍がやってきた。よほどの長旅をかけてきたと見え、身なりはくたびれ果てていた。そしてのっぴきならぬことには、ともに朱房の十手を差していた。

青山玄蕃

石川乙次郎

右之両名公儀御用ニ付　道中宜敷《よろしく》御《お》取計《とりはからい》之《の》事《こと》　往来一札《おうらいいっさつ》仍《よって》如件《くだんのごとし》

工藤数馬が仰天したのは、このうえなく簡潔な書面でもなければ、三奉行の連署でもなかった。

「しばらく、しばらく」

動いてはならぬ番頭の席から思わず腰を浮かせて、数馬は縁側に出た。

「ああ、まちがいない。玄蕃様じゃ、玄蕃様じゃ」

思うところが言葉にならず、数馬はその懐しい名前ばかりを十ぺんも呼んだ。急な国詰めを仰せつかって、江戸に何の心残りがあるかと言えば、このお人に別れを告げられなかったことである。

「ほ。おやまあ、数馬じゃねえか。そう言やあんたは、津軽殿の御家来だった」

惚れたおなごに出くわしても、こうまではなるまいと思えるほど数馬はうろたえ、胸を轟かせた。

「お供連れは」と訊ねた。蝦夷地への御用ならば、槍を立てて馬に乗り、家来の十人も引き連れていなければならぬ旗本だが、どこを見渡しても連れらしき者は、ひとりの若侍しかいない。

「ハハッ、それがよう、数馬。ちいと面倒を起こして、松前殿に永年預けとなったのだ。早《はえ》え話が、俺は流人でこやつは押送人。むろん御家は取り潰しさ」

数馬は腹を抱えて笑った。久々に聞く江戸前の洒落である。神道無念《しんとうむねん》流の名門、練兵館の師範代。この人の剣は天下無双だった。

「玄蕃様、まずは奥へ」

笑うだけ笑ったあと、工藤数馬はひやりと真顔に戻った。石川乙次郎なる連れの侍のしかめ面に、不穏なものを感じ取ったからである。

奥の間に通して「昼餉《ひるげ》は」と問えば、玄蕃様は「まだだ」、石川は「いや、お構いなく」と同時に答えた。二人が主従でないことはたしかである。

「いや、それにしても奇遇だの。ハテ、どこに行っちまったんだとァ思っていたが、そうかえ、御領分にお戻りだったか」

江戸の言葉が耳にここちよい。弘前に帰ってまず往生したのは、国侍や町衆の訛りが皆目わからぬことだった。

「ご無礼をいたしました。御殿様のお供で帰国し、そのまま在国を仰せつかりまして。急な御下知にござりましたゆえ」

こうした話しぶりも、お仲間うちではしばしば笑いぐさとなる。家柄は津軽家の譜代だが、祖父の代からの江戸詰では、言葉も気性もすっかり江戸に染まっていた。

「ときに玄蕃様。こたびの御用向きは」

数馬は改めて訊ねた。

「だから言ったじゃねえか。松前伊豆守殿御許《おんもと》へ永年預け」

玄蕃の声を遮るように石川が咳《しわぶ》いた。よもや流人と押送人ではあるまいけれど、外国船が近海に跋扈《ばっこ》する昨今、密命を帯びた上使やも知れぬ。

「僭越にござりました。ご放念下されよ」

折よく膳が運ばれてきた。冷や飯に朝の残り汁、しかし目の前の浜に揚がった生鯣の叩きと焼物は、番所勤めの役得だった。

「では、遠慮なく。おい石川さん、せっかくのお心遣いだ、いただこう」

髭は乱れ、身なりはくたびれているが、膳に向き合う姿には品格があった。昔のままの玄蕃様だ。

その荒稽古ぶりは「鬼玄蕃」と怖れられたが、門弟たちは誰も玄蕃様を避けようとしなかった。どれほど打ち据えられようと、稽古の甲斐があるような気がするからだった。面を外せば玄蕃様は仏だった。

表番所に戻り、数馬は浜風に当たりながら考えた。久しぶりに会った玄蕃様が、仏ではなく鬼に見えるのだ。

番茶を飲みながら、玄蕃と御番頭は昔話に花を咲かせた。

旧知の二人の奇遇ならば席を外してやりたいのは人情だが、僕は押送人の務めとして目を配り、耳を欹《そばだ》てねばならない。

工藤数馬なる番頭は色白の細面で、いかにも雪国の人と見える。しかし口に訛りはなくて、どうやら生れ育ちは津軽家の江戸屋敷であるらしい。

立ち居ふるまいには隙がない。時折ちらりと、面の中の目のような強いまなざしを僕に向ける。よほどの達者と思えた。

二人の縁《えにし》は道場。それも九段坂の練兵館。江戸で一、二を争う名門だ。

そこまではよい。僕が通っていた伊庭《いば》道場は門弟の多くが幕臣だったが、練兵館には来る者こばまずの気風があって、諸家の御家来衆が集まった。いきおい練達の士も多く、荒稽古で有名だった。黙って話を聞いていると、かつて青山玄蕃は助教か何かを務めていたらしいのだ。その神道無念流練兵館の。

だが、玄蕃には剣客の気が感じられぬ。隙がないどころか、隙だらけだった。

「これなる石川さんはの、年こそ若いが伊庭道場の免許皆伝、町奉行所では随一の腕前だぞえ」

つまらぬことを申すな。

「ほほう、なるほど。それで余分な従者などいらぬ、と。いかにも玄蕃様らしい」

「いやいや、そうではなく。だから、俺は流人、石川さんは押送人」

工藤数馬は笑わなかった。それでも深く訊ねようとしないのは、この人物の見識というものだろう。

「のう、数馬——」

玄蕃が背筋を立てて言った。

「この御番所のものものしさは、南部殿に相対しておるのであろうが、二百幾十年も昔の因縁をいまだに抱えておるのもいかがなものかの」

「まことに」と、数馬が肯いた。

「武は戈《ほこ》を止むるの義なれば、少しも争心あるべからず。神道無念流の訓《おし》えだ」

静かに、独りごつように玄蕃は言った。

僕は思わず背筋を伸ばした。流派にかかわらず、剣を学ぶ者はみな等しく教えられる。剣はおのれを鍛え、太平の世を保つためにあるのだ、と。

「もし俺が城中大広間の並び大名のひとりであれば、南部侯も津軽侯も膝前に据えて言うて聞かせてやる。だが、已《や》んぬるかな俺は、一介の御番士に過ぎなかった」

工藤数馬の白い顔が上気した。物を言い返そうとしないのは、玄蕃に私淑しているからだろうと僕は思った。師に向き合う弟子の顔だった。

「長い道中、多くの立派な武士に出会《でお》うた。誰も彼も、それぞれに武芸を極めたつわものであった。みながみな、おのが本分を尽くしていた。その旅の終わりに、おぬしと会《お》うたは仏縁であろうと思う。出世を果たし、いつの日か命を懸けて御殿様に諫言《かんげん》なされよ。武は戈を止むるの義なれば、少しも争心あるべからず」

ようやく工藤が抗《あらが》った。

「しからば、玄蕃様がご出世を」

すると玄蕃は、やにわに膝を崩してあぐらをかき、乱れた髷に手を当てた。

「だからよォ、俺は蝦夷地に島流しなのだ。何べん言うたらわかるのだえ」

工藤はその先を訊ねようとはしなかった。敬する人の落魄《らくはく》を信じたくないのか、それとも番頭のお役目を重く見て私情を遠ざけたのか、どちらかであろうけれど。

「玄蕃様。しばらくお待ちを」

そう言って工藤が立ち去ったあと、ややあって野内の宿場から、道具箱を提げた髪結がやってきた。

手際がよく愛想もいいのだが、何を言っているやらさっぱりわからぬのは困りものだ。だが、その剽軽《ひょうきん》者のおかげで、凝り固まった僕の心はいくらか軽くなった。

真顔に戻って背筋を立てた玄蕃は、何かとても大切なことを言ったのだと思う。だにしても人と争わぬことが、冤罪に甘んじ、家を滅し、あまつさえ妻子を捨てる理由になりえようなどと、僕にはどうしても思えなかった。

髪を結いおえて一息入れていると、真新しい旅装束がうやうやしく運ばれてきた。無紋の羽織に小袖、裁着《たっつけ》袴、小手から脚絆までの一揃いである。

「番所の備えにござれば、どうぞお使い下されませ」

僕らが髷を結い直している間、御番頭はあれこれ考えたにちがいない。寡黙だが聡明な人だと僕は思った。

「津軽殿には何の義理もねえがのう」

「そうおっしゃらず。義理も何も、御公用の接遇は番所の務めにござりまする」

「さよか。いや、さきほど難所でずぶぬれになっての。こりゃありがてえわえ」

言うが早いか、玄蕃はさっさと着替えを始めた。

「どうした、石川さん。俺ァともかく、あんたはまぎれもねえ公辺の御用じゃねえか。そんな味噌樽から這い出たような身なりで、松前殿の御家来衆に俺を引き渡すつもりかえ」

僕には僕なりの事情がある。だが、口に出すわけにはいかなかった。味噌樽から這い出たようでも、醬油で煮しめたようでも、この旅装束は見知らぬ兄の形見なのだ。僕は兄の魂魄《こんぱく》とともに、押送人の使命を全うしなければならない。

まさか事情を察したわけでもあるまいが、玄蕃も番頭も無理強いはしなかった。

「今宵は蓬田《よもぎた》の泊り、明日は六里を行って平館《たいらだて》。先触れは出しておきましたゆえ、問屋《といや》場《ば》をお訪ね下されよ」

玄蕃に言いかけて僕に向き直り、番頭は改った口調でそう告げた。それで、彼が玄蕃の身の上を信じたとわかった。

「平館の先は磯場の難所が続きまするが、五里と十六丁で今別《いまべつ》、それから一里九丁で三厩の湊にござりまする。お送りしたくとも番頭が関所を離れるわけには参りませぬ。ご容赦下されませ」

淡々とそう言って、工藤数馬は両手をつかえ、いかにも稽古をおえた門弟のように深く頭を下げた。

「数馬」

顔を上げずに番頭は「はい」と答えた。

「命はひとつきりぞ。うまく使え」

別れの言葉はそれだけだった。

蓬田宿の旅籠に入ると、僕らは何はさておき刀の手入れをした。善知鳥崎《うとうまい》の難所で波をかぶったあとは、刀身を拭ったきりだった。塩は刀の大敵だ。

目釘を抜き鎺《はばき》をはずせば、茎《なかご》はじっとりと湿めっていた。僕は胸苦しくなった。茎の錆は刀の貫禄だが、「越前康継」の銘を傷《いた》めてはならない。

昏れなずむ空を映して、康継の肌は黒く深く鎮まっている。石川家の歴代の当主が、二百余年にわたって伝えてきた名刀だった。いささかの傷もなく、刃区《はまち》には研ぎ減りもなく、まるできのう打ち下ろした刀のように健やかだった。

「洗《あろ》うてこい」

粉を打とうとすると、玄蕃の声が阻んだ。茎を洗うなど、聞いたためしもない。

「その出来なら在銘だろう。錆を付けるのはもったいねえ。だにしても畏れ入るぜ。ご先祖様が大泥棒を捕まえたか、さもなくば町与力はよっぽど金回りがいいのかえ」

相変わらずの毒言にも、もう腹は立たない。残る二日、このまんまの玄蕃でいてほしいと僕は思った。

「茎の錆の何がありがてえものか。だが、康継の銘はありがてえぞえ」

玄蕃の前でたびたび刀の手入れはしているが、自慢をした覚えはない。遠目に覗いただけでそうとわかるのだろうか。まして町与力には分不相応の三代康継だ。

「みごとな鉄《かね》だ。代下がりじゃあるめえ」

僕は答えずに刀を鞘に収め、座敷を出た。浜風の吹き抜ける旅籠は古い造作で、床も柱も流木のように乾いていた。客どころか人の気配もない。油川《あぶらかわ》宿の追分で弘前道と岐《わか》れてからは、ひとりの旅人も見かけてはいなかった。

台所の井戸水を汲み、塩気のないことを確かめてから康継の茎を洗った。二百年の間、ただの一度も使われなかった刀。太平の世を開いた家康公の、御名の一字を賜わった康継。だからこそその銘はありがたいのだと、玄蕃は言ったのだろうか。

座敷に戻れば、玄蕃は手枕をして寝転んでいた。

「丁子《ちょうじ》油をたっぷり塗って、日のあるうちに晒しとけ。じきに錆が浮く」

古い宿のどこかしらから、媼《おうな》の唄声が聞こえてきた。呆けているにしては耳にここちよく、正気にしてはいささか上調子《うわぢょうし》だった。夕陽が刀の錆を浮き上がらせるまで、僕はぼんやりとしていた。

「おぬしの差料《さしりょう》は」

気がかりを訊ねた。刀を鑑《み》る目などない僕にも、玄蕃の差料がたいそうなものとは思えなかった。

「倅に譲ったわえ。家を潰してしもうたゆえ、刀ぐれえはくれてやらにゃなるめえ」

その先を訊ねる気はうせた。青山家に伝来する刀ならば、さだめし大業物《おおわざもの》にちがいない。

「食うに困ったら売り飛ばせと言うたら、ハイ父上、さようさせていただきます、と来やがった。さすがは俺の倅だ」

千住大橋の袂で、唇を嚙みしめ眦《まなじり》を決して佇んでいた姿が、ありありと僕の瞼に思いうかんだ。

「やあ、羨ましいの」

寝転んだまま目をとじて、玄蕃が言う。

「何が」

「いや、まさか倅の話じゃあねえよ。婆様は昼間からご機嫌だ」

宿の主は漁に出て、女房は小さな田畑を耕しているのだろうか。呆けていようと正気であろうと、そうした営みの末に昼ひなかから上機嫌で唄う媼を、玄蕃は羨んでいるにちがいない。

耳を澄ませば、潮騒《しおざい》に松のそよぎが重なり、媼の声がまた重なった。

「ここはいい宿だの。さすが数馬め、俺のことをよう知っとるわえ」

ひとつ手前の油川は賑々しい宿場だった。弘前城下の入口であり、北前船の湊でもあることから、多くの商家が軒をつらね酒蔵や芝居小屋が町はずれまで立ち並び、酌婦や飯盛女が僕らの袖を引いた。だが、どうしたわけか玄蕃は、見向きもせずに通り過ぎた。

つまり、「どうしたわけか」と思う僕は、玄蕃の本性を知らないのだ。

「それがしも、知りたいのだが」

「よせやい。惚れた仲でもあるめえに」

僕は蓬田の正直な空を見上げた。海を映した青のまま、夕陽に染まる空だった。

道が絶えた。

もしやそうと気付かずに、三厩の湊を通り過ぎてしまったのかと思い、浜で網を繕《つくろ》っていた漁師に訊ねれば、べつだん二本差しの侍に畏れ入るでもなく、まだ先だというようなことを言った。

砂浜が松前道なのだ。どれほどの難所にも増して、くるぶしまで埋まる深い砂は足に応えた。

いいかげん歩いてから、波打ち際の濡れた砂が楽だと気付いた。だが、浜が尽きると危うい岩場が現われ、ときには辿る岩さえない絶壁に変わって、峠越えの獣道を行くほかはなくなった。この有様では、たった二十里に二夜三日をかけるのも当然だ。

江戸を立って二十五夜目の夕刻、僕らは平館の宿に入った。めざす三厩までは六里半、僕らの旅はそこで終わる。

街道とは言え道もないのだから、宿場がそれらしい佇いであるはずはなかった。一荒れすれば波をかぶりそうな浜辺に粗末な家々が身を寄せ合い、背後には山が迫っていた。

村はずれには大砲を据えた台場があるそうで、そこの陣屋から津軽様の御家来衆が迎えに出ていた。工藤数馬が先触れにどのような書状を持たせたものか、陣屋の侍たちの応待は懇《ねんご》ろだった。

浜辺の松林の中の宿は、旅籠というより網元の屋敷に思えた。漁師たちが酒盛りでもするのか、囲炉裏を二つ切った広い板敷があり、僕らが通された二階の座敷からは海原が一望された。

ここから鰊《にしん》も鯨《くじら》も見えるのだと、陣屋の侍たちより如才なく、潮灼けした顔を綻ばせて亭主は言った。

浜道を歩みながら思いついたことがある。旅が始まるとじきに、僕は玄蕃を斬ろうとした。それこそが暗黙の使命であるとさえ思った。しかしそれを果たせなかったのは、玄蕃に隙がなかったからではなく、僕が気後れしたわけでもなかった。傷ひとつない康継で人を斬ることができなかった。すなわち、康継がそれをさせなかったのだ。

その夜は玄蕃の音頭で漁師たちが魚を担いで集まり、塩汁を囲んだ宴になった。

陽気な漁師たちに濁り酒を強いられ、僕は泥酔した。炉端で気を喪い、まるで浜に揚がった鯨のように梯子段を引きずり上げられたところまでは覚えている。皮を剥がされ、褌《ふんどし》一丁で眠りに落ちてしまった。

痛快な夢を見た。

篝火《かがりび》のあかあかと焚かれた旗本屋敷の玄関で、僕は具足をまとい康継の大小を腰に差して、玄蕃の下知を待っていた。

(御殿様、お下知を)

家来衆に声を併せて、僕も叫んだ。やがて戦ぞなえも物々しく、玄蕃が現われて式台に槍を立てた。

(大出対馬守、義に拠《よ》って成敗いたす。ものども、続け)

葉菊の徽旗《しるしばた》が翻り、馬が曳かれてきた。これはけっして私闘ではない。不倶戴天の悪人を倒す義挙なのだと、夢の中の僕は勇み立った。

門が押し開かれたところで僕は目覚めた。窓から差し入る月かげが眩しかった。

痛快な夢ではあったが、目覚めてみれば無念きわまる夢でもあった。無実の罪を被《き》せられた武士は家も家族も失って流刑となる。陥れた武士はのうのうと生き永らえ、出世を遂げるのだろう。

だが、僕には何もできない。どれほど義憤を覚えようと、江戸に戻ればたぶん石川の家を守るために、口に閂《かんぬき》をかけるだろう。見習与力の分限で評定所の裁決に物申すなど、事実はどうであれひとたまりもなく家は潰される。

裏庭の井戸で釣瓶《つるべ》を使う音がした。玄蕃が寝しなの行水をしているのだろうと思う間もなく、僕はまた眠りに落ちた。残念なことに、夢の続きを見ることはなかった。

いいかげん陽が高くなってから、玄蕃に揺り起こされた。

「やい、押送人。きょうでお勤めも終わるってえのに朝寝坊はあるめえ」

はね起きたとたん、頭が割れるように痛んだ。

「まったく、仕様のねえ御与力様だの。ほれ、着替えろ。夜なべで洗《あろ》うて火熨斗《ひのし》を当てておいたぞえ」

僕の道中着の一揃いが、しゃっきりと衣桁《いこう》にかかっていた。

「誰が」と、僕は訊ねた。

「誰がってあんた、俺に決まっとろうが。やっぱしどう見たって、味噌樽から這い出たようななりはうまかねえ。さ、着替えた、着替えた」

僕は思い余って玄蕃の襟を摑んだ。

「どうして」

言葉は繋がらなかった。僕は玄蕃を揺すり立てながら、「どうして」と二度言った。手先が器用で始末のよい男だとは承知している。しかし、町家育ちの苦労人というだけでは説明がつかない。彼は旗本であり、武士であり、何よりも大人の男なのだ。

「すまねえ、乙さん。余計をしたか」

僕に襟首を摑まれたまま玄蕃は言った。

「ああ、余計だ。おぬしは何だって余計だ。どうして悪をこらしめぬ。どうして正義を貫かぬ。ありもせぬ罪に服するとは、何たる余計をするのだ」

僕になされるがまま、玄蕃はにっかりと笑った。

「語れば口が腐るわえ」

底抜けのお人好しなのだろうか。それともけっして他者と争わぬと、神仏に誓いを立てでもしたのだろうか。

いや、そんな話ではない。僕にはこの男の器が見えぬのだ。きっと空のように海のように、玄蕃は大きい。風のように雨のように、玄蕃はやさしい。

「まったく、いちいちべそべそ泣きゃあがる。マァ、痛《いて》えの悲しいのじゃねえから勘弁してやろう。あんたは負けず嫌いだの。道場でも面の中で泣くやつは強くなるものさ」

まるで僕の昔を見てきたように玄蕃は言い、花を摘むほどの力で僕を引き放して「さあ、三厩だぞえ」と付け足した。その一言は何よりも僕の胸に応えた。叶うことなら空や海のきわまるところまで、この人とともに歩きたかった。

平館の宿を出るとじきに玄蕃が言った。

「のう、乙さん。俺は臭かろう」

そんなことはないと、僕はかぶりを振って否んだ。

「ハハッ、女房と同しことを言いやがる」

それをしおに、玄蕃はとつとつと語り始めた。

のう、乙次郎。

この景色は何やら夢の中のようだの。きのうは道なき浜辺を歩き詰めたと申すに、平館からは立派な松並木だ。

もしや俺は死んでいるのではあるまいな。この道は冥土に向こうていて、海峡は三途の川。さては奉行どもにせっつかれて腹を切ったか。それとも道中のどこかでおぬしに斬られたか。いや、善知鳥崎《うとうまい》で波に攫われたのやもしれぬ。

ほう、なるほど。あれが津軽殿の台場か。御公辺より命じられてこしらえたゆえ、松を植えて道までつけて。さては俺たちを、幕府の巡見使と疑《うたご》うたな。旗本が蝦夷地に公用と言えば、道中の巡察を兼ねておるやもしれぬ。まして家来がひとりというのは怪しい。どうりで出迎えも懇ろのはずだ。

「おお、これはこれは。いや、それがしは蝦夷福山への御用にて、先を急ぎまする。御台場のお務めご苦労にござる」

さあ、乙次郎。さっさと行くぞ。磨き上げた大砲など見物しても面白くなかろう。

「お見送りは結構でござるよ。三厩の湊には松前殿のお迎えが待ち兼ねておられるゆえ、これにてご無礼つかまつる」

はてさて、いかに守りを固めたところで、異国の甲鉄艦に抗えるとは思えぬ。

それにしても江戸より二百幾十里、よくも歩いてきたものじゃのう。叶うことなら破廉恥な侍のまま、おぬしに斬られるなり蝦夷地に送られるなりしたかったが、道中あれこれあって襤褸《ぼろ》が出てしもうた。

かくなるうえは、おぬしが得心ゆくよう語るべきは語っておこうと思う。

俺はのう、乙次郎。われら武士はその存在自体が理不尽であり、罪ですらあろうと思うたのだ。

よって、その理不尽と罪とを、背負って生きようと決めた。非道を暴くは簡単、ただ義に拠《よ》ればよい。まして敵の屋敷に討ち入るは簡単、そのうえ腹切って死ぬれば、あっぱれ武士の誉《ほまれ》よとほめそやされるであろう。だが、それでは俺も糞になる。

しからば、俺の選ぶ道はひとつしかない。武士という罪を、おのが身で償う。千年の武士の世のささやかな贖罪とする。青山玄蕃にしかできぬ決着はそれだ。

武士の本分とは何ぞや。

考えるまでもあるまい。それは戦だ。よって大坂の陣が終わり徳川の天下が定まり、元《げん》和偃武《なえんぶ》が唱えられた折に、われら武士は変容せねばならなかった。

しかるに、戦国の世を勝ち抜いて幕府を開かれた権現様も、その跡を襲《と》られた台徳院《にだい》様も、そもそもは天下の政《まつりごと》とは無縁の武将にあらせられた。よって太平の世は力ずくに保たれるものと信じておられた。

そうして、政を担う武士の道徳は戦国のまま硬直した。御歴代様の遺徳を蒙って二百六十年もの間、戦をせずにすんだというに、今もこうして大小の二本差しを捨てられぬ。変革を忌避し、万事を先例に倣い続けた末、甚だ理屈に合わぬ儀礼と慣習で身を鎧《よろ》った、奇怪な武士が出来上がった。さような化物は存在そのものが罪だ。

たちの悪いことに、そうした武士は権威なのだ。御大名から足軽まで、貧富のちがいはあっても権威であることに変わりはない。そしてその身分は「家」によって保たれる。なにゆえに。それは血で血を洗う戦国の世には、信じられる者が血族ばかりであったからだ。あるいは、代々が忠節を尽くして裏切らぬ、譜代の家柄であったからだ。われらを縛《いまし》めている道徳ばかりではなく、こうした「家」の尊厳についても、戦国のまま硬直してしもうた。

武士に生まれついた者は、けっしてかような疑問は抱くまい。おぬしも同様であろう。だが、幸い素町人からふいに武士となった俺は、疑うことができた。俺の人生を捻じ曲げ、かくも苦労を強いる「武士」とは何か、「家」とは何か、と。

考えてもみよ、乙次郎。

おぬしの父母も兄も弟妹も、みなその犠牲者ではないのか。婿入り先の父母も、幼いまま妻となった人も。武士である限り、家がある限り、この苦悩は続く。すなわち、武士はその存在自体が罪なのだ。

大出対馬守は敵ではなく罪障であった。しからば俺は、憎む前に憐れまねばなるまい。よって、同じ武士としてその罪障を背負い、武士道という幻想を否定し、青山の家を破却すると決めた。青山玄蕃の決着だ。

浜道は砂から細石《さざれいし》に変わり、やがて波に磨かれた石くれとなった。歩きづらさはこのうえなく、僕は流木を杖にしてよろめきながら進んだ。

風はいよいよ冷たく、雲は空一面を低く蓋《おお》い、海は黝《くろず》んでいた。この浜と海の涯《は》てに福山の御城下があるなどと、聞いたところで誰が信じよう。むしろ玄蕃が言った通り、僕らはすでに死んでいて、死出の旅路をたどっているのかもしれない。

玄蕃の語るところは腑に落ちた。僕も武士というおのれの看板に懐疑していたから。それでも僕は、そうした僕自身の苦悩を、鉄炮足軽の家に生まれたがゆえの僻《ひが》みだと思っていた。だが、食うに困らぬ御旗本も、やはり懐疑していたのだ。

むろん、貧しさを知らぬ武士は疑いを抱くまいが。

物思いつつ歩いているうちに置き去られてしまった。遥か先で玄蕃が「おおい」と手を振った。

「やい、乙次郎。ここまで来て音《ね》を上げたか。オーイ、舟が出るぞえ」

僕は気付いた。玄蕃のうちには一助《いちすけ》と捨松《すてまつ》が棲んでいる。

それは悲しい話にはちがいないが、もし青山玄蕃という快傑の最もすぐれた点をひとつ挙げるとするなら、剣の腕前でも学識でもなく、一助と捨松をともに忘れずにおのが根としたことだと思う。そればかりは、誰も真似ができないから。

まさか音を上げたわけではない。訊きたいことは山ほどあるが、僕は僕の務めを怠ってはならなかった。玄蕃は流人で、僕は押送人なのだ。そう思い定めれば、足は棒切れのように固まり、体が石のように重くなった。

磯場を巡った岬に岩屋があり、赤い小さな祠に観音様が祀《まつ》られていた。

「何を願ったのだ」

並んで掌を合わせたあと、僕は訊ねた。

「あんたが無事に帰れますよう、南無観世音、ナム、ナム」

「まじめに答えてくれ」

玄蕃の顔からあどけない一助が去り、捨松が現われた。

「乙次郎。ひとこと言うておく」

合掌をほどいて、観音様の祠を真向に見つめながら玄蕃は言った。

「おのれに近き者から目をかけるはあやまりぞ。武士ならば男ならば、おのれのことは二の次ぞ。まして大身の旗本ならば、妻子のこととて二の次ぞ」

僕は心打たれた。その気構えのあったればこそ、武士は権威なのだ。

むろん胸のうちに嵐はあろうけれど、玄蕃は毅然として信ずるところを僕に告げた。この人は破廉恥漢ではない。そうと見せておのが身を、千年の武士の世の贄《にえ》としたのだ。

それから僕らは物も言わずに、海峡の波がからからと石を研ぐ浜辺をひたすら歩いた。

いくつもの難所を越して岬に立ったとき、海と空の究《きわ》まる彼方に、蝦夷の山なみが見えた。

「乙次郎。俺は勝手をしたか」

いや、と言いかけたが声にはならなかった。僕は黙って彼岸を眺めていた。思うところの何ひとつとして言葉にならぬおのれの幼さに、僕は眦を決したまま泣いた。父を送る子と同じように。

海の面《おもて》を霧が寄せてきた。僕らはしばらくの間、時も場所もわからぬ浜道を、寄する波音だけを頼りに歩いた。

ときおり白い鷗や黒い鵜《う》が、鰯の群でも見つけたのであろうか、鳴き騒ぎながら目の前をよぎった。海のほかには何もないところに来てしまった。

磯場をめぐり、峠道をたどり、僕らはひたすら歩み続けた。

「あんた、ひとりで帰れるかえ」

子供の足を気遣うように玄蕃が言った。僕は答えられずに肯いた。

浜道はやがて陸《おか》に上がり、海風に撓《たわ》んだ松並木に変わった。旅の終わりを僕は悟った。

霧の中に枡形《ますがた》の木柵が見えた。

「乙次郎やい」

「はい」

「存外のことに、苦労は人を磨かぬぞえ。むしろ人を小さくする」

やはり言葉にできぬまま、僕はかぶりを振って否んだ。

それから玄蕃は、ふと思いついたように朱房の十手と取縄を腰からはずして、「やあ、身が軽うなったわえ」と笑った。

源《みなもとの》　義経《よしつね》は平泉では死なずに、ここまで落ちて蝦夷に渡ったのだと、道案内の役人は見てきたように語った。

三厩の湾《いりうみ》にはいくつかの集落があって、先触れが何をどう伝えたものやら、ところどころに白い闇を照らす提灯がともされていた。近付いてみればそれらはみな、網元か町役人と思われる人が手にしており、中には紋付袴で頭を下げる者もあった。

義経寺《ぎけいじ》を詣でてゆかれますかと水を向けられ、答えに窮したように玄蕃は言った。

「それがしは流人にござる。どの面下げて九郎判官《くろうほうがん》に見《まみ》えましょうや」

役人はエッと驚いたなり、押し黙ってしまった。

浜辺にそそり立つ奇岩の先に小さな船着場があり、潮風に撓《たわ》んだ松林のほとりに蝦夷福山の陣屋があった。しかし霧の中にぼんやりと佇むそれは、松前侯の参勤が五年に一度ゆえであろうか、陣屋と呼ぶにはあまりにわびしくて、どうかすると気の利いた浜茶屋に見えた。

二百幾十里の涯《は》ての終《しま》いの一丁が、どうしてもたどり着けぬ隔りに感じられた。僕は浜《はま》茄子《なす》の赤い花を蹴散らし、石くれを踏みたがえながらよろめき歩んだ。

陣屋の前には松前様の御家来衆が、幾人かぼんやりと佇んでいた。潮がよいのだろうか、石を積んだ桟橋には帆を下ろした舟が待っていた。これで海峡を渡るつもりかと、怪しむほど小さな舟だった。

「ここでよい。苦労であった」

立ち塞がるようにして玄蕃は言った。取り乱す僕を見兼ねたにちがいなかった。

「いいえ、玄蕃様――」

初めて名を呼んだ。僕にとってのこの人は、けっして流人ではない。立ちこめる霧を腹一杯に吸いこんでから、僕は陣屋に向かって進み出た。

「新御番士青山玄蕃頭様、ただいまご着到にござる。くれぐれも御無礼なきよう、松前伊豆守様御許《おんもと》福山御城下まで御案内下されよ」

僕は踵を返して歩き出した。すれちがう一瞬、玄蕃はにっかりとほほえんだ。

餞《はなむけ》の言葉は要らない。鷗の声と寄する波音を聴きながら、僕は真ッ白な霧の帳《とばり》を押し開けた。

（了）

玄蕃と乙次郎が歩んだ奥州街道

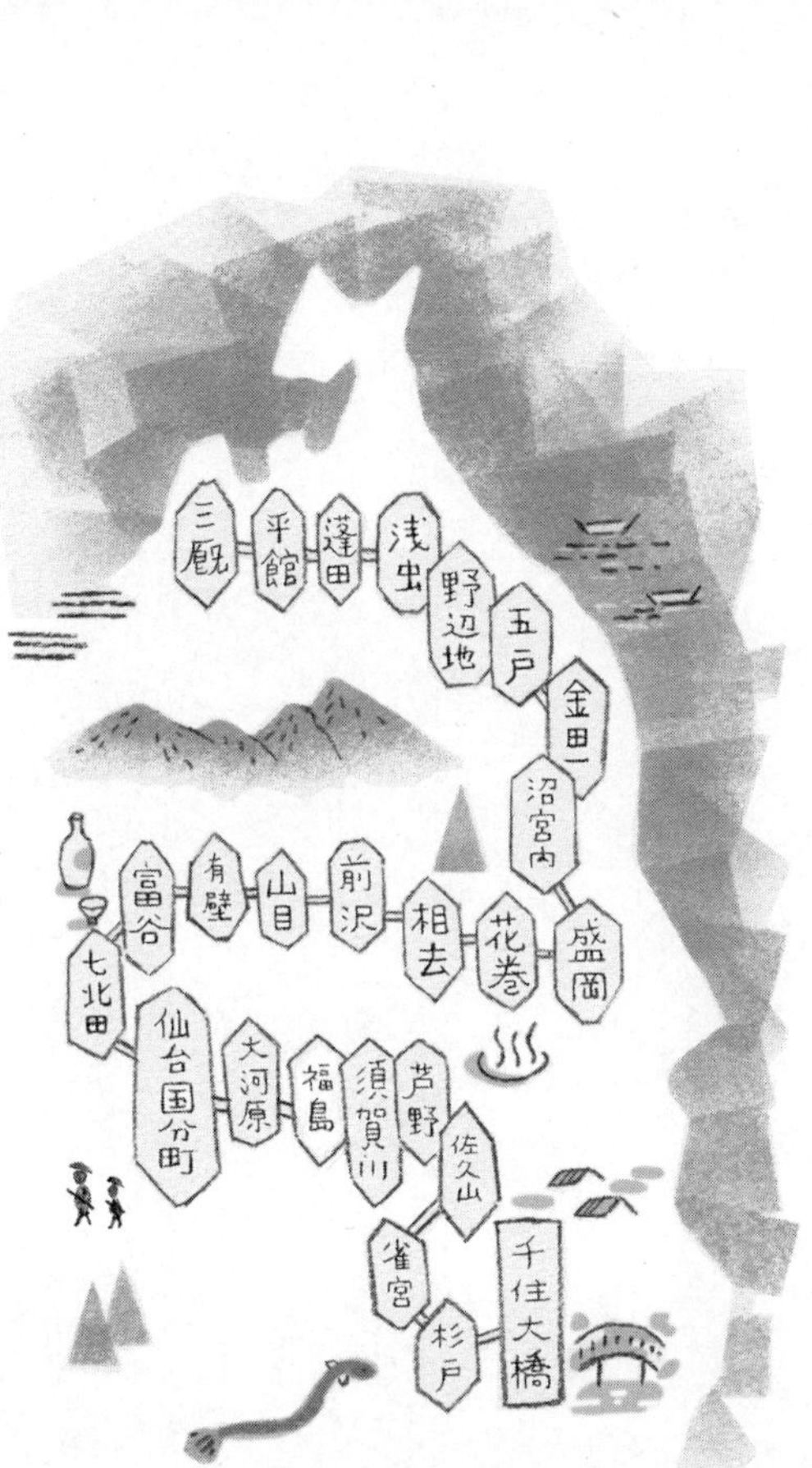

絵地図　石橋富士子

解説

杏

歴史上の人物が大事を成し遂げた時の年齢を考えると、その若さにいつも驚く。大政奉還の時の徳川慶喜《とくがわよしのぶ》公、新選組ができた時の近藤勇《こんどういさみ》、薩長《さっちょう》同盟の時の坂本龍馬《さかもとりょうま》。自分のこれまでを振り返っても、三十そこそこであれだけのことを成せるものだろうか、背負えるだろうか、と常々思う。

『流人道中記』における青山玄蕃《あおやまげんば》も三十代。石川乙次郎《いしかわおとじろう》に至っては十九歳だ。彼らは、流人と押送人として、青森は三厩《みんまや》を目指して旅を始める。

なんでも自分に照らし合わせて歴史を感じてみたい私としては、いつかかつての主だった街道を自分の足で歩いてみたいと思っている。当時人々がどのくらいの距離を移動していたのかを体感してみたいのだ。移動手段は、人の足、あるいは馬。道路は舗装されていない。クッションの利いた靴も、化繊《かせん》の服も無い。冷暖房や電気水道ガスのない中の、明るさ、暗さ、暑さ、寒さ。写真も動画も無い。自分の生活範囲を超えた世界は、どうやっても見ることが叶わない。方言も場所が変わると、まるで外国語のように聞こえるだろう。かつては、人生を通しても行動範囲は数キロ以内という人がほとんどだった、と聞いたことがある。ましてや旅なんて、人生に何度もできない。そんな時代に生きる人々が、見たこともない景色を見て、食べたことのないものを食べた時の衝撃、感動はいかばかりか。

……つい、わくわくと物見遊山《ものみゆさん》な気持ちで空想してしまうが、その分、縁もゆかりも無い場所に行かされ、死ぬまで帰れない。そう自分の人生が決定づけられた時の絶望もまた、いかばかりか。

青山玄蕃は、旗本という高い身分でありながら、罪を犯し、あろうことか「痛《いて》えからいやだ」と切腹を拒否し、流刑という重い罰を背負った。闕所改易《けっしょかいえき》という、「何もかもがちゃらくら」なお沙汰であり、一族ともども連帯責任、ざっと見積もっても百人近くが路頭に迷うことになる。迷わずとも巻き込まれる人はその何倍にも及ぶだろう。玄蕃本人は、家族とも友人とも別れ、まるで知らない場所で行動も制限され、そこで一生を終えることになる。実力も経験もまだまだの若き与力、石川乙次郎は、玄蕃の押送人を命じられ、魅力的な人柄、卓越した能力と、謎多き罪と受ける罰が果たして釣り合うのかどうか、また、そもそも人が人の罪や生き死にを断じることにも疑問を持ち始める。もっとも当の玄蕃本人は過去を悔いるでもなく、飄々《ひょうひょう》と酒を飲み、人に絡み、いい加減でだらしない人物としか思えない時もある。こうして、二人のなんとも複雑な旅は進んでゆく――。

　どこにも行けない。どこかに行きたい。そんな渦中で、私はこの小説を読んだ。二〇二〇年。当世を生きる私たちは、この一年をもって「今までとは世界が変わった」と言う感覚を持っている人がほとんどだろう。歴史上、何度も姿を変えて私たち人類を襲ってきたウイルスが、「世界中を人が往来できる」という、現代社会の先進的な側面を見事に逆手にとり、システムの根幹を揺るがす大きな波となって世界を襲った、まさにそのタイミングだ。敵は目に見えないものだから、逃げ場は世界中どこにもない。国の行き来まで制限がかけられた時には、鎖国の再来のようだ、とさえ思った。

　そしてこの数年で、社会が抱えていた問題はより色濃く浮き彫りになり、それをきっかけに技術や制度、さらには考え方や価値観までもが大きく変わってきている気がする。

　ひょっとして、今という時代はまた、幕末のような大きな転換期を迎えているのではないか。

歴史は繰り返すというが、まるっきり同じことの繰り返しではないと思いたい。数えきれないほどの生き物が生まれては死にを繰り返し、何かが受け継がれて、世界は少しでもより良き方向へと進んでいるのだろうか。

「礼があり、それから法ができた」と玄蕃は乙次郎に教えた。礼とは、倫理とは何なのだろうか。善悪の概念や価値観も、時代はもちろん、人によって、国によって異なる。だから「より良き方向」というものが一つを指し示すものではないのだろう。見えている面が一つだけではないということに、乙次郎は悩み続ける。多くの人は「そんなものだ」と次第に自分を納得させる。それが大人になるということなのかもしれない。だが大人になったはずの私は乙次郎が疑問にぶつかるたびに、そのままにしてはいけない問題に気付かされる。

この小説の登場人物は、誰もががんじがらめだ。形がそれぞれ違う、見えない何かに縛られて、一歩先も見えないで、必死でもがいている。そこを抜けて振り返ってみると「なんであんなことで」と思えるのに、渦中にいた時は分からなかった、そんなことばかりだ。今を生きる私たちもまた、がんじがらめだ。きっと根っこのところは、どの時代もあまり変わらないのだろう。

玄蕃だけが数歩先にいて、違う景色を見ているようだ。

逆らわずに流されるのは簡単だが、それをせず、私欲ではなく、世のため、人のためであると信じ、すでにあるものに異を唱えること。それには大きな力を必要とする。その力が、玄蕃にはあるのだ。素通りできたかもしれない、あるいは、誰が何をしたところで、結果は変わらないかもしれない。それでも、その中で物事の方向を魔法のように変えて着地（あえて解決とは言わない）させていく様は、時に拍手喝采《はくしゅかっさい》、時に慟《どう》哭《こく》を誘う。この力を得て、行動に移せるようになるまでには、どれだけの苦境、痛み、そして努力を超えてきたのだろうか。

禅問答のように繰り返される、道中で出会う人々の抱える問題、事件の数々。二人がどう向き合い、感じ、歩みを進めていくか。ページをめくりながら、謎が解き明かされると共に、何か見えないものが心の中に残るのではないだろうか。そして、この旅が終わってほしくない、とつい思ってしまう。それでも、背負ったものは、無かったことにはならない。時間は止まらない。どうあっても、二人は北へと向かわなければならないのだ。

作中の年号から推察すると、物語から約七年後、大きな痛みを伴い、日本は劇的に変わっていく。全ての価値がちゃらくらになって、新しい時代が築かれていく。小説の中では描かれていないけれど、遠い地に流されたはずの玄蕃、残されもう会えなかったはずの家族、江戸に帰り、これからの生き方を考えたはずの乙次郎、ほうぼうでがんじがらめになっていた人物たちが、新しい世の中を歩いていられるように、そして、かつての道々を目を細めて振り返っているように、と願うばかりだ。

そんな彼らの歩みが、自分の生きている現代のどこかに繋がっているのだと、本を閉じた後には想像してみたい。

（あん　女優）

『流人道中記（下）』二〇二〇年三月　中央公論新社刊

中公文庫

流《る》人《にん》道《どう》中《ちゅう》記《き》（下《げ》）

2023年2月25日　初版発行

著　者　浅《あさ》田《だ》次《じ》郎《ろう》

発行者　安部順一

発行所　中央公論新社
〒100-8152　東京都千代田区大手町1-7-1
電話　販売 03-5299-1730　編集 03-5299-1890
URL https://www.chuko.co.jp/

ＤＴＰ　ハンズ・ミケ
印　刷　大日本印刷
製　本　大日本印刷

Published by CHUOKORON-SHINSHA, INC.
Printed in Japan　ISBN978-4-12-207316-6 C1193

各書目の下段の数字はISBNコードです。978－4－12が省略してあります。

中公文庫既刊より

あ-83-1
闇医者おゑん秘録帖
あさのあつこ

「闇医者」おゑんが住む、竹林のしもた屋。江戸の女たちにとって、そこは最後の駆け込み寺だった――。女たちの再生の物語。〈解説〉吉田伸子

206202-3

あ-83-2
闇医者おゑん秘録帖　花冷えて
あさのあつこ

子堕ろしを請け負う「闇医者」おゑんのもとには、今日も事情を抱えた女たちがやってくる。「診察」は、やがて「事件」に発展し……。好評シリーズ第二弾。

206668-7

い-8-4
獅　子
池波正太郎

九十歳をこえてなお「信濃の獅子」と謳われた真田信之が、松代十万石の存亡を賭け、下馬将軍・酒井忠清に挑む、壮絶な隠密攻防戦。〈解説〉小谷正一

202288-1

い-132-1
走　狗
伊東　潤

西郷隆盛と大久保利通に見いだされ、幕末の表舞台に躍り出た川路利良。警察組織を作り上げ、大警視まで上り詰めた男が見た維新の光と闇。〈解説〉榎木孝明

206830-8

う-28-8
新装版　御免状始末　闕所物奉行　裏帳合㈠
上田　秀人

遊郭打ち壊し事件を発端に水戸藩の思惑と幕府の陰謀が渦巻く中を、著者史上最もダークな主人公・榊扇太郎が剣を振るい、謎を解く！　待望の新装版。

206438-6

う-28-9
新装版　蛮社始末　闕所物奉行　裏帳合㈡
上田　秀人

榊扇太郎は闕所となった蘭方医、高野長英の屋敷から、倒幕計画を示す書付を発見する。鳥居耀蔵の陰謀と幕府の思惑の狭間で真相究明に乗り出すが……。

206461-4

う-28-10
新装版　赤猫始末　闕所物奉行　裏帳合㈢
上田　秀人

武家屋敷連続焼失事件を検分した扇太郎は改易された出火元の隠し財産に驚愕。闕所の処分に大目付が介入、大御所死後を見据えた権力争いに巻き込まれる。

206486-7

各書目の下段の数字はＩＳＢＮコードです。978－4－12が省略してあります。

き-17-12
悪党の裔《すえ》（上）新装版　北方謙三
目指すは京。悪党の誇りを胸に、倒幕を掲げた播磨の義軍は攻め上る！　寡兵を率いて敗北を知らず、建武騒乱の行方を決した赤松円心則村の鮮烈な生涯。
207124-7

き-17-13
悪党の裔（下）新装版　北方謙三
おのが手で天下を決したい――新政に倦み播磨に帰った円心に再び時が来た。尊氏を追う新田軍を食い止めるのだ！　渾身の北方「太平記」。〈解説〉亀田俊和
207125-4

き-17-14
道誉なり（上）新装版　北方謙三
毀すこと、それがばさら――。後醍醐帝との暗闘、実弟直義との対立で苦悩する将軍足利尊氏を常に支え南北朝動乱を勝ち抜いた、ばさら大名佐々木道誉とは。
207150-6

き-17-15
道誉なり（下）新装版　北方謙三
足利尊氏・高師直派と尊氏の実弟直義派との抗争は一触即発の情勢に。熾烈極まる骨肉の争いに、将軍尊氏はなぜ佐々木道誉を欲したのか。〈解説〉大矢博子
207151-3

き-17-16
楠木正成（上）新装版　北方謙三
乱世到来の情勢下、大志を胸に雌伏を続けた悪党・楠木正成は、倒幕の機熟するに及んで寡兵を率い強大な六波羅軍に戦いを挑む。北方「南北朝」の集大成。
207178-0

き-17-17
楠木正成（下）新装版　北方謙三
巧みな用兵で大軍を翻弄。京を奪還し倒幕を果たした正成だが……。悲運の将の峻烈な生を迫力の筆致で描いた北方「南北朝」感涙の最終章。〈解説〉細谷正充
207179-7

し-6-55
花咲ける上方武士道　司馬遼太郎
風雲急を告げる幕末、公家密偵使・少将高野則近の東海道東下り。大坂侍・百済ノ門兵衛と伊賀忍者を従えて、恋と冒険の傑作長篇。〈解説〉出久根達郎
203324-5

ゆ-2-23
軍旗はためく下に　増補新版　結城昌治
陸軍刑法上、死刑と定められた罪で戦地で裁かれ処刑された兵士たち。戦争の非情を描く直木賞受賞作に著者自作解説を増補。〈解説〉五味川純平／川村　湊
206913-8

う-28-11
新装版 旗本始末 闕所物奉行 裏帳合㈣
上田秀人
失踪した旗本の行方を追う扇太郎は借金の形に娘を売る旗本が増えていることを知る。人身売買禁止を逆手にとり吉原乗っ取りを企む勢力との戦いが始まる。
206491-1

う-28-12
新装版 娘 始 末 闕所物奉行 裏帳合㈤
上田秀人
借金の形に売られた旗本の娘が自害。扇太郎の預かりの身となった元遊女の朱鷺にも魔の手がのびる。江戸闇社会の掌握を狙う一太郎との対決も山場に！
206509-3

う-28-13
新装版 奉行始末 闕所物奉行 裏帳合㈥
上田秀人
岡場所から一斉に火の手があがった。政権返り咲きを図る家斉派と江戸の闇の支配を企む一太郎が勝負に出たのだ。血みどろの最終決戦のゆくえは⁉
206561-1

う-28-14
維新始末
上田秀人
あの大人気シリーズが帰ってきた！ 天保の改革から二十年、闕所物奉行を辞した扇太郎が見た幕末の闇。過去最大の激闘、その勝敗の行方は⁉
206608-3

き-17-8
絶海にあらず(上)
北方謙三
京都・勧学院別曹の主、純友。赴任した伊予の地で、「藤原一族のはぐれ者」は己の生きる場所を海と定め、律令の世に牙を剝いた！ 渾身の歴史長篇。
205034-1

き-17-9
絶海にあらず(下)
北方謙三
海の上では、俺は負けん——承平・天慶の乱で将門とともにその名を知られる瀬戸内の「海賊」純友。夢を追い、心のままに生きた男の生涯を、大海原を舞台に描く！
205035-8

き-17-10
魂の沃野(上)
北方謙三
加賀の地に燃え拡がる一向一揆の炎。蓮如や守護・富樫政親との奇縁から、闘いに身を投じることになった地侍・小十郎の青春を描く血潮たぎる歴史巨篇開幕！
206781-3

き-17-11
魂の沃野(下)
北方謙三
蓮如の吉崎退去、小十郎の恋、そして守護・政親の強権。加賀の雪が、血に染まる時が近づいていた。一向一揆を生きた男たちそれぞれの明日。〈解説〉清水克行
206782-0